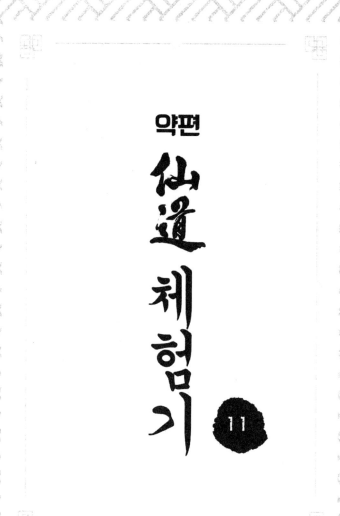

약편

仙道 체험기 11

신선 神仙되는 길이 보인다
경이적인 현상이 눈앞에 펼쳐진다!!
선도수련의 현장을 체험으로 파헤친 충격과 화제의 소설

글터
GEUL TER

약편 선도체험기 11권을 내면서

『약편 선도체험기』 11권은 『선도체험기』 46권부터 54권까지의 내용에서 선별하여 구성하였다. 시기적으로는 1999년 2월부터 2000년 6월까지 일어난 삼공 김태영 선생님의 수련 관련 활동과 가르침 내용이다.

『선도체험기』 46권에는 『육조단경』 번역문이 실렸고, 47권 중간부터 49권까지는 『장자』, 51권에는 『논어』, 52권은 『맹자』 번역문이 실렸다. 이들 고전은 삼공 선생님의 높은 수련 경지와 필력으로 번역되어 원뜻에 가장 근사하게 풀이되었을 텐데, 『선도체험기』의 절판으로 사장되기에는 너무나 아깝다. 그래서 『약편 선도체험기』 시리즈가 완간되는 대로 따로 출간할 예정이다.

이번 11권에는 『육조단경』 등의 번역에 대한 선생님의 소감과 소개만 옮겼다. 목차는 『선도체험기』의 목차를 그대로 사용하되, 본문 내용의 전후 연계성과 분량을 고려하여 일부 통합하거나 본문 중의 소제목으로 변경하였다.

견성(見性)이란 자기 자신의 참모습을 알아냄으로써 더이상 생로병사 따위에 휘말려 돌아가지 않는 것이다. 그러한 상태에 도달하려면 바르게 보고 바르게 살면 누구나 다 그렇게 된다. 견성이란 나보다 남을 먼저 생각하는 마음이다. 또한 이기심에서 벗어나 이타행을 쌓으면 누구나 지혜를 갖게 되는데, 그 지혜가 깊어지면 깨달음을 얻게 된다.

이렇게 삼공 선생님은 견성이나 수행법 등을 쉽게 풀이해 주신다. 이런 가르침과 감동이 가득찬 『약편 선도체험기』는 경전과 같다는 생각이 든다. 이런 책이 나오도록 배려해 주시는 글터 한신규 사장님께 감사의 뜻을 전한다.

단기 4354년(2021년) 7월 20일

엮은이   조 광   배상

차 례

〈46권〉

『육조단경(六祖壇經)』에 대한 필자의 서문

불교의 『팔만대장경』이라는 방대한 가르침 중에서 인도 이외의 지역에서 나온 경전은 오직 『육조단경』이 있을 뿐이다. 『육조단경』이야말로 동양 삼국의 선종(禪宗)의 근본이 되는 경전이다. 그러면 선(禪)은 원래 어디에서 연유된 것일까?

석가모니가 꽃 한 송이를 꺾어 들자 가섭이 그 속뜻을 알아차리고 미소를 지었다는 의미의 염화미소에서 선은 비롯되었다고 한다. 이처럼 선은 석가모니의 마음이 가섭에게로 이심전심(以心傳心)되고 그것이 계속 이어져 내려오다가 제35대의 보리달마의 대에 이르러 동쪽 땅으로 전해지게 된다.

따라서 보리달마는 동양 선종의 제1대조가 되고 제2대 혜가를 거쳐 5조인 홍인의 뒤를 이어 제6조인 혜능(慧能) 대에 이르러서야 비로소 중국 특유의 동양적인 선종이 단단한 뿌리를 내리고 진정한 제 모습을 갖추게 된다. 따라서 육조 혜능은 동양 선종의 사실상의 시조(始祖)인 셈이다. 『육조단경』은 바로 이 혜능이 직접 쓴 것이다.

그렇다면 『육조단경』의 기본 사상은 무엇인가? 그것은 자기 마음으로 자기 자신을 알아내어 그 본성을 직접 보는 것이다. 이를 일컬어 식심견성(識心見性)이라고 한다. 문자(文字)나 기존 지식이나 관법에 의존하지 않고 직접 자기 자신의 본성을 꿰뚫어 보는 것을 말한다. 이것을 불립문자(不立文字)라고 한다.

또한 기존의 종교적인 가르침 따위에도 의존하지 않는다고 해서 교외별전(敎外別傳)이라고 했다. 여기서 한 걸음 더 나아가서 문자나 가르침의 도움을 받지 않고 오직 자기 마음만을 직접 파고 들어간다고 하여 직지인심(直指人心)이라고 한다.

이처럼 자기의 마음을 지속적으로 끈질기게 파고 들어가다가 보면 참된 자기 본성을 발견하게 되는데 이것이 부처를 이루는 지름길이라는 것이다. 이것을 견성성불(見性成佛)이라고 한다. 다시 말해서 자기 마음속에서 자기의 참모습인 본성(本性)을 찾아내는 것이 바로 부처가 되는 길인 것이다.

그럼 부처란 무엇인가? 부처란 한마디로 진리를 깨달은 사람을 말한다. 선도에서 말하는 마음이 밝아진 사람을 뜻하는 철인(哲人)이다. 부처를 뜻하는 한자인 불(佛) 자는 사람 인(人) 자에 아니 불(弗) 자가 합쳐서 된 글자이다. 사람은 사람이되 사람이 아니라는 뜻이 내포되어 있다. 사람이면서도 보통 사람과는 똑같지 않은 깨달은 사람을 뜻하는 것이다.

누구든지 구도심을 갖고 자기의 마음을 끈질기게 파고 들어가다가 보면 조만간에 자기의 본성을 찾게 되어 부처가 된다는 뜻의 직지인심(直指人心), 견성성불(見性成佛)은 모든 구도자의 최후 소망이자 목표이기도 하다.

성불하기까지의 길이 파란만장하고 험난하기 짝이 없지만, 누구나 도심(道心)을 잃지 않고 인내력과 지구력을 갖고 지속적으로 파 들어 가다가 보면 예외 없이 도달하게 되어있는 목표이기도 하다. 왜냐하면 인간은 누구나 그 근본 바탕은 부처이고, 부모미생전본래면목(父母未生前本來面目)이며 진리 그 자체이기 때문이다.

육조 혜능은 말했다.

"선(善)도 보지 말고 악(惡)도 보지 말고, 오직 지금의 네 모습만을 보라. 이 본래의 네 모습이 바로 네가 이 세상에 낳기 전부터 있어 온 네 본래의 모습이니라."

어떠한 추상, 관념, 지식, 낭만 혹은 신비적인 색채도 배제한, 직접적이면서도 명백하고 구체적이고 현실적이고 실용적인 것 속에서 자신의 본래 모습을 찾으라는 것이다. 여기에는 어떠한 인도적(印度的)인 추상, 개념, 철학, 관념, 학문, 사변(思辨), 논리(論理) 그리고 신비주의도 개입할 여지가 없다.

여기에는 오직 선도(仙道)에서 뻗어 나간 노장철학과 결합된 불교적인 관법의 새로운 변용이 있을 뿐이다. 이것이 이른바 육조 혜능에 의해 토대가 구축된 동아시아의 선(禪)의 정체이다. 선도를 뿌리로 하여 뻗어 나갔던 인도의 불교와 중국의 노장사상이 절묘하게 결합된 산물이 바로 선종(禪宗)이다.

따라서 선종(禪宗)은 지감(止感), 조식(調息), 금촉(禁觸)으로 일의화행(一意化行), 반망즉진(返妄卽眞), 발대신기(發大神氣)하여 성통공완(性通功完)하는 한국 선도의 수행법과는 가장 가까운 거리에 있다. 그래서 지금 한국 불교의 주종을 이루고 있는 조계종(曹溪宗)은 바로 육조 혜능의 본거지인 조계산에서 그 이름을 딴 것이다.

육조 혜능이 열반한 뒤 그의 등신불의 머리는 그의 생전의 예언대로 김대비(金大悲)라는 신라승의 사주로 중국 인부에 의해 머리가 잘려져 서해를 건너 지리산 하동 쌍계사의 육조정상탑에 봉안되어 있고, 중국 광동성의 조계산 남화사에 있는 머리가 잘려나간 그의 등신불에서는 새로운 머리가 돋아났다고 한다. 이래저래 육조 혜능과 한국 불교와는 인연이 깊다.

원래 혜능은 일자무식으로서 5조인 홍인 대사 밑에서 방앗간의 허드렛일을 하고 있었다. 그때의 홍인 대사의 상좌(上座)는 불경에 달통했다는 신수(神秀)였다. 하루는 신수가 다음과 같은 게송(偈頌)을 내걸었다.

몸은 보리수요, 마음은 면경대(面鏡臺)와 같다
때때로 부지런히 털고 닦아서, 티끌과 때가 일지 않게 하리라.
身是菩提樹 心如面鏡臺
時時勤拂拭 勿使惹塵埃

글을 모르는 혜능은 동료들의 입을 통하여 그 내용을 전해 듣고는 글 쓸 줄 아는 승려의 도움으로 다음과 같은 게송을 지어 내걸게 했다.

깨달음에는 본래 나무가 없고, 면경 또한 대(臺)가 아니다
본래 한 물건도 없거늘, 어디에서 티끌이 일어난단 말인가?

12

菩提本無樹 面鏡亦非臺
本來無一物 何處惹塵埃

　이 두 개의 게송만 비교해 보아도 두 사람의 수행은 하늘과 땅의 차이가 있음을 알 수 있다. 깨달음은 학문의 유무와는 관계가 없다는 것을 알게 해 주는 극적인 대목이다. 이로써 혜능은 홍인에 의해 비밀리에 육조(六祖)로 지명된다. 이러한 육조 혜능이 직접 써서 남긴『육조단경』을 이제부터 읽어보기로 하자.

　『육조단경』은 지금부터 무려 1천 3백여 년 전에 쓰인 이래 지금까지 전래되는 과정에서 여러 가지 이본(異本)들이 많이 나와 학자들을 곤혹케 했었지만 근래에 둔황의 석굴 속에서 천년 이상이나 비장되어 온 고본(古本)이 발견되어 여러 가지 의문이 해소되었다.

　원본으로는『성철 스님 법어집』2집 1권 둔황본 단경을 참고하였지만, 번역만은 필자의 의도대로 했음을 밝혀둔다.

『육조단경』 번역을 마치고

　이것으로『육조단경』번역을 마친다. 지난 2월 6일부터 3월 1일까지 23일 동안 나는 오로지 단경 번역에만 몰두해 왔다. 『육조단경』의 한 마디 한 마디를 한문에서 우리말로 옮겨 놓을 때마다 나는 한 마리의 춤추는 나비였다. 그리고 단경은 산속 계곡 물가에 피어난 한 송이 꽃이었다.

　그리고 그 꽃 속에서 울려 나오는 한 마디 한 마디의 진리의 소리들이 내 가슴에 와닿을 때마다 나는 한 마리 나비가 되어 끊임없이 훨훨 춤을 추지 않을 수 없었다. 물론 나는 그전에도 『육조단경』을 두 번이나 읽은 일이 있었지만, 이번처럼 깊은 감동을 느껴보지는 못했었다. 그래서 좋은 글은 거듭 읽으면 읽을수록 그 감동의 농도가 더해가는 것을 알 수 있다.

『선도체험기』를 45권까지 읽은 독자라면 모름지기 『육조단경』을 읽음으로써 반드시 새롭게 마음이 열리고 세상 보는 눈이 뜨일 것이고 이로써 반드시 크게 한소식할 것을 의심치 않는다. 한 번 읽어서 무슨 뜻인지 잘 모르겠으면 두 번 읽기 바란다. 지난번 읽을 때와는 분명 다른 것을 발견하게 될 것이다.

단경을 읽고 새삼스럽게 깨닫는 것은 우리가 마음을 어떻게 먹고 행동하느냐에 따라 부처도 되고 악인도 될 수 있다는 것이다. 바르고 착하고 슬기롭게 마음을 먹고 행동하는 사람은 부처가 되는 것이고, 그렇지 않고 이와는 반대되는 바르지 못하고 탐욕스럽고 성내고 어리석은 생각을 늘 품고 그대로 행동하는 사람은 예외 없이 악인이 된다는 것이다.

이 얼마나 간단명료한가? 이 간단한 준칙만 지켜 나간다면 『팔만대장경』이 무슨 소용이 있으며 사서삼경이며 신구약 성경이며 노자의 『도덕경』과 『장자』가 무슨 소용이란 말인가? 슬기롭게 사는 것이 어떻게 사는 것인지 모르겠다면 단지 바르고 착하게만 살아도 된다. 바르게 산다는 것이 무엇인지 모르겠다는 사람이 있다면 단지 착하게만 살아도 된다.

착하게 산다는 것이 무엇인가? 내 잇속만 차릴 것이 아니라 남의 이익도 생각하면서 이웃과 더불어 사는 것을 말한다. 착하게 사는 사람은 자연 바르게 살게 될 것이고 바르게 사는 사람은 틀림없이 지혜롭게 살지 않을 수 없게 될 것이다.

요즘과 같은 황금만능주의가 판치는 세상에서 착하게 산다는 것이 남이 보기에 얼마나 바보스럽게 보일까? 하고 걱정하면서 남이 자기를 보고 착하다고 말하는 것을 극도로 싫어하는 젊은이도 있다. 그런 사람은 악하게 살아보면 그것이 자기에게 얼마나 손해가 되는 것인지 곧 깨닫게 될 것이다.

악하게 산다는 것은 어떻게 사는 것인가? 내 이익을 위해서는 남의 이익 같은 것은 아랑곳 않고 사기도 치고 뇌물도 받아먹고, 남이 보지만 않는다면 도둑질도 거짓말도 사양치 않는 생활 태도를 말한다. 이런 사람은 미구에 법의 제재를 받아 쇠고랑을 차게 될 것이다. 매일같이 매스컴에 보도되는 부정부패 공무원과 사기협잡꾼들이 바로 그들이다. 이러한 생활이 현명한 생활일 수 있겠는가? 묻지 않아도 뻔한 일이다.

이러한 이치를 알아내는 데『팔만대장경』이나 사서삼경이니 신구약 성경 같은 것이 무슨 필요가 있겠는가? 이처럼 착한 마음, 바른 마음, 지혜로운 마음은 글이나 책이나 가르침이나 학문이나 종교 같은 것을 통하지 않고 직접 마음에서 마음으로 전하자는 것이 선종이다.

그리하여 착한 사람은 큰 깨달음을 얻어 성인이나 부처가 되고 악한 사람은 죄인이 되고 악한이나 마구니가 되는 것이다. 이 얼마나 간단하고 쉬운 것인가? 마음 하나 어떻게 먹느냐에 따라 극락과 지옥이 왔다갔다하는 것이다. 이러한 이치를 가장 극명하게 보여준 것이『육조단경』이다.

착해지는 것도 마음 하나에 달려 있고 악해지는 것도 마음 하나에 달려 있고, 하느님이 되고 부처가 되는 것도 악인이 되고 마귀가 되는 것 역시 마음 하나에 달려 있는 것이다. 왜 그럴까? 그것은 우리의 마음속에 진리와 우주의 삼라만상이 다 들어 있기 때문이다.

따라서 우리 마음은 하나이자 전부인 것이다. 이 마음을 제대로 알게 되면 그 자리에서 대번에 견성이 되는 것이다. 식심견성(識心見性)이 바로 그것이다. 갑자기 깨닫는다고 하여 돈오(頓悟)라고 한다. 불립문자(不立文字), 교외별전(敎外別傳), 직지인심(直指人心), 견성성불(見性成佛)의 이치인 것이다.

그리하여 혜능은 일흔여섯 살에 세상을 떠날 때까지 수많은 문하생들을 거느렸으면서도 일자무식이었던 것이다. 글을 통하지 않고 오직 마음 하나만으로도 진리를 꿰뚫을 수 있다는 산 모범을 보여주기 위해서였다. 혜능의 말 그대로『육조단경』을 제대로 읽고 소화한 사람은 그의 참제자일 뿐만 아니라 바로 육조 자신이라고 하면서 그는 법과 의발(衣鉢)을 후대에 전수하는 형식을 없애버렸다.

끝으로 말하고 싶은 것은 이처럼 마음공부에 대한 탁월한 방편을 제시했으면서도 육조는 몸공부와 기공부에 대해서는 아무런 언급도 없었다는 것이다. 그가 만약에 몸공부와 기공부를 병행했더라면 호랑이에게 날개를 달아 준 격이 되었을 것이다. 한 가지 아쉬움이 아닐 수 없다.

어쨌든 그는 아시아를 대표하는 큰 스승이었다. 어찌 아시아뿐이겠는가 온 지구를 대표하는 부처요 성인 중의 한 사람이었다. 그의 유언대로 그가 열반한 뒤 그의 시신은 1천 3백 년이 지난 지금까지도 그가 숨지기 직전의 살아 있던 모습 그대로 등신불(等身佛)이 되어 깊은 명상에 잠긴 듯이 앉아 있는 것이다.

그리하여 지금도 그를 참배하기 위해서 중국 국내는 물론이고 전 세계에서 수많은 참배객들이 끊임없이 몰려들고 있다고 한다. 레닌이나 모택동, 김일성의 시신을 보존하기 위해서 연간 수천만 달러의 경비가 드는 것을 생각하면 돈 한푼 안들이고도 생전의 모습 그대로가 천삼백 년 동안이나 유지되고 있다는 것은 실로 기적이 아닐 수 없다. 그가 생전에 말한 그대로 부디 이 책을 읽은 독자 여러분은 정신적으로는 혜능과 같은 반열에 오를 수 있기 바란다.

『선도체험기』는 언제까지 계속 쓸 것인가?

1999년 3월 1일 월요일 −1℃~6℃ 구름

오후 3시경 내 서재에는 7명의 수련생들이 모여서 좌선을 하고 있었다.

"선생님 『선도체험기』가 지금까지 45권이나 나왔는데 앞으로 언제까지 계속 쓰실 겁니까?"

대학원에 다닌다는 박승원이라는 젊은이가 말했다.

"독자의 수요가 있고 나에게 글 쓰는 기력이 남아 있는 한 쓸 작정입니다."

"저는 아무리 생각해도 어디에서 그렇게 글 쓸 정력과 소재들이 자꾸만 샘솟 듯하는지 모르겠습니다."

"누구든지 우주의 본체와 줄이 닿으면 그렇게 됩니다."

"우주의 본체가 무엇인데요?"

"우주의 생명력의 근원이라고 할까 그런 것입니다."

"그걸 좀 알아듣기 쉽게 설명해 주시겠습니까?"

"그러죠. 사람은 이 세상에 태어나는 그 순간부터 좋으나 궂으나 죽음이라는 목표를 향해 누구나 예외 없이 걸어가게 되어 있습니다. 태어남은 죽음의 노정입니다. 그것을 좀더 구체적으로 말하면 태어나고 늙고 병들어 죽는 과정이라고 하여 생로병사(生老病死)라고 합니다.

이 세상에 태어난 사람치고 죽음을 좋아할 사람은 아무도 없습니다. 제아무리 날고 기는 인기 스타도 스포츠 영웅도 대통령도 왕후장상(王侯將相), 현인군자(賢人君子)라고 해도 죽지 않는 사람은 아무도 없습니다. 어떠한 사람도 죽음을 앞두고는 기분이 우울해지고 불안하고 공포심을 갖게 되는 것이 인지상정입니다.

그래서 아득한 옛날부터 우리 조상들은 어떻게 하면 이 죽음을 극복해 볼 수 있을까 하고 별별 시도를 다해 보았습니다. 죽음을 극복하는 일이야말로 일생일대의 가장 중요한 과제였습니다. 이를 위해 명상도 하고 도도 닦고 수행도 하여 마침내 그것을 극복해 내는 데 성공한 사람들이 나타났습니다.

우리는 그들을 보고 성인(聖人), 부처, 하느님, 신선, 진인(眞人), 철인이라고 부릅니다. 그러한 성인들 중에서 가장 많은 사람들에게 알려진 대표적인 사람이 석가모니, 공자, 노자, 장자, 소크라테스, 예수 그리스도, 육조 혜능과 같은 분들입니다. 그러나 알고 보면 이들 성인과 같은 반열에 드는 세상에 알려지지 않은 숨은 성현들이 훨씬 더 많습니다.”

“그렇다면 그분들은 죽음을 극복했다는 말씀인가요?”

“그렇습니다.”

“허지만 그분들도 다 죽어 없어지지 않았습니까?”

“사실입니다.”

“그런데 죽음을 이겼다고 말할 수 있겠습니까?”

“박승원 씨가 방금 말한 죽음은 육체의 죽음을 말한 것이지 생명 자체인 본체의 소멸을 말한 것은 아닙니다. 죽는 것은 언제나 본체의 쓰임인 육체일 뿐 본체는 아니기 때문입니다. 본체는 어떠한 일이 있어도 파괴되거나 소멸당하는 일이 없습니다. 『천부경』에 나오는 대로 '쓰임은 변하나 본체는 변하지 않는다'는 즉 용변부동본(用變不動本) 그대로입니다.

그래서 이 변하지 않는 본체를 보고 금강불괴신(金剛不壞身)이라고도 합니다. 본체인 금강불괴신은 우주가 다 파멸된다 해도 절대로 없어지지 않습니다. 눈에 보이는 현상계인 우주는 본체의 쓰임에 지나지 않으니까요. 이 눈에 보이지 않는 본체가 바로 나 자신의 실체라는 것을 깨달은 사람은 죽어도 죽지 않는다는 것을 압니다. 눈에 보이는 죽음은 알고 보면 본체가 입었던 겉옷을 벗어던지는 것밖에는 되지 않는다는 것을 체증(體證)하게 됩니다."

"체증(體證)은 무슨 뜻입니까?"

"관념상으로나 머릿속으로나 지식으로만 아는 것이 아니라 몸으로 체험한다는 얘기입니다. 이때 비로소 그 사람은 죽음 앞에 평온(平穩)할 수 있습니다. 죽음 앞에 평온할 수 있는 사람을 가리켜 우리는 생사대사(生死大事)를 성취한 사람이라고 합니다. 이런 사람을 보고 우리는 성인(聖人), 도인(道人) 또는 신불(神佛)이라고 합니다.

만약에 박승원 씨가 큰 소식을 얻어 지금이라도 죽음 앞에서도 그야말로 마음이 편안해질 수 있다면 아직도 생로병사의 고해(苦海) 속에서 허덕이면서 고통을 호소하는 사랑하는 부모형제와 이웃들을 보고 가만히 팔짱만 끼고 모른 척만 할 수 있겠습니까?"

"제가 뭐 그렇게 될 수 있겠습니까?"

"그렇게 자기를 비하하면 언제까지나 그 비하당한 수준에서 한 치도 벗어나지 못한다는 것을 알아야 합니다. 그것을 보고 자승자박(自繩自縛)이라고 합니다."

"제가 정말 죽음 앞에서도 편안해질 수 있다면 그렇지 않은 사랑하는 부모 형제자매와 이웃을 위해서 가만히 있지는 않을 것입니다."

"그럼 어떻게 할 것입니까?"

"어떻게 하든지 그들도 저처럼 죽음 앞에서도 항상 마음이 편안해질 수 있도록 만들려고 애쓸 것입니다."

"그렇습니다. 생사고락을 같이해 온 다 같은 장님이었던 한 무리의 집단 속에서 유독 한 사람이 치열한 수행 끝에 눈을 떴다면 어찌 그 사람은 가만히 있을 수 있겠습니까? 그 사람이 정상적인 정신 상태를 가진 착하고 바른 사람이라면 어떻게 자기 혼자만 눈을 떴다고 해서 남의 일은 내 알 바 아니라면서 아무 일도 하지 않고 팔짱 끼고 나머지 동료들을 소 닭 보듯 할 수 있겠습니까?

무슨 수를 써서라도 나머지 동료들도 눈을 뜰 수 있도록 갖은 노력을 다 기울일 것입니다. 행복이란 이웃과 서로 나눌수록 불어나게 되어 있습니다. 불행한 이웃이 있는 한 진정한 행복은 있을 수 없기 때문입니다. 나와 남에게 다 같이 유익한 일은 나 자신에게도 이익이 되고 남에게도 이익이 됩니다. 이것을 일컬어 자리이타(自利利他)라고 합니다. 이것을 또 이타행(利他行)이라고도 합니다.

이처럼 이타행을 하는 사람에게는 진리의 본체에서 나온 천지신명과 우주의 기운과 신중(神衆)들이 적극적으로 도와주게 되어 있습니다. 석가모니가 45년 동안에 『팔만대장경』을 쓸 만한 설문을 할 수 있었던 것도 예수가 3년이라는 그 짧은 전도 기간 안에 4대복음을 쓸 수 있는 설교를 할 수 있었던 것도 다 이러한 연유에서였습니다.

우리의 상고 시대의 철인들이 『천부경』, 『삼일신고』, 『참전계경』을 쓸 수 있었던 것도 공자와 그의 제자들이 『논어』를, 노자가 『도덕경』을, 장자가 『장자』를, 혜능이 『육조단경』을 쓸 수 있었던 것도 다 이러한 이유 때문이었습니다. 만약에 이타행을 돕는 천지신명과 신중들의 아낌없는 도움이 없었더라면 제아무리 천재적인 두뇌를 가진 사람이라고 해도 그러한 불후의 경전들을 쏟아낼 수는 없었을 것입니다."

"듣고 보니 과연 그렇겠는데요."

"진리는 오직 하나인데 그것을 무명(無明) 속에 허덕이는 민초들에게 알아듣기 쉽게 표현할 수 있는 방편은 얼마든지 있을 수 있습니다. 진리의 본체를 중심에 안고 있는 사람은 그것 자체가 끊임없이 용솟음치는 샘물이 되어 무궁무진한 아이디어를 제공해 주게 되어 있습니다."

생명의 본질은 원래 아무것도 아닌 것

"그 진리의 본체가 도대체 뭡니까?"

"그게 바로 공입니다."

"공이라뇨?"

"빌 공 자, 공(空) 말입니다."

"아무것도 없는 허공 말입니까?"

"그렇습니다. 생명의 본질은 원래 아무것도 아닌 겁니다. 무일물(無一物)입니다."

"그런데 그 허공이 어떻게 돼서 그렇게 막강한 지혜를 구사할 수 있습니까?"

"아무것도 아니기 때문입니다."

"아무것도 아닌 것이 어떻게 그렇게 무궁한 지혜를 발휘할 수 있느냐 그겁니다."

"아무것도 아니기 때문에 무궁한 지혜를 구사할 수 있지요. 만약에 그 무엇이라면 그 무엇에 구속되어 무궁한 지혜를 구사하지는 못하게 됩니다."

"무슨 말씀인지 이해를 할 수 없는데요?"

"박승원 씨 손에 아무것도 잡혀 있지 않다면 눈에 띄는 대로 무엇이든지 잡을 수 있지만 만약에 손에 금덩이가 하나 잡혀 있다면 어떻게 눈에 띄는 대로 무엇이든지 잡을 수 있겠습니까? 다른 것을 잡으려면 손에 있는 금덩이를 내버려야 합니다. 내버리지 않는 한 다른 그 무엇도 새로 잡을 수 없습니다.

이것을 다른 말로 바꾸어 말하면 아무것도 아닌 것은 그 무엇도 될 수 있다는 말이 됩니다. 공은 하나라고도 할 수 있습니다. 하나는 전체가 될 수 있고 전체는 또 하나가 될 수 있습니다. 공은 색이고 색은 공입니다. 만물은 허공이고 허공은 만물입니다.

다시 말해서 이 공이나 하나 속에는 삼라만상이 다 들어와 있습니다. 따라서 진리의 당체(當體)인 이 공이나 하나를 자기 것으로 중심

속에 확보하고 있는 사람에게는 이 우주 안에 두려워할 것도 아쉬워할 것도 미워할 것도 아무것도 없습니다."

"선생님 말씀은 지식이나 머리로는 어느 정도 이해를 할 수 있을 것 같은데 솔직히 말해서 실감이 나지 않습니다. 어떻게 하면 저도 선생님처럼 그렇게 확신을 가지고 남들 앞에서 말할 수 있을까요?"

"목표를 정하고 그 목표와 박승원 씨 자신을 일치시키고 거기에 합당한 생활을 해나가다 보면 조만간 그렇게 됩니다."

"그렇게 단정적으로 말할 수 있을까요?"

"그렇고말고요."

"그럼 우선 그 목표를 무엇으로 정할까요?"

"제1단계로는 '나는 아무것도 아니다'로 정하세요."

"그다음에는요?"

"그다음 일은 그때 가서 생각해도 늦지 않습니다. 만약에 박승원 씨가 정말 '나는 아무것도 아니다'라는 단계에 도달했다면 그다음 목표는 벌써 눈앞에 와서 기다리고 있을 것입니다. 조사선(祖師禪)에서는 이 단계에 도달하기 위해서 여러 가지 화두가 준비되어 있습니다."

"그 화두 좀 가르쳐 주실 수 있겠습니까?"

"그러죠. '무(無)'라는 화두가 대표적입니다. 수많은 구도자들이 이 화두로 견성을 했습니다. 이 무 화두를 오매불망 놓지 않고 잡고 있다가 마침내 자기중심에 이 무(無)가 자리잡게 되면 새 천지가 열리는데 이것을 견성이라고 합니다.

무와 비슷한 화두로 '부모미생전본래면목(父母未生前本來面目)'이 있습니다. 화두를 잡음으로써 온 정신력을 한군데로 집중시킬 수 있는 이점이 있기는 하지만 이것으로 소기의 성과를 올리지 못하는 사람은 무엇보다도 마음을 완전히 비우는 데 주력해야 합니다. 마음을 비우지 못하는 한 아무도 자기 자신의 본질인 자성에는 도달할 수 없기 때문입니다."

"부모미생전본래면목이란 도대체 무슨 뜻입니까?"

"글자 그대로 부모에게서 태어나기 이전의 나의 본래 모습은 무엇이었느냐 하는 뜻입니다. 여기서 부모는 우주 전체를 말합니다. 그 본래 모습을 지식이나 머리로나 관념으로 알아보았자 아무 소용도 없습니다. 요컨대 가슴과 온몸으로 체감(體感)해야 합니다. 다시 말해서 실체험으로 느끼지 못하는 한 그것은 당사자에게는 별 의미가 없습니다. 지식과 관념만으로는 인격이 바뀌지 않기 때문입니다."

"그 밖에 또 어떤 것이 있습니까?"

"앞에 말한 두 개의 화두와 비슷한 걸로는 '나는 무엇인가?' '나는 누구인가?' '이뭐꼬?' 같은 화두가 있습니다. 뜻은 앞의 것과 대동소이합니다. 모두가 생명의 본질에 도달하기 위한 방편들입니다."

구도의 대중화 시대

"선생님께서도 제자들에게 그러한 화두를 권장하십니까?""

"그렇지 않습니다."

"왜요?"

"지금은 조사(祖師)들이 주름잡던 선문답(禪問答)의 시대가 아니기 때문입니다."

"왜 그렇게 생각하시게 되었죠?"

"지금은 삭발하고 승복 입은 사람들만이 진리를 추구하던 그러한 호랑이 담배 먹던 유장(悠長)한 시대는 아니라고 보기 때문입니다. 화두나 선문답 같은 것으로 진리가 전수되던 그러한 시대가 지금은 아닙니다. 지금은 옛날처럼 한 스승에게서 한 제자에게 법과 의발(衣鉢)이 전승되던 그러한 시대가 아니라는 말입니다.

법과 의발(衣鉢)이 전수되던 시대는 육조 혜능 대에 그 자신에 의해 이미 폐지되었습니다. 육조는 자신이 지은 게송(여기서는 『육조단경』을 말한다)대로 생각하고 행동하는 사람은 누구를 막론하고 자기의 참제자이고 자기 자신과 같다고 말했습니다. 이것은 누가 누구에 의해 견성을 인정받고 말고 하는 구습을 벗어던진 것을 말해 줍니다.

서기 2000년을 앞두고 지난 1천 년 동안 인류사상 가장 획기적인 발명으로 세계의 석학들이 이구동성으로 꼽은 것이 활판 인쇄술의 발명입니다. 이 발명으로 서구에서는 성직자들에게 독점되어 비밀리에 전수되던 성경이 일반에게 공개되었습니다.

이제 특수 계층에 의해 독점되어 왔거나 비전(秘傳)되던 정보는 없어지게 되었습니다. 뜻만 있으면 누구든지 어떠한 정보든지 입수할 수 있게 되었습니다. 이것은 기술과 과학 또는 문학 분야뿐만 아니라 종교와 구도의 분야까지도 예외는 아닙니다.

구태여 머리 깎고 절에 들어가지 않아도 우리는 얼마든지 『팔만대장경』을 손에 넣을 수 있게 되었습니다. 교회에 나가지 않아도 우리는 누구나 신구약 성경을 구입할 수 있습니다. 그 밖의 어떠한 비경(秘經)이라도 원하기만 하면 언제나 구할 수 있습니다.

문제는 정보가 아니라 실천입니다. 지식이 아니라 체득(體得)입니다. 관념이 아니라 깨달음입니다. 깨달음은 교회나 사찰 안에서만 가능한 것은 절대로 아닙니다. 누구나 갖고 있는 자기중심이 싹이 터서 진리의 눈을 떠야 합니다. 이른바 견성을 말합니다.

견성은 정보의 획득에서 오는 것이 아니라 실천궁행(實踐躬行)하여 자기중심의 진체(眞體)가 눈뜨는 것을 말합니다. 승복이나 성직자의 제복을 입은 사람들은 의식적으로 견성이나 구원을 늘 생각하므로 자기도 모르게 일종의 집착에 사로잡혀 있지만, 그렇지 않은 일반 민초들은 아무런 구속도 받지 않고 자유자재로 자기 갈 길을 가게 되므로 모든 집착에서 해방되어 누구의 눈치도 볼 것 없이 자기도 모르게 구도에 정진할 수 있습니다.

마치 타이틀을 가진 권투 선수가 아무 타이틀도 없는 신인 선수보다도 더 많은 긴장과 부담을 가져야 하는 것과 같은 이치입니다. 아무것도 아닌 일반 민초들은 차라리 아무 부담도 없이, 남들과 똑같이 일상생활을 하면서도 그럴 마음만 있으면, 언제 어디서나 얼마든지 남모르게 수행을 할 수 있습니다.

그들에게는 일상생활 그 자체가 생동감 있는 수련 현장입니다. 승복과 제복의 구속이 없기 때문에 그들은 오히려 더 많은 여유를 갖고 홀가분하고 느긋하게 창의력을 마음껏 발휘하여 수행에 용맹정진할 수 있습니다."

"말하자면 이 세상에는 제복 입은 구도자보다는 숨은 구도자가 더 많다는 말씀입니까?"

"그렇습니다."

"확실한 근거가 있는 말씀입니까?"

"그렇고말고요."

"그것을 무엇으로 입증할 수 있습니까?"

"우선 책방에서 팔려나가는 구도에 관한 서적들의 양이 날이 갈수록 증가일로에 있다는 것만 보아도 알 수 있습니다. 이들 평범한 독자들은 책만 읽을 뿐만 아니라 직접 수행도 하고 있습니다. 이들 중에는 스님보다도 불경을 더 많이 그리고 더 자세히 알고 있는 사람이 있는가 하면 교회의 목사나 신부보다도 성경을 더 환히 꿰뚫고 있는 사람들이 많습니다.

구도의 대중화, 종교의 대중화 시대에 우리는 지금 살고 있습니다. 스승과 제자 사이의 지식과 의식의 평준화가 정보의 자유로운 유통으로 달성되어 가고 있습니다. 컴퓨터의 대량 보급은 이 과정을 더욱더 가속화시키고 있습니다.

여기서 한 걸음 더 나아가 스승을 외부에서 구하던 시대에서 자기 내부의 스승에게 점점 더 크게 의존하는 시대로 바뀌어 가고 있습니다. 동서고금의 온갖 방편들이 전부 다 공개된 이상 이제 더이상 외부에서 스승을 구할 필요도 점점 줄어들게 되었습니다. 육조가 말한 식심견성(識心見性)의 시대가 된 것입니다."

"식심견성이 무엇인데요?"

"누구나 자기 마음의 실상을 알아내면 남의 도움 없이도 스스로 견성할 수 있다는 얘기입니다."

"견성(見性)이 무엇입니까?"

"자기 자신의 참모습을 알아냄으로써 더이상 생로병사 따위에 휘말려 돌아가지 않는 것을 말합니다."

"자기 마음의 참모습은 어떤 것입니까?"

"선악(善惡), 청탁(淸濁), 후박(厚薄), 생사(生死)의 어느 한쪽에도 연연하지 않고 양변(兩邊)을 벗어난 상태를 말합니다."

"어떻게 하면 그러한 상태에 도달할 수 있겠습니까?"

"그건 아주 간단합니다. 바르게 보고 바르게 살면 누구나 다 그렇게 됩니다."

"그전에는 바르고 착하고 지혜롭게 살아야 한다고 하시지 않았습니까?"

"바르게 보고 바르게 살면 자연히 착하게 살게 됩니다. 누구나 바르고 착하게 살게 되면 지혜롭게 됩니다. 하나는 넷이고 셋은 하나입니다."

실업자 신세 면하게 해주는 길

"요즘은 IMF 사태로 기업 구조조정으로 대량 퇴출 실업자가 무려 2백만에 육박해 간다고 합니다. 멀쩡하게 잘 다니던 직장에서 하루아침에 목이 잘린 사람들, 연쇄 부도로 흑자 도산당한 중소기업 사장들, 좋은 아파트에 살다가 가장의 부도로 졸지에 길바닥에 나앉게 된 가족들, 참으로 육이오 이래 가장 큰 난리입니다.

회장이니 사장이니 중역이나, 전무니 부장이니 하다가 갑자기 무일푼이 되어 버리고 세상을 원망하고 자기 한탄만 하느라고 술로 세월을 보내는 사람들, 빚쟁이와 마누라 잔소리 등쌀을 못 견디겠다고 집을 뛰쳐나와 노숙자로 전락된 군상들, 참으로 우리 시대의 비극이 아닐 수 없습니다.

저는 제 주위에 이런 사람들이 하도 많아서 그들을 어떻게 대해주어야 할지 막연할 때가 한두 번이 아닙니다. 이처럼 실의에 빠진 사람들을 위해서 귀가 번쩍 뜨이는 복음과 같은 말이 없을까요?"

우창석 씨가 물었다.

"어찌 보면 온 국민이 다 같이 겪고 있는 고통이요 비극이기도 합니다. 우창석 씨는 실직자들에 대하여 각별한 관심을 가지고 있는 것 같은데, 그렇게 한데 뭉뚱그려서 말할 것이 아니라 사례별로 하나씩 하나씩 물어오면 그때그때 좋은 착상이 떠오르는 대로 말해 보도록 하죠. 우선 그들 실업자들 중에서 제일 문제가 되는 경우부터 말씀해 보세요."

"제일 다루기 어려운 경우가 자기가 실업자가 되어 지금처럼 불행해진 원인을 전부 다 남의 탓으로만 돌리는 경우입니다. 그들은 자기가 이렇게 실업자가 된 것은 가령 인사부장이 자기를 까닭 없이 미워했기 때문이라고 단정합니다. 그리하여 그에게 원한을 품고 증오하고 저주하는 겁니다. 그리고 그를 사기꾼이요 위선자로 몰아붙이는 겁니다. 그 때문에 그의 입에서는 끊임없이 독설이 튀어나옵니다. 이런 때는 어떻게 그를 위로하고 격려해야 좋을지 모르겠습니다."

"그렇게 모든 것을 남의 탓으로만 돌리고 남을 원망하고 저주하는 동안 그에게서는 계속 진기(眞氣)가 빠져나가게 될 것입니다. 마음이 부정적이냐 긍정적이냐 하는 것은 오직 마음먹는 사람 자신에 달려 있습니다. 마음속에 독을 품으면 그 독은 줄곧 그의 몸속으로 퍼져나가 그의 주위에 독기를 풍기게 될 것입니다.

그렇게 되면 혹시 그를 도우려고 가까이 오던 사람도 자기도 모르게 그 독기 때문에 찔끔하여 멀리 달아나게 됩니다. 다시 말해서 부정적인 생각은 부정적인 기운을 주위에 퍼뜨리게 됩니다. 유유상종(類類相從)이라고 하여 부정한 사람들은 부정한 사람들끼리 죽이 맞아 서로 모여들게 마련입니다."

"그런 때는 뭐라고 충고를 해 주면 좋겠습니까?"

"무엇보다도 먼저 그 부정적인 마음을 긍정적인 마음으로 바꾸라고 충고해 주어야 합니다. 어둔 마음은 어둠을 부르고 밝은 마음은 밝음을 부르게 되어 있습니다."

"그렇게 마음을 긍정적으로 바꾸어 보라고 말하면 세상이 온통 다 썩었고 위선자나 사기 협잡꾼 아닌 자가 없는데 나 혼자만 밝은 마음을 가져 보았자 무슨 소용이 있겠느냐고 합니다. 그러면서 불행한 놈은 이렇게 불행하게 살다가 죽어 버리면 그만이라고 합니다."

"자기가 불행하다고 생각한다면 그렇게 불행해진 원인은 자업자득이라고 말해 주세요."

"그렇게 말해 주면 그 씨도 먹히지 않는 미신 같은 소리 하지도 말라고 합니다."

"왜 그렇게 생각한답니까?"

"자기가 불행한 것은 자기가 부모를 잘못 만났기 때문이지 무슨 놈의 자업자득이냐고 도리어 눈알을 부라립니다."

"그러면 그러한 부모를 만난 것도 자업자득이라고 말해 주세요."

"자기는 전생 같은 것은 믿지도 않는다고 합니다."

"그러면 원인 없는 결과가 있을 수 있느냐고 물어보세요."

"그렇게 말하면 자기는 그런 거 모른다고 도리질을 합니다."

"그럼 그런 사람에게서는 떠나는 게 좋습니다. 아직 때가 되지 않은 사람에게 아무리 좋은 얘기를 해 봤자 무슨 소용이 있겠습니까? 돼지에게 진주를 던져 주는 격이죠."

"그럼 그런 사람은 포기하라는 말씀입니까?"

"그렇습니다. 적어도 그에게 이성이 돌아올 때까지는 기다려 주어야 합니다. 최소한 인과를 인정하고 인과에 대하여 사심 없이 얘기할 만한 분위기가 조성되었을 때 다시 접근해 보도록 하세요. 이왕에 상대에게 좋은 일을 하려고 작정한 이상 인내력을 갖고 꾸준히 설득하여 최소한 인과(因果)를 믿는 수준까지만 끌어올리면 그다음부터는 얘기가 한결 쉽게 풀릴 것입니다."

"그 정도라면 마음이 이미 다 열린 거 아닙니까?"

"그렇다고 봐야죠."

"그렇게 되기까지가 제일 문제라고 봅니다."

"허지만 마음의 문을 열지 않는 사람에겐 그 어떤 좋은 충고를 해 주어도 먹혀들지 않습니다. 태양이 제아무리 따뜻한 햇볕을 내려쬐어도 문을 열지 않는 한 골방 안에는 햇빛이 들어갈 수가 없습니다. 먹을 의사가 전연 없는 사람에게는 제 아무리 좋은 보약도 무용지물일 수밖에 없습니다.

알코올 중독에서 기사회생한 신혼 주부

어떤 신세대 신혼부부가 밀월의 단꿈이 채 깨기도 전에 벤처 기업으로 일단 성공을 거두었던 남편의 회사가 부도가 났습니다. 남편은 아내에게 한마디 고별인사도 나누지 못하고 빚쟁이와 경찰에 쫓겨 종적을 감추었습니다.

신접살림을 차렸던 아파트까지 빚쟁이들에게 넘어가자 신부는 그야말로 졸지에 길바닥에 나앉게 되었습니다. 그렇다고 친정으로 기어 들어가기는 자존심이 허락하지 않았습니다. 그녀는 생각 끝에 몸에 지니고 있던 패물을 팔아 간신히 전세금을 마련하여 지하실 전세방으로 거처를 옮겼습니다.

이사한 직후부터 그녀는 자기를 이 꼴로 만들어 놓고 소식도 없이 사라져버린 신랑을 원망하고 저주하기 시작했습니다. 밥해 먹을 생각도 않고 남편에 대한 원망이 치밀 때마다 소주병을 깠습니다. 제정신이 돌아올 만하면 또 소주병을 깠습니다.

취중인지 꿈속인지 모르는 세월이 한 달 이상이나 흐른 어느 날 그녀는 문득 제정신을 차렸습니다. 방안에는 소주병과 새우깡 봉지만 하나 가득 어지럽게 널려 있었습니다. 이제 그녀는 중요한 사실 하나를 발견했습니다.

술에 취해서 살아온 지난 한 달 동안에 그녀는 이미 돌이킬 수 없는

34

알코올 중독자로 변신해 있었다는 겁니다. 그리고 그녀의 모습은 해골만 남은 산발한 원귀(冤鬼)의 모습 그대로였습니다. 단 한 달 동안 남편을 원망하고 저주한 결과가 바로 이것이었다는 것을 뼈아프게 깨달았습니다. 그녀는 자기가 여기에서 심기일전(心機一轉), 기사회생(起死回生)하여 새롭게 마음과 몸을 추스르지 못하는 한 별 볼 일 없는 알코올 중독자라는 폐인의 한평생을 마감하리라는 것은 한밤중에 불을 보듯 뻔했습니다.

여기서 그녀가 체험으로 알게 된 가장 소중한 것은 남을 원망하고 저주하는 것은 그 원망과 저주의 대상보다는 원망과 저주를 내보내는 자기 자신이 먼저 파멸하게 된다는 사실을 확인했다는 겁니다. 그녀는 곰곰이 생각했습니다.

남편에 대한 원망과 저주가 불과 한 달 사이에 자기를 이토록 파멸시켰으니 어떻게 하면 자기를 가장 빠른 시일 안에 그 이전 상태로 복귀시킬 수 있을까 하고 진지하게 생각해 보았습니다. 그러자면 무엇보다도 먼저 자기를 이 꼴로 만든 그 원망과 저주에서 벗어나야 했습니다.

남들도 남편이 부도를 당했을 때 자기처럼 행동했을까 하고 생각해 보았습니다. 누구나 다 그렇지는 않았을 것입니다. 자기와 같은 행동을 취하는 사람도 있겠지만 그렇지 않고 꿋꿋하게 이겨 나가는 사람도 분명 있을 것입니다. 여기서 그녀가 알게 된 것은 원망과 저주는 사람에 따라 일어날 수도 있고 일어나지 않을 수도 있다는 것이었습니다. 그것은 순전히 마음먹기에 달려 있다는 것도 알게 되었습니다.

　그럼 지금까지 그녀를 망가뜨린 원망과 저주를 없애면 그전 상태를 회복할 수 있지 않을까 하고 생각해 보았습니다. 이제부터 남편에 대한 원망과 저주를 하지 말자 하고 다짐해 보았습니다. 그러나 한 달 동안 다지고 다져 왔던 그 원망과 저주가 그렇게 녹녹하게 하루아침에 사리질 리가 없었습니다. 사라지기는커녕 여전히 그녀를 지배하고 있었습니다.

　단순히 원망하지 말고 저주하지 말자는 소극적인 방법으로는 어림도 없다는 것을 알게 되었습니다. 그럼 보다 적극적이고 능동적인 방법은 무엇일까 하고 궁리해 보았습니다. 일단 화판에 칠해진 색깔을 흰 물감으로 덧칠해도 깡그리 지워지지는 않습니다. 보다 강렬한 다른 물감으로 덧칠해야 합니다. 이때 그녀의 뇌리에 문득 떠오르는 말귀가 있었습니다.

　'악은 선으로 갚아라!'

　순간 그녀는 남편에 대한 원망을 용서로 저주를 사랑으로 바꿔야 한다는 것을 알게 되었습니다. 남편이 자기를 이 지경으로 몰아넣은 것은 절대로 고의가 아니고 잘해 보려다가 갑자기 IMF 위기라는 국가적인 시련이 빚어낸 불가피한 상황이라는 것을 이해하게 되었습니다.

　이처럼 원망과 저주를 용서와 사랑으로 바꿔버리자 비로소 마음에 평안이 다시 찾아왔습니다. 그녀는 자기가 살기 위해서도 남편을 용서하고 사랑해야 한다는 것을 스스로 깨우치게 되었습니다. 이렇게 마음의 안정을 되찾은 그녀는 당장 살기 위해서라도 무슨 일이든지 해서 돈을 벌어야 했습니다.

마음을 바꾸기가 어렵지 일단 이렇게 한 번 마음이 돌아서자 그녀는 무서운 것도 못 할 것도 없었습니다. 닥치는 대로 돈벌이에 나섰습니다. 마음속에 평화를 찾은 그녀는 노숙자들마저 꺼리는 힘들고 위험하고 더러운 3D업종까지도 마다하지 않았습니다. 무슨 일을 하든지 성심껏 열심히 일하는 그녀를 싫어하는 업주는 없었습니다.

불과 6개월 사이에 작은 밑천을 거머쥔 그녀는 오토바이를 한 대 구입하여 퀵서비스 업계에 뛰어들어 동에 번쩍 서에 번쩍하는 동안 순전히 자기 힘만으로 사업가로 일어설 수 있는 기반을 닦게 되었습니다."

"결국은 마음먹기에 따라서 운명이 바뀌어 버린다는 얘기군요."

"그렇습니다. 원망은 원망을 부르고 저주는 저주를 불러 불과 한 달 사이에 한 얌전했던 신혼 주부를 재기불능 상태의 알코올 중독자로 탈바꿈시켰지만, 자기 잘못을 깨닫고 기사회생한 그녀는 불과 반년 사이에 자기 자신을 유망한 여성 사업자로 변신시켰습니다. 그녀가 소주만 까먹던 그 한 달 동안에는 그 누가 찾아가서 제 아무리 귀중한 인생살이의 충고를 해주어 봤자 쇠귀에 경 읽기였지 무슨 효과가 있었겠습니까?"

"결국은 때를 기다리는 수밖에는 없었다는 얘기군요."

"그렇습니다. 아무리 귀중한 금언도 때를 얻어야 제 효과를 발휘할 수 있는 겁니다."

"복수심에 불타는 사람을 선도할 수 있는 좋은 방법이 있으면 좀 말씀해 주시겠습니까?"

"원망과 저주는 그러한 마음을 품은 사람을 골병들게 하고 파괴하는 경향이 강하지만 복수심만은 직접 그 대상을 공격하는 특성이 있습니다. 이것은 곧 방화와 폭행과 살인강도와 같은 형사범행으로 연결됩니다.

마치 자살특공대와도 같이 무모하기 짝이 없습니다. 그러나 파괴적이라는 점에서는 원망이나 저주와 대동소이합니다. 마음 하나만 바꾸면 그 강력한 부정적인 에너지를 긍정적인 것으로 순식간에 바꾸어 놓을 수 있습니다. 현실적인 이해득실을 잘 따져서 당사자 스스로 잘 선택을 하도록 유도해 보세요. 의외로 순순히 마음을 바꿀 수도 있을 것입니다."

"그러고 보니 가장 다루기 어려운 경우가 의욕상실자, 자포자기한 타락자입니다. 이런 사람들을 선도할 수 있는 좋은 방법이 없을까요?"

"원망도 저주도 복수심도 없는 자포자기한 의욕상실자야말로 가장 다루기 어려운 경우일 것입니다. 부정적이든 긍정적이든 아무런 의욕도 욕구도 없는 사람에게는 뭐라고 함부로 말을 건네기도 어렵습니다. 찾는 것도 없고 구하는 것도 없는 사람에게 무슨 말을 한들 소용이 있겠습니까? 그런 사람들은 바로 그 의욕상실의 꿈에서 깨어날 때까지 기다리는 도리밖에는 없습니다."

왕따를 이기는 길

"요즘 한창 시중에 물의를 빚고 있는 왕따를 이기는 효과적인 방법이 있을 수 있을까요?"

"남의 질시나 미움을 사지 않으면 됩니다."

"어떻게 하면 남의 질시나 미움을 사지 않을 수 있을까요?"

"이기심만 떠나면 간단히 해결됩니다."

"선생님 말씀대로라면 왕따 당할 사람이 하나도 없을 것 같은데 실상은 그렇지 않거든요. 왕따를 견디다 못해 자살을 하는 학생이 있는가 하면 참다못해 온 가족이 이민까지 가는 경우도 있습니다. 선생님 말씀대로 남의 질시나 미움 사지 않고 이기심만 없애면 왕따 문제는 간단히 해결될 수 있을 것 같은데 사실은 그것이 제대로 되지 않아서 왕따를 당하는 일이 부지기수거든요. 모든 예방 조치에 실패하여 일단 왕따에 걸려들면 어떻게 처신하는 것이 좋겠습니까?"

"일단 왕따에 걸려든 학생은 그 순간부터 조금도 당황하지 말고 침착하게 벗어날 궁리를 해야 합니다. 왕따란 올가미와도 같아서 섣불리 벗어나려고 몸부림치면 칠수록 점점 더 심하게 옥죄어 들어오게 되어 있으니까요. 우선 왕따에 걸려든 사람은 침착하게 왜 자기가 왕따에 걸려들게 되었는지를 곰곰이 되새겨 보아야 합니다. 그리하여 이 위기를 도리어 인생 공부의 계기, 전화위복의 계기로 삼아야 합니다.

그리하여 무엇 때문에 남의 질시를 받게 되었고 미움을 사게 되었는지를 차근차근 가려내어 그 올무에서 벗어날 작전을 세워야 합니다. 동료들이 일제히 자기에게 말을 하지 않고 피해도 절대로 기죽지 말고 당당하게 자기 할일을 하면 됩니다.

뒤에 안 일이지만 우리 딸애가 고등학교 다닐 때 한 번 왕따를 당한 일이 있었습니다. 보통 아이 같으면 왕따 당한 일을 가지고 분해하기도 하고 안절부절하기도 할 텐데 딸애는 아무렇지도 않았습니다. 학교에서 왕따 당한 학생이 제일 괴로워하는 것은 수업 시간에 선생님 말씀을 잘 알아듣지 못했을 때입니다.

그전 같으면 지각이나 조퇴나 결석을 하여 노트를 정리하지 못하면 옆 아이의 도움을 받으면 되지만 일단 왕따를 당했을 때는 완전히 고립무원 상태에 빠지게 됩니다. 그래서 선생님 말씀도 남들보다 더 열심히 들어야 하고 지각이나 조퇴나 결석 같은 것은 엄두도 내지 말아야 합니다.

딸애는 완전히 비상체제로 들어가 동료들의 도움 없이 무엇이든지 독자적으로 해결할 수 있도록 만반의 준비를 다 갖추었습니다. 공부를 못하는 것도 아니고 항상 학급에서는 상위층에 들었으므로 아쉬울 것도 없었습니다. 왕따를 놓은 동료들은 멀지 않아 딸애가 잘못했다고 항복해 올 줄 알았는데 추호도 굽히지 않고 당당하게 학업에 열중하는 것을 보고 모두가 속으로 혀를 내둘렀다고 합니다.

그러는 동안에 한눈팔지 않고 열심히 공부에만 몰두할 수 있었으므로 성적이 의외로 향상되었고 선생님으로부터 모범생으로 칭찬을 받게 되었습니다. 하긴 이런 상황 속에서는 공부밖에 할일이 뭐 있겠습니까? 전 학급을 상대로 한 말없는 대결에서 딸애에게 먼저 말을 건 것은 상대측이었다고 합니다. 게다가 한 가지 기특했던 것은 이런 일을 겪으면서도 집안 식구 누구에게도 아무런 말 한마디하지 않았다는 겁니다."

"결국은 순전히 혼자 힘으로 위기를 도약의 계기로 삼으라는 말씀이군요."

"그렇습니다."

"그런데 왕따를 놓은 학생들의 심리를 분석해 보면 크게 두 가지가 있습니다. 그중 하나는 잘난 척하고 중뿔난 동급생의 기를 죽여 골탕을 먹이자는 겁니다. 방금 예를 든 경우입니다. 또 하나는 자기네보다 신체적으로나 정신적으로나 불완전한 동료를 못살게 괴롭히는 악취미입니다. 이 두 가지를 구별해서 그 대책을 좀 설명해 주시겠습니까?"

"첫 번째 경우, 상대가 골탕을 먹이려고 할 때 이쪽이 골탕을 먹지 않으면 됩니다. 그리고 다른 한편으로는 겸허하게 자기 자신을 반성해야 합니다. 자기를 철저하게 객관화해 놓고 관찰해야 합니다. 역지사지 방하착하여 자기 잘못을 깨닫고 반성함으로써 동료들의 미움이나 질시를 받지 않도록 겸손해져야 합니다.

그리고 왕따를 놓은 아이들을 원망하거나 미워하지도 말고 속으로 용서해 주어야 합니다. 우선 자기 마음속에서 교만이 사라지고 용서와 사랑이 싹튼다면 그러한 마음의 파장이 얼굴과 몸을 통해서 밖으로 퍼져나가게 됩니다. 민감한 동료들은 이것을 재빨리 포착하고는 속에 맺

혔던 질투심이나 시기심도 어느덧 눈 녹듯 사라지게 될 것입니다."

"두 번째 경우는 어떻습니까?"

"약한 동료를 도와주지는 못할망정 집단적으로 괴롭히는 행위는 가장 악질적인 취미입니다. 이런 때는 왕따 당한 학생이 따돌림을 놓은 학생들의 배경을 철저히 조사하여 면밀한 대책을 세워야 합니다. 약자를 괴롭히는 행위 역시 지극히 병적이기 때문입니다.

틀림없이 그런 학생들은 부모의 정상적인 돌봄을 받지 못한 결손 가정에서 자랐을 가능성이 많습니다. 이런 학생들은 공부에도 열의가 없어서 교사들에게서도 항상 골칫거리입니다. 가정과 학교에서 다 같이 스트레스를 받는 그들은 이 스트레스를 해소할 만한 상대를 심신이 취약한 동료에게서 찾습니다. 다시 말해서 그 약한 학생을 그들의 희생양으로 삼는 겁니다."

"그런 때는 교사와 학부모가 협조해서 해결해야 하지 않을까요?"

"그것보다는 왕따 당하는 학생이 중심을 잡고 의연하게 대처하는 것이 역시 해결의 지름길입니다."

"심신이 병약한 학생이 그럴 수 있을까요?"

"그래도 당사자 해결이 무엇보다도 우선해야 합니다. 남을 괴롭히는 자들은 우선 괴롭힘을 당하는 동료의 태도 여하에 즉각적인 반응을 보이게 됩니다. 그들이 제일 쾌감을 느끼는 것을 괴롭힘을 당하는 상대에게 자극을 주었을 때 신경질적으로 괴로워하고 고통스러워하는 반응을 보이는 겁니다.

그런데 이쪽에서 아무리 때리고 꼬챙이로 찔러도 상대가 아무런 반응을 보이지 않으면 어떻게 될까요. 아무런 쾌감도 느끼지 못하는 그들은 곧 지루하고 싫증이 나서 하던 짓을 그만두게 될 것입니다."

"그러나 심신이 취약한 학생이 그렇게 나온다는 것이 어디 쉬운 일이겠습니까?"

"물론 쉬운 일이 아니죠. 그러나 장애인들 중에는 정상인들이 도저히 따라갈 수 없을 정도로 마음이 안정된 사람이 있는 것을 볼 수 있습니다. 헬런 켈러 같은 여자는 듣지도 보지도 말하지도 못하는 삼중고(三重苦) 속에서도 정상인이 도저히 따를 수 없는 업적을 남겼습니다. 천체물리학자 스티브 호킹은 머리만 빼놓고는 퇴행성 전신마비라는 장애 속에서도 정상적인 학자 이상의 큰 업적을 이루지 않았습니까? 이것이 바로 자연의 보상이고 섭리입니다.

그러니까? 어떻게 하든지 괴롭힘을 당하는 학생 스스로 자기중심을 잡고 잠재능력을 최고도로 발휘하여 지혜롭게 문제를 해결해 나가도록 유도하고 격려해 주어야 합니다. 외부의 도움은 그 결과를 보고 나서 결정해도 늦지 않습니다."

"그 정도의 안정과 지혜를 갖추려면 어떻게 하면 되겠습니까?"

"남보다 내가 열등한 처지에 서게 된 것을 불행하다고 한탄만 하거나 그러한 자기를 낳아준 부모나 하늘을 원망만 할 것이 아니라 모든 것이 하나에서 열까지 인과응보요 자업자득이라는 것을 깨닫는 겁니다. 모든 것을 내 탓으로 돌릴 때 사람은 가장 위대한 능력과 지혜와 덕을 발휘할 수 있습니다."

"그건 왜 그렇습니까?"

"그렇게 생각하는 사람의 중심축은 우주 생명의 축과 정확히 일치되어 우주 본체에서 오는 무한한 능력과 지혜를 받을 수 있기 때문입니다."

"과연 그렇게 될 수 있을까요?"

"그렇게 될 수 있고말고요. 소우주인 인간의 중심축은 원래 대우주의 중심축과 정확히 일치하게 되어 있습니다. 그런데 잠시 생각이 빗나가는 바람에 일치되었던 중심축이 어긋나게 되어 생로병사의 윤회 속에 휘말리게 된 것입니다."

군대 조직엔 왕따가 없다

"지금까지 말씀하신 것은 어디까지나 왕따 당한 개인이 집단을 상대로 한 힘겨운 대결이었습니다. 그보다는 집단이나 조직의 힘을 이용하는 방법은 없을까요?"

"있습니다."

"그게 뭐죠?"

"학급 조직도 일종의 조직이니까 이 조직을 적절히 활용하면 됩니다."

"어떻게 말입니까?"

"학급 조직을 군대에서처럼 조, 반, 분대 등으로 세분화하여 팀워크와 경쟁력과 학우애를 부활시키면 됩니다. 한 학급 안에서도 조와 반과 분대 단위로 숙제나 과제를 주고 조와 조, 반과 반, 분대와 분대 사이에 경쟁을 시켜 그 집단의 종합 점수를 각 개인의 내신 성적 점수로 쳐줍니다.

이렇게 되면 어쩔 수 없이 협동심을 발휘해야만 하는 팀워크를 해야 하므로 조직 내의 어느 한 사람을 따돌림으로써 그 조직 전체의 점수가 깎이는 짓은 아무도 하지 못하게 됩니다. 그래서 군대에서는 기합을 받아도 칭찬을 받아도 개인보다는 그 개인이 속한 조직인 조나 반이나 분대나 소대 단위로 받게 되어 있습니다.

팀워크에서는 한두 사람이 잘해 보았자 아무 의미도 없습니다. 따라서 조직은 그것이 아무리 작은 것이라고 해도 마치 살아 있는 생명체처럼 꿈틀거리며 움직이지 않을 수 없게 되어 있습니다. 조직 내의 어느 한 사람이 게으르고 잘난 척하고 사고를 내도 다른 조에 알려질세라 그 조직 안에서 서로 감추어 주고 격려해 주고 서로 감시하여 낙오자가 생기지 않도록 협동력을 발휘하게 됩니다.

이처럼 팀워크와 경쟁과 학우애를 바탕으로 해야만 생존할 수 있는 조직 체계 안에서는 비록 조직 내의 어느 한 사람이 미운 짓을 해도 한 가족처럼 서로 감싸주고 상부나 경쟁 조직에 알려지지 않도록 숨겨주게 되어 있습니다. 사고뭉치가 그 조직 안에 있어도 그것을 노출시키면 경쟁에 불리하니까 어떻게 해서든지 자기네 조직체 안에서 소화하고 처리하려고 애쓰게 되어 있습니다. 이렇게 지내는 사이에 어느덧 그 조직 안에서는 서로가 서로를 아끼고 존중해 주는 훈훈한 동료애가 싹트게 됩니다.

그런데 요즘의 학급을 가만히 관찰해 보면 5, 60명이나 되는 학급 단위만 있지 그 안에 세부 조직 같은 것은 전연 없습니다. 학급반장이 있기는 하지만 예하 조직이 없으므로 학급 전체를 효과적으로 통솔할 수도 없습니다. 그러니까 힘깨나 쓰는 불량 학생들이 제멋대로 판을 치게 됩니다.

그리고 학급 담임교사는 자기 학급에는 절대로 왕따 같은 것은 없다는 환상에 사로잡혀 있습니다. 그러니까 이 틈을 노리고 폭력을 쓰는 불량 학생들의 독무대가 됩니다. 공부하기 싫어하고 질이 낮은 이 불량 학생들에 의해 학급은 사실상 좌우되고 있습니다.

이런 무법천지 속이니까 왕따와 같은 가장 저질적인 관행들이 활개를 치는 것은 어쩌면 당연한 일입니다. 그렇지 않아도 최근 신문 보도에 따르면 피혁 제조업체인 가우디(주)에서 최근 3개월 동안 벌인 따돌림 해법 현상공모에서 1천 8백여 명의 경쟁을 뚫고 대상을 받은 인천백학초등학교 공숙자(38) 교사의 경우가 돋보입니다. 그 해법의 핵심은 소규모 그룹 활동을 통한 친밀감 높이기였습니다.

학생들은 6~7명씩 소그룹으로 나누어 공동 학습, 악기 연주회, 손잡고 달리기 등을 함께 하도록 지도되는 4단계 프로그램이 주요 내용으로 되어 있습니다. 공숙자 교사가 제출한 보고서는 학생들끼리 서로 칭찬해 주는 단계에서 함께 벽화를 그리는 수준으로 공동 활동을 차츰 심화해 가도록 교사가 지도하는 과정을 상세히 제시하고 있습니다.

실제로 지난 6개월 동안 이 프로그램을 적용한 공숙자 교사는 '왕따 학생과 급우들이 마음을 열고 자연스럽게 어울리는 데에는 집단 활동이 가장 효과적임을 확인했다'고 말했습니다."

"그 말씀을 들으니까 왕따 현상은 학급 담당교사들이 지금까지 너무나 안이하게 학생들을 자율에만 맡긴 데서 오는 폐단이라는 느낌이 듭니다."

"옳은 말씀입니다. 이제 말한 공숙자 교사처럼 학생들에 대한 깊은 관심과 애정과 열의가 있었더라면 왕따 현상은 사전에 충분히 방지할 수도 있었을 것입니다."

"그렇습니다. 자기가 맡은 학급 학생들에 대하여 평소에 면밀한 관찰을 해 두었더라면 불량 폭력 학생들이 활개를 치도록 방치하지는 않았을 것입니다."

"그러나 만약에 그 담임교사가 촌지를 좋아한다는 소문이 학생들 사이에 쫙 퍼져 있었다면 아무리 좋은 처방을 내놓아도 학생들이 따라오려고 하지 않았을 것입니다."

"어쩌면 촌지 관행이야말로 왕따를 낳게 한 온상이 되었는지도 모릅니다."

"그러니까 초중·고등학교 교사에게도 대기업체 직원 수준의 대우를 하여 촌지 따위는 처음부터 거들떠보지도 않는 풍토를 만들어야 합니다."

"그렇지만 선진국에서도 교사들의 봉급 수준은 그 나라 평균 수준으로 볼 때 별로 높지 않습니다. 그런데도 교사들은 촌지 같은 것은 감히 상상도 하지 않습니다. 그 대신 교원 노조활동은 허용되고 있다고 합니다."

"차라리 노조 활동을 허용할지언정 학부모에게서 촌지를 받아 챙김으로써 학생들의 불신을 사는 일은 무슨 일이 있어도 용납되어서는 안 될 것입니다."

"결론적으로 말해서 왕따를 이기는 첩경은 왕따를 당한 당사자가 각성하여 스스로 극복해 나가는 것이 첫째고 그다음은 협동조직이 활성화되는 것이군요."

"그렇습니다."

테레사 수녀가 성인입니까?

"선생님, 테레사 수녀가 성인(聖人)입니까?"

우창석 씨가 물었다.

"왜 그런 질문이 나왔죠?"

"신문에 보니까 가톨릭에서는 사망한 지 5년이 지난 신자라야 심사를 받아 성인으로 추대될 자격이 부여되는데, 테레사 수녀에 한해서는 5년이 되기 전에라도 성인으로 추대된다는 보도가 나오고 있어서 물어보는 겁니다."

"가톨릭에서 말하는 성인과 구도자들이 말하는 성인과는 그 평가의 표준이나 개념이 다르지 않나 생각합니다."

"어떻게 말입니까?"

"구도자들이 말하는 성인은 불생불멸(不生不滅)의 진리와 한몸이 된 사람을 말합니다. 다시 말해서 성통공완하고 견성 해탈한 사람을 말합니다. 그리하여 진리에 대하여 그 자신만의 독특한 목소리를 낼 수 있고 그가 있는 주위에 독특한 자장을 발생케 하여 사방팔방에서 제자들이 몰려들 수 있는 정도가 되어야 합니다."

"그만의 독특한 목소리라는 것은 무엇을 말합니까?"

"그의 선배들이 낸 목소리를 단순히 흉내내거나 되풀이만 하는 것이 아니라 선배 성인들과는 음색이 다른 특이한 목소리를 내는 것을 말합

49

니다. 이것은 믿음과 지혜가 동시에 혼연일체가 되었을 때 나오는 소리입니다. 선배 성인들의 말을 비록 인용한다고 해도 그의 목소리를 통해서 나올 때는 새로운 차원의 생명력을 갖게 되는 것을 말합니다.”

“왜 그런 일이 일어나죠?”

“선배 성인들의 말을 그대로 되풀이한다면 똑같은 소리에 아무도 귀를 기울이려 하지 않을 것입니다. 그러나 같은 말이라도 그의 목소리를 통해서 전달될 때는 새로운 에너지가 추가됩니다.”

“왜 그럴까요?”

“선배가 말한 진리를 그는 체험을 통해서 소화했기 때문입니다. 체험을 경유하지 않는 진리는 참다운 진리가 아니라 하나의 저장물에 지나지 않습니다. 다시 말해서 체험을 거치지 않은 진리는 단지 하나의 지식이나 기록물에 지나지 않는다는 말입니다.

그러나 특정 성인이 말하는 진리는 그의 선배 성인들이 말한 진리의 말씀을 능가하는 무엇이 반드시 있어야 합니다. 그래야만이 그에게서 감화를 받으려고 구도자들이 모여들게 됩니다. 마치 거대한 자석이 사방팔방에 깔려 있는 쇠붙이 조각들을 끌어당기듯이 말입니다. 그리하여 그에게서 감화를 받은 제자들이 범인에서 성인으로 바뀌게 할 수 있는 영적인 스승이 바로 진정한 의미의 성인입니다.

그런데 테레사 수녀는 거의 평생을 인도의 가난한 거지들에게 잠자리와 먹을 것을 제공해 주는 데 이바지했다는 말은 들었어도, 그 거지들을 범인에서 성인으로 변화시켰다는 말은 들어보지 못했습니다. 다시 말해서 테레사 수녀는 빈민 구제에 평생을 바친 봉사자요 보시자는 될 수 있었을지언정 중생이 진리를 깨닫게 해 준 영적인 스승은 아니었다고 봅니다."

"보시자(普施者)와 성인(聖人)은 같은 반열이 아닙니까?"

"전연 그렇지 않습니다."

"그런데 왜 가톨릭에서는 그녀를 성인으로 추대하려고 할까요?"

"그것은 성인에 대한 가톨릭의 잣대와 구도자들의 잣대가 서로 같지 않기 때문입니다."

"선생님께서는 보시자와 성인의 차이가 어느 정도라고 보십니까?"

"『금강경』에 보면 갠지스 강의 모래와 같이 많은 삼천 대천세계를 메울 만한 칠보(七寶)로 보시를 한다고 해도 사구게(四句揭) 하나를 깨우치게 한 것만 훨씬 못하다는 말이 있습니다. 다시 말해서 보시나 봉사는 아무리 많이 해도 진리의 말 한마디를 설명하여 중생이 깨달음을 갖게 하는 것과는 비교가 되지 않는다는 말입니다."

"그렇지만 말없는 봉사가 많은 사람들에게 깨달음과 영생을 얻게 하는 데 생생한 길잡이가 될 수 있게 한 것이 아닐까요?"

"때가 된 사람은 구정물 속에서 피어난 한 송이 연꽃을 보고도, 대나무에 조약돌 부딪히는 소리를 듣고도, 수로(水路)는 마조(馬祖) 스님의 발길에 된통 걷어 채이고도, 덕산(德山)의 몽둥이찜질을 당하고도, 임제(臨濟)의 대갈일성(大喝一聲)을 듣고도 문득 진리를 깨달을 수 있습니다. 때가 된 사람에게는 삼라만상 중에 깨달음을 재촉하지 않는 것이 없고 만물만생 중에 스승이 아닌 것이 없습니다."

"그러니까 성인은 독특한 자기 목소리로 제자들에게 깨달음을 갖게 해주는 영적인 스승이라야 한다는 말씀이군요."

"당연한 일입니다."

성인과 범인의 차이

"견성 해탈한 성인과 그렇지 않은 보통 사람과는 어떤 차이가 있습니까?"

"이 세상 무엇으로도 움직일 수 없는 마음의 안정을 찾은 사람이 성인이고 그렇지 못한 사람이 범인입니다. 계룡산 동학사에서 강원(講員)으로 이름을 떨쳤던 젊었을 때의 경허 스님이 하루는 옛 스승에게 자신의 출세를 자랑해 보일 요량으로 그가 처음으로 삭발 출가했던 과천의 청계사를 향해 길을 떠났습니다.

때마침 염병(전염병)이 창궐하여 마을마다 송장이 지천으로 널려 있었습니다. 날이 저물어 하룻밤을 쉬어가려고 길가 마을의 어느 집에 들어가도 송장 없는 집이 없었습니다. 그는 어쩔 수 없이 송장 옆에서 잠을 청하지 않을 수 없었습니다. 그러나 막상 잠이 들려고 해도 송장이 무서워 잠을 이룰 수 없었습니다. 잠만 이루지 못한 것이 아니고 그는 송장이 옆에 있는 것만 보아도 소름이 쪽쪽 끼치고 무서워서 이가 마주칠 정도로 온몸이 덜덜 떨렸습니다.

아무리 자신의 의지력으로 진정을 하려고 해도 막무가내였습니다. 수년 동안 불경을 강론한 자기의 공부는 도대체 어디로 갔단 말인가? 그는 속으로 한탄했습니다. 이 정도의 공부를 가지고 옛 스승에게 자랑을 하려고 했던 자기가 얼마나 어리석었던가 하고 뼈저리게 뉘우쳐

졌습니다. 그 길로 그는 가던 길을 되돌려 떠나온 동학사로 되돌아가 자기 거처에 들어가 겨우 밥그릇 드나들 만한 구멍만 남겨 놓고는 문이란 문은 모조리 걸어 잠그고 가부좌를 틀고 앉아 생사를 초월한 흔들림 없는 생명의 본체를 만날 때까지 용맹정진하기로 결심했습니다.

그러나 몰려오는 졸음 때문에 도저히 수행이 되지 않았습니다. 생각 끝에 그는 코앞에 시퍼런 칼날을 매달아 놓고 선정에 들었습니다. 조금이라도 움직이면 칼날에 코가 베일 지경이었습니다. 어찌 잠이 달아나지 않을 수 있겠습니까? 1년 3개월 동안의 결사정진(決死精進) 장좌불와(長坐不臥) 끝에 그는 드디어 마음의 안정을 찾을 수 있었습니다. 송장이 아니라 칼을 든 강도가 찌르겠다고 덤벼도 흔들림이 없을 정도가 되었습니다.

지금 당장 천지개벽이 되고 말세가 닥쳐와 지구가 산산조각이 난다고 해도 흔들리지 않을 정도가 되면 한소식했다고 보아도 됩니다."

"어떤 마음 상태가 되어야 그 정도의 안정을 찾을 수 있겠습니까?"

"나는 없다는 것이 즉각적으로 체증(體證)되어야 합니다."

"체증이란 무엇입니까?"

"머리로만 알거나 이해하는 수준이 아니고 온몸으로 느껴지는 것을 말합니다."

"나는 없다는 것은 또 무슨 뜻입니까?"

"마음속에서 욕심을 완전히 비우면 '나'도 마음 자체도 없어집니다. 이처럼 존재가 깡그리 공허해진 상태, 이른바 무일물(無一物)의 상태가 된 것을 말합니다. 이때 우리는 비로소 생멸(生滅)이 없는 자연의 본바탕, 즉 생명의 본체와 통전(通電)이 되어 우주의 본체와 하나로 연결됩니다. 다시 말해서 우주의 주인이 되는 겁니다. 따라서 그에게는 불안 같은 것이 있을 수가 없습니다.

그에게 있어서 지구는 우주에 무수히 널려 있는 수많은 천체들 중의 하나의 작은 토석(土石) 덩어리에 지나지 않습니다. 그러한 지구 하나쯤 없어진다고 해도 대수로운 것이 될 수 있을 리가 없습니다. 항차 그 안에 사는 58억의 인구들의 10분의 9가 지각 변동으로 살아남지 못한다고 해도 불안해 할 일은 될 수 없습니다."

배은망덕한 사람을 어떻게 대할 것인가?

"그러니까 성인과 범인의 차이는 어떠한 재난 속에서도 마음의 평안을 유지할 수 있느냐 없느냐로 판가름이 난다고 할 수 있겠습니까?"

"그렇습니다. 일전에 모 교도소 교도관으로 있다는 독자 한 분이 찾아 왔습니다."

"무슨 일인데요?"

"그가 관리를 담당하고 있던 재소자 한 사람을 인간적으로 도와준 것이 빌미가 되어 꼼짝없이 퇴출당하게 되었다는 겁니다. 자기가 없으면 여러 식구가 굶어 죽을 형편이라고 하도 애원하기에 그가 할 수 있는 최대한의 재량권을 구사하여 그의 행형 성적을 좋게 해 주어 5년의 잔여 형기를 남겨둔 채 대통령 취임 1주년 특사를 기해 석방케 해 주었는데, 막상 석방되어 나간 그가 자기를 뇌물수수 혐의로 고발하여 꼼짝없이 걸려들게 되었다고 합니다."

"아니 그럼 뇌물을 받기는 받았다는 겁니까?"

"석방 운동에 보태 쓰라고 여러 번에 걸쳐 3백만 원을 받아서 실제로 석방 비용으로 쓰기는 썼지만 자기 자신은 하나도 먹은 것이 없답니다. 그야말로 제 깐에는 양심적으로 그를 위해 애를 썼건만 그는 끝내 은혜를 원수로 갚은 겁니다.

지금도 자다가 그 생각만 하면 벌떡 일어나게 되고 잠은 천리만리로

달아난다고 합니다. 그는 사실 재소자들 중에 『선도체험기』를 읽는 사람들이 있어서 호기심으로 따라 읽기 시작한 것이 끝내는 애독자가 되어 45권까지 다 읽고, 『소설 단군』 다섯 권도 다 읽었답니다. 등산도 하고 달리기, 도인체조도 하고 단전호흡도 열심히 하여 제 깐에는 상당한 공부가 되었다고 자부하고 있었는데 사실은 그렇지 않다는 것을 이번의 일을 겪어보고 나서야 확실히 알았답니다."

"도대체 무엇을 알았다는 말씀입니까?"

"그의 공부가 아직도 한참 멀었다는 사실 말입니다. 지금도 그 배신 행위만 생각하면 치가 떨린답니다."

"그렇다면 정말 공부가 멀었군요."

"그도 그건 알고 있었습니다."

다음은 그 교도관과 필자 사이에 있었던 대화 내용이다.

"제 공부가 아직 멀었다는 것을 알고 본격적으로 한번 선생님 밑에서 직접 지도를 받고 싶어서 이렇게 찾아왔습니다. 선생님 도대체 제가 성심성의를 다하여 도와준 사람인데 어떻게 이렇게까지 배신할 수 있겠습니까?"

"그런 질문을 하시는 걸 보니 아직 공부가 멀었다는 말을 하지 않을 수 없군요."

"어째서 그렇습니까?"

"이 우주 안에서 원인 없는 결과가 있을 수 있다고 생각하십니까?"

"인과응보 자업자득 말씀입니까?"

"그렇습니다."

"아니 그렇다면 제가 도와준 그 사람이 저를 배신할 만한 원인을 제가 만들었다는 말씀인가요?"

"물론입니다."

"아니, 그럴 수가?"

"얼마든지 그럴 수 있는 일입니다. 금생에 그런 일이 없었다면 분명 전생에 그런 일이 있었을 것입니다."

"그렇다면 그야말로 자업자득이라는 말씀입니까?"

"그렇습니다."

"아니 그렇다면 제가 전생에 그 사람에게 무슨 몹쓸 짓을 했다는 말씀입니까?"

"그건 스스로 관을 해 보면 알 수 있습니다."

"저는 아직 그 수준에는 도달해 있지 않거든요."

"그렇다면 관이 잡힐 때까지 수련을 진척시켜야 합니다."

"어느 정도 공부를 해야 관이 잡힐 수 있을까요?"

"그건. 아무도 모릅니다. 공부하다가 보면 자기도 모르게 문득 그 수준에 도달해 있게 될 것입니다. 그 기간이 얼마나 걸리는지는 사람에 따라 천차만별이니까 일률적으로 어떻게 말할 수는 없습니다."

"그렇다면 선생님 어떤 교사가 끔찍이도 사랑하던 제자에게 배신을 당했다고 해도 그 제자를 미워하지 말고 오직 자기 탓으로 돌려야 한다는 말씀입니까?"

"그렇습니다. 배신이 있게 만든 원인은 자기가 만들었다는 것을 알고 그것을 깨달은 교사는 절대로 그 제자를 원망하거나 괘씸하게 여기지 않습니다. 그러니까 마음이 흔들릴 이유가 없습니다. 자기 아버지를 죽인 불구대천의 원수 앞에서도 전연 마음이 흔들리지 않을 수 있다면 그 사람이야말로 어지간히 공부가 된 사람이라고 보아도 무방합니다."

"어떻게 마음공부를 해야 그러한 경지에 도달할 수 있겠습니까?"

"자기 마음을 자기가 알고 다스릴 줄만 알면 누구나 그렇게 되는 것은 식은 죽 먹기보다 더 쉽습니다."

"마음을 어떻게 알고 어떻게 다스려야 하는데요?"

"마음은 우리가 어떻게 먹느냐에 따라 무한히 착할 수도 있고 그지없이 모질 수도 있습니다. 그런가 하면 선에도 악에도 치우치지 않고 양쪽을 다 벗어나 그 어느 쪽에도 얽매이지 않으면 진정으로 자유로워질 수도 있습니다.

이처럼 양면에서 벗어나 자유자재할 수 있을 때 우리는 어떠한 역경에 처해도 흔들림 없이 평소에 해오던 자기 일을 할 수 있습니다. 선악에서 자유로워진 사람은 생사에도 자유로워질 수 있습니다. 선악과 생사에 구애받지 않을 때 비로소 우리는 진정한 자유를 누릴 수 있습니다."

"선생님 저는 내일 당장 직장에서 쫓겨날지도 모르는 신세인데 어떻게 마음이 흔들리지 않을 수 있겠습니까?"

"그러니까 아직 공부가 멀었다는 얘기입니다."

"제가 아직 속인의 한계를 벗어나지 못했다는 말씀입니까?"

"그렇습니다. 죽음 앞에서도 흔들리지 않아야 하는데 겨우 직장에서 쫓겨난다고 해서 마음이 그렇게 흔들린다면 아직은 공부가 멀었다는 얘깁니다."

"참으로 공부란 어렵군요."

"마음을 비운 사람에게는 손바닥 뒤집기처럼 쉬운 일이지만 그렇지 못한 사람에게는 맨손으로 백두산을 옮기기보다 더 어려운 일입니다."

응징은 피해야 한다

"선생님, 가령 한밤중에 집안에 침입한 강도를 격투 끝에 잡았을 때는 어떻게 해야 합니까? 응당 경찰에 넘겨야 하는 거 아닙니까?"

우창석 씨가 물었다.

"어떤 경우에도 응징과 보복은 피하는 것이 좋습니다. 그러므로 그럴 때는 침입한 강도를 잡기 전에 도망치게 내버려 두는 아량을 베풀어주는 것이 차라리 낫습니다."

"그렇다면 도망친 강도는 후에 또 침입할 것이 아닙니까?"

"그것은 섭리에 맡겨 두는 것이 좋습니다."

"섭리라는 것이 무엇인데요?"

"이 우주를 변함없이 지배하고 있는 인과응보와 자업자득의 이치입니다. 이것을 믿는다면 개인 대 개인의 보복이나 응징은 새로운 업을 쌓는 것이므로 피하는 것이 좋습니다. 김구 선생을 암살한 안두희가 대낮에 거리를 활보하는 것을 뻔히 보고도 김구의 아들 김신은 그대로 내버려 두었습니다. 개인적인 응징과 복수가 가져올 폐단을 너무나도 잘 알았기 때문입니다.

그러나 안두희는 비참한 말년을 살다가 결국 한 택시 운전사의 정의봉(正義棒)을 맞고 응징 살해되었습니다. 반드시 김구 선생의 아들에 의해서가 아니라도 나쁜 짓을 한 자는 언젠가는 인과응보를 당하게 되어 있는 것이 우주의 원리라는 것을 알았기 때문에 김구 선생의 아들은 안두희를 끝내 못 본 척했던 것입니다.

안두희는 그렇게 죽어 갔지만 미국에 이민 간 그의 자녀들조차 부친의 장례식에 참석하지 않았습니다. 자식들조차 외면한 장례식에 누가 참여하겠습니까? 병원 장례식장 수위만이 지켜보는 가운데 안두희의 시신은 쓸쓸히 화장장으로 실려 갔습니다. 국법의 응징을 받기 이전에 자식들과 온 사회로부터 안두희는 철저히 외면당했던 것입니다."

"그런데도 매국노 이완용이니 송병준 같은 자들은 안두희처럼 비참한 최후는 맞지 않지 않았습니까?"

"그들의 죄과에 대한 응징이 반드시 안두희처럼 당대에만 있으란 법은 없습니다. 전생의 선업 때문에 금생에 그렇게 많은 사람을 죽인 독재자도 순탄한 최후를 마치는 수가 있습니다. 그러나 내세에도 꼭 그렇게 되리라고는 아무도 장담할 수 없습니다.

자기가 지은 업장은 반드시 갚아야 한다는 인과의 법칙을 믿는다면 그런 일을 걱정할 필요는 조금도 없습니다. 성급한 속인들만이 세상이 불공평하다고 불평할 뿐입니다. 그것은 하루살이가 하루일만 생각했지 어제나 내일을 생각 못하는 것과 같습니다.

그러므로 제아무리 불구대천의 원수라고 해도 개인적인 복수는 하지 말아야 합니다. 자연의 섭리가 다 알아서 처리해 주는데 무엇 때문에 성급하게 나설 필요가 있겠습니까? 그래 보았자 새로운 업장만 추가될 뿐입니다."

"그렇다면 '청춘의 덫'이라는 주말연속극에서처럼 결혼을 약속하고 아이까지 낳은 애인이 배신을 하고 회장 딸과 결혼하려는 것을 복수하는 여주인공도 다 부질없는 짓을 하고 있다는 말씀입니까?

"물론입니다."

"그러나 그러한 배신자를 응징하지 않고 그대로 방치할 경우 이 사회에서 정의는 사라지고 배금만능주의의 팽배로 인성은 더욱더 황폐해질 터인데도 그냥 내버려두어야 한다는 말씀입니까?"

"배신자는 반드시 자업자득의 원리에 의해 언젠가는 응징을 받게 된다는 것을 안다면 구태여 그런 일에 당사자가 직접 나설 필요는 없습니다."

"그럼 그럴 때 피해자인 여주인공이 취해야 할 바른길은 무엇입니까?"

"배신한 애인은 회장의 딸과 결혼하게 그대로 내버려두는 겁니다. 그리고 주인공 자신은 복수극 같은 것은 생각하지 말고 새로운 인생을 개척하면 됩니다. 어차피 그런 남자를 평생의 반려로 생각하고 몸까지 허락하고 아이까지 낳은 자기에게도 과실은 있었던 것이니까 그것을 솔직히 인정하고 과거를 깨끗이 청산해야 합니다.

이런 경우 여주인공이 과거에 매달리면 매달릴수록 추해지게 됩니다. 그런데도 불구하고 옛 애인에 대한 복수에 눈이 어두워 회장 아들이, 주인공을 배신한 사내가 자기 친여동생의 약혼자라는 사실을 모른 채, 그 여주인공에게 구혼을 했다고 해서 이를 받아들여 같은 회사에 근무하는 배신자의 목을 서서히 조여들게 하여 그에게 통쾌한 복수를 함으로써 그를 몰락시킨다고 한들 무엇이 시원하겠습니까?

그렇게 되면 결국은 배신한 남자와 배신당한 여자는 피장파장이 되는 것입니다. 그렇게 여주인공의 의도대로 배신자를 몰락시켰다고 해도 그것으로 좋은 결말을 맺을 수는 없습니다. 황금에 집착하여 평생을 약속한 여자를 배신한 것이나 그 배신자를 응징하기 위해서 회장 아들과 결혼하는 것이나 다 그렇고 그런 별 볼 일 없는 속물들에 지나지 않습니다."

"결국은 매맞고도 복수할 능력이 있으면서도 복수하지 않는 것이 진정으로 현명한 인간이라는 말씀입니까?"

"그렇습니다."

"그러나 그것은 범인들이 할 일은 못되고 성인들이나 할 일이 아닙니까?"

"범인과 성인을 구태여 구분할 필요는 없습니다."

"왜요?"

"어차피 모든 존재는 성인이 되는 방향으로 서서히 다가가고 있으니까요. 먼저 깨닫는 사람이 성인이고 늦게 깨닫는 사람이 속인일 뿐이지, 양자 사이에 근본적인 차이 같은 것이 있는 것은 아니니까요. 아상(我相)만 벗어 버리고 온갖 집착에서만 놓여나면 범인이든 속인이든, 악인이든 선인이든 누구나 다 조만간 생멸 없는 존재의 본체와 합류하게 되어 있으니까요.

측천무후(則天武后)의 꾀

우리는 보통 갑작스런 역경 예컨대 사랑하는 배우자나 애지중지하는 삼대독자가 갑자기 비명횡사했을 때 그 사람의 마음가짐을 보고 그의 수행 정도를 알 수 있다고 합니다. 그러나 구도자에게 있어서 가장 객관적으로 입증할 수 있는 방법이 또 하나 있습니다."

"그게 뭐죠?"

"가령 그 대상자가 남자라면 성적인 매력이 넘치는 여자를 대했을 때의 그의 신체의 반응을 보면 금방 그의 수행 정도를 판가름할 수 있습니다. 30년 면벽수행을 한 지족(知足) 선사는 황진이의 유혹에 간단히 넘어갔지만, 서화담(徐花潭) 선생은 그녀의 사흘간의 끈질긴 유혹을 간단히 기로써 제압했다는 얘기는 유명합니다. 그러나 이것 말고도 수행 정도를 실험한 경우가 당나라 때에도 있었습니다."

"그 얘기도 좀 듣고 싶은데요."

"그 당시 당에서는 '산에 올라가 보아야 다리의 힘을 알고, 물속에 들어가 보아야 키가 크고 작음을 안다'는 말이 유행하고 있었습니다. 여기서 키는 남근도 되고 도력도 된다고 합니다. 이러한 말이 나돌게 된 데는 다음과 같은 에피소드가 있었습니다.

그 당시 당에는 측천무후(則天武后)라는 여걸이 당나라의 주인이었습니다. 그녀는 천성이 영민하고 야심이 있어서 어려서 큰 뜻을 품고 궁중에 한갓 시녀로 들어가 갖은 난관과 우여곡절 끝에 드디어 고종의 황후가 됩니다. 고종이 죽자 그녀가 낳은 아들인 장자가 당연히 왕위를 계승해야 하는데도 그녀 자신이 낳은 그 아들을 죽여 버리고 황제가 되는 모질고 잔인한 여자였습니다.

그러면서도 그녀는 중원을 다스릴 만한 지모와 기량과 지도력을 갖춘 걸물이었습니다. 그녀의 말 한마디가 그대로 법이었습니다. 그러한 그녀였지만 그녀가 쉽게 단안을 내릴 수 없는 고민거리가 하나 있었습니다. 그것이 무엇인가 하면 그 당시 당나라에는 기라성 같은 고승들이 줄지어 있었는데 누구를 국사(國師)로 삼아야 하느냐 하는 것이었습니다.

그녀는 전국에 칙령을 내려 가장 훌륭한 고승들을 몇 명 골라내어 오라고 했습니다. 쟁쟁한 고승들 중에는 육조 혜능도 있었지만 그는 병을 핑계로 초대에 응하지도 않았습니다. 결국 두 명의 고승이 뽑혀 올라왔습니다. 하나는 오조 홍인의 제자였던 학승으로 이름을 날리고 있던 신수(神秀) 대사였고 또 한 사람 역시 오조의 법맥을 이은, 일자무식이었지만 참선 수행으로 깨달음을 얻은 혜안(慧安) 선사였습니다. 물론 두 사람 다 혈기왕성한 장년(壯年)이었습니다.

신수 대사는 '몸은 보리수요 마음은 밝은 거울 대인데, 부지런히 털고 닦아서 때 묻지 않게 하리라'는 게송으로 유명합니다. 이에 대해 육조 혜능은 '깨달음에는 본래 나무가 없고 거울 또한 대가 아니다. 본래 한 물건도 없거늘 어디에서 티끌이 일어난단 말인가'로 응수한 얘기는 유명합니다.

측천무후는 이들 두 사람의 고승 중에서 한 사람의 국사를 뽑기 위해서 생각 끝에 기묘한 꾀를 생각해냈습니다."

"어떤 꾀인데요?"

"이제 들어 보세요. 측천무후는 궁중 내의 목욕탕을 하나 깨끗이 비우고는 목욕 준비를 시켰습니다. 그리고 수많은 궁녀들 중에서 어느 사내가 보아도 혼을 빼 갈 정도로 미모가 출중하고 성적 매력이 넘치는 젊은 궁녀 두 명을 뽑아다가 옆방에 대기시켜 놓았습니다.

측천무후는 원로에 피로하실 텐데 목욕이나 하라면서 우선 두 고승을 옷을 홀라당 벗겨서 목욕탕 안에 들여보냈습니다. 그러고 나서 예의 두 미녀에게 두 고승의 몸을 골고루 씻겨 주되 남자의 가운데 있는 물건까지도 정중하게 잘 씻어 주어야 한다고 간곡히 타이른 뒤에 들여보냈습니다.

그렇게 하고 그녀는 목욕탕 벽에 미리 뚫어 놓은 비밀 구멍을 통하여 그 안을 살펴보았습니다. 처음에는 궁녀 하나가 고승 하나씩을 맡아서 닦아 주고 씻어 준 후, 나중에는 두 미녀가 한 사람에게 한꺼번에 달려들어 온몸을 골고루 씻어 주고 닦아 주고 나서 마지막으로 가운데 물건에 손을 댔습니다.

그런데 미녀의 보드랍고 야들야들한 손이 닿는 순간 신수 대사의 것은 길쭉한 붉은 고구마와 같은 것이 시뻘겋게 성을 내고 벌떡 일어났지만, 혜안 선사의 것은 엿가락처럼 축 늘어진 채 요지부동 꼼짝도 하지 않았습니다. 바로 이때 측천무후는 자기도 모르게 중얼거렸습니다.

'역시 산에 올라가 보아야 다리의 힘을 알고, 물속에 들어가 보아야

키가 크고 작음을 알 수 있구나.'

측천무후는 지체 없이 혜안 선사를 국사로 삼았고, 어디에 가든지 항상 가마에 태우고 다닐 정도로 극진히 존대했다고 합니다. 남자는 아무리 성적 매력이 뛰어난 여자가 맨몸으로 달려들어도 남근이 발기하지 않을 정도가 되어야 연정화기의 완성 단계인 누진통(漏盡通)을 성취했다고 할 수 있습니다."

누진통(漏盡通)의 참뜻

"누진통이란 무엇입니까?"

"견성성불한 사람에게 발견되는 육신통 중에서 오욕을 초월하여 부처가 된 단계를 말합니다."

"육신통에는 어떤 것이 있습니까?"

"먼 거리를 단숨에 이동할 수 있는 신족통(神足通), 하늘의 소리를 들을 수 있는 천이통(天耳通), 남의 마음을 읽을 수 있는 타심통(他心通), 전생을 볼 수 있는 숙명통(宿命通), 원거리의 상황을 투시할 수 있는 천안통(天眼通), 오욕의 번뇌에서 벗어난 누진통(漏盡通)이 있습니다. 이 중에서 누진통 이외의 다섯 가지 초능력은 말변지사(末邊之事)라고 하여 도계에서는 하찮은 일로 간주합니다."

"그럼 오욕에는 어떤 것이 있습니까?"

"물질욕, 명예욕, 음식의 맛을 탐하는 미식욕(美食慾), 잠을 탐하는 수면욕, 성욕입니다. 그런데 웬만한 구도자라면 이 다섯 가지 욕망 중에서 성욕을 빼놓은 네 가지는 극복할 수 있습니다. 그런데 성욕만은 끝까지 남아서 끈질기게 저항을 시도합니다."

"그럴 만한 무슨 이유라도 있을까요?"

"있고말고요."

"그게 뭡니까?"

"인간이란 원래 남녀의 성행위를 통해서 태어난 존재입니다. 인간 육체의 근본이 성 그 자체라 그겁니다. 그래서 근대 정신분석학의 선구자 프로이드는 인간의 모든 행동의 기본 동기는 성욕이라고 했습니다. 그야말로 탁월한 통찰이라고 하지 않을 수 없습니다.

그래서 다 쓰러져 가는 노인도 문지방 넘을 힘만 남아 있으면 능히 여자를 품을 수 있는 초능력을 구사한다고 합니다. 따라서 성욕에서 완전히 벗어남으로써 비로소 명실공히 오욕(五慾)을 완전히 극복하여 누진통을 성취했다고 할 수 있습니다."

"인간이 원래 남녀의 성행위를 통해서 태어난 존재라면 성 그 자체는 인간과는 끊을 수 없는 속성이 아니겠습니까?"

"물론입니다."

"그러한 인간이 그 속성을 벗어난다는 것은 이미 인간이기를 거부한 것이 아닙니까?"

"그래서 깨달은 사람, 즉 부처는 인간이되 인간이기를 거부한 그러한 존재입니다. 부처를 나타내는 불(佛)이라는 한자를 분석해 보면 금방 알 수 있습니다. 사람 인(人) 변에 아니 불(弗) 자, 다시 말해서 사람이면서도 사람이 아닌 존재를 뜻합니다."

"그런데 흔히 세상 사람들은 남자가 발기부전증에 걸리든가 여자가 불감증이나 성 기피증에 걸리면 큰일나는 줄 알고 어떻게 하든지 그걸 고치려고 혈안들이 되어 있는 것이 현실정인데 그런 현상은 어떻게 생각하십니까?"

"흔히 과다한 성행위나 스트레스가 원인이 되었거나 격심한 심리적

충격을 받았거나, 난치병에 시달리든가 노년이 되면 소우주는 자기 생체를 보호하기 위해서 불요불급한 성 에너지의 방출을 억제함으로써 일정기간 성불능 상태가 됩니다.

이때 만약에 그 당사자가 도심이 있는 사람이라면 그 기회야말로 연정화기를 수행할 수 있는 전화위복의 황금의 기회가 아닐 수 없을 것입니다. 마치 심한 독감에 걸려 담배 맛을 완전히 잃었을 때 현명한 사람은 담배를 아예 끊어 버리는 것과 같습니다.

그러나 세상 사람들이 어디 그렇습니까? 어떻게 하든지 성불능 상태에서 벗어나려고 갖은 보약을 다 쓰는가 하면 물개 신, 뱀, 자라, 지렁이, 곰발바닥 같은 소위 정력제를 구하려고 해외 원정까지 나가서 갖은 추태를 다 부리기가 일쑤입니다. 게다가 요즘은 미국서 발명되었다는 정력제인 비아그라를 구하지 못해 안달들을 하고 있지 않습니까? 오직 섹스만이 인생의 전부인 양 오두방정을 다 떨기가 일쑤입니다.

그러나 구도자에게 있어서 성욕은 거기에 탐닉함으로써 새로운 업장을 쌓으라는 것이 아니고 어떻게 하든지 거기에서 벗어나 누진통을 성취하라는 숙제입니다."

"구도자가 누진통을 성취하면 어떻게 됩니까?"

"더이상 생로병사의 윤회의 고리에 묶이지 않게 됩니다. 성욕을 끊지 못하는 한 우리는 다음 생에도 인간계나 축생계에 태어날 인과는 그대로 안고 있게 됩니다. 성이야말로 생로병사의 마지막 관문입니다.

이 관문을 통과하지 못하는 한 우리는 언제까지나 생로병사에서 벗어날 수 없습니다. 왜냐하면 극락이나 열반계나 피안이나 하늘나라에는 남자도 여자도 없고, 시집가고 장가드는 일도 없기 때문입니다. 성과 이별한 구도자, 비구와 비구니, 신부와 수녀는 그러한 세계에 들어가기 위한 예약자들이라고 보아도 됩니다.

성욕을 극복하는 구체적인 방법이 바로 정(精)을 연마하여 기로 바꾸는 연정화기(煉精化氣)의 공법이고, 연정화기의 완성이 곧 누진통의 성취입니다. 서화담 선생이나 위에 나오는 혜안 선사가 바로 그러한 단계에 도달한 도인들입니다."

"그렇다면 원효 대사가 요석 공주와 하룻밤의 단꿈을 꾸고 설총을 낳은 것은 아직 연정화기가 안 되어 있었다는 얘기가 되는가요?"

"그렇습니다. 그러나 그때 원효는 아직은 수련 초기 단계였습니다. 그 사건이 있은 후 깊이 참회하고 심기일전하여 기필코 연정화기의 경지를 성취했을 것으로 봅니다. 그 증거로 그는 다시는 요석 공주와 동침하는 일이 없었습니다."

"그리고 가톨릭 신부였던 마틴 루터가 수녀와 결혼한 것도 마찬가지겠군요."

"물론입니다."

"그렇다면 루터의 종교혁명은 신부에게는 금지된 수녀와의 결혼을 합리화하기 위한 구실이 아니었을까요?"

"그럴 가능성도 부인할 수만은 없습니다. 가는 날이 장날이라고 루터에게는 운 좋게도 두 가지 사건이 절묘하게 겹쳐서 일어났다고 할 수도 있을 겁니다."

"그런데 왜 하필이면 누진통(漏盡通)이라는 말을 썼을까요?"

"견성 해탈한 옛 도인들이 그런 용어를 썼을 때는 다 그만한 이유가 충분히 있었을 겁니다."

"무슨 이유일까요?"

"우선 누진(漏盡)이라는 한자를 잘 새겨보세요. 누(漏)는 액체가 새어 나온다는 뜻이고 진(盡)은 무엇이 소진되었다든가 다했다든가 바닥이 났다든가 끝났다는 뜻입니다. 따라서 이 두 글자를 합치면 '새어나옴이 다했다'는 뜻입니다. 다시 말해서 '액체가 새어나오는 일이 다 끝났다'는 뜻입니다."

"그렇다면 그 액체의 정체가 무엇인가를 알아내면 전체의 뜻이 자동적으로 풀리겠군요."

"그렇습니다."

"그럼 그 액체가 정액이군요."

"그렇습니다. 남녀를 막론하고 성기에 정액이 충만할 때 성욕이 발동하게 됩니다. 혜안 선사는 연정화기가 완성되어 정액이 바닥이 났으므로 성욕이 일어나지 않았고, 신수 대사는 아직도 정액이 충만했으므로 힘차게 발동이 걸린 겁니다.

따라서 성적 매력이 넘치는 이성을 대했을 때 성욕이 발동되면 아직 수련이 완성되기에는 멀었다는 것을 알 수 있습니다. 이것은 수행자라면 누구나 스스로 시험해 볼 수 있는 가장 손쉬운 점검 방법입니다."

연정화기의 초기 단계

"아까 선생님께서는 연정화기의 완성 단계가 누진통이라고 말씀하셨습니다. 그렇다면 연정화기의 초기 단계와 중기 단계도 있습니까?"

"있고말고요."

"그럼 연정화기의 초기 단계는 어떤 것입니까?"

"옛날에 방중술(房中術)에서 제왕학(帝王學) 제1조라고 하던 접이불루(接而不漏)의 단계입니다."

"접이불루란 어떠한 것입니까?"

"남자가 여자와 성적인 접촉을 하되 사정(射精)을 하지 않을 수 있는 단계를 말합니다. 정신 집중만 할 수 있으면 소주천 단계에서도 가능합니다."

"그런 일이 현실적으로 가능하다고 보십니까?"

"가능하고말고요."

"정말입니까?"

"정말이지않고요. 내가 말하는 것은 방중술에 관한 책을 읽고 그대로 옮기는 얘기가 절대로 아닙니다. 모두가 기공부를 통하여 직접 체험을 해보았기 때문에 확신을 가지고 말하는 겁니다."

"그럼 선생님 제자분들 중에도 그런 분이 실제로 있습니까?"

"있고말고요. 접이불루를 나에게 직접 알려 준 사람이 다섯 사람이나 있습니다. 사생활의 비밀에 관한 것이므로 이름을 밝힐 수는 없지만 말입니다."

"어떤 직업을 갖고 있는 사람들인데요?"

"고급 공무원도 있고 기업인도 자영업자도 있습니다."

"저도 실험을 해 보았는데 성행위 중에 사정을 안 하고 상대방을 만족시킬 수 있다는 것은 거의 불가능하던데요."

"그것은 아직 관이 잡히지 않았기 때문입니다."

"관이 잡히지 않았다니요?"

"정신 집중이 덜 돼서 그런 겁니다. 정신 집중이 되어서 화두만 성성(醒醒)하면 자기 자신의 심기혈정(心氣血精)은 스스로 통제할 수 있습니다."

"그럼 연정화기의 중기 단계는 어떤 것입니까?"

"우리가 처음에 단전호흡을 할 때는 단전을 의식하고 들이쉬고 내쉬는 숨을 될수록 천천히 함으로써 단전에 축기를 합니다. 이 과정을 익히기 위해서 우리는 행주좌와어묵동정 염념불망의수단전(行住坐臥語默動靜 念念不忘意守丹田) 합니다.

이것은 마치 컴퓨터에 자료를 입력하는 과정과도 같습니다. 그러나 이 입력 과정이 끝나면 단추만 누르면 자동적으로 단전호흡이 됩니다. 컴퓨터는 단추를 눌러야 작동을 하지만 사람은 입력이 일단 끝나면 단추를 누르지 않아도, 다시 말해서 의식을 하지 않아도 자동적으로 흉식호흡이 단전호흡으로 바뀌어 버립니다. 그와 마찬가지로 성행위시 접이불루를 구태여 의식하지 않아도 자동적으로 그렇게 됩니다. 이것이 중간 단계입니다."

"그럼 연정화기의 마지막 완성 단계는 어떻게 다릅니까?"

"방금 전에 혜안 선사의 경우와 같이 아무리 뇌쇄적(惱殺的) 성적 매력을 가진 미인이 도발을 해 와도 미동도 않는 경우입니다. 바로 부처나 신선의 경지입니다."

"기공부만 가지고도 그렇게 될 수 있을까요?"

"기공부 한 가지만 가지고 그렇게 되기는 어렵습니다."

"그럼 무슨 공부를 또 해야 합니까?"

"누진통을 성취하려면 반드시 기공부와 함께 마음공부와 몸공부가 삼위일체의 조화를 이루어야 합니다."

"라즈니쉬는 결과적으로 연정화기도 못 했으면서 자기 입으로는 붓다의 가슴에 예수의 머리를 가진 깨달음을 얻은 성자라고 했는데 그것도 과연 깨달음이라고 말할 수 있을까요?"

"누진통을 성취하여 오욕을 극복한 제대로 된 깨달음은 아니고 반쪽만 깨달았다고 할 수 있겠죠."

"반쪽만 깨달을 수도 있습니까?"

"행동이 따르지 못하는, 머리와 입만 깨달은 것을 말합니다. 다시 말해서 두뇌로만 깨달았을 뿐 행동이 그것을 뒷받침해 주지 못하기 때문에 윤리와 도덕면에서는 개차반입니다. 불교에서는 머리로만 깨달은 이러한 반쪽 깨달음을 혜해탈(慧解脫)이라고 하고, 온전한 누진통을 성취한 깨달음을 구해탈(俱解脫)이라고 합니다.

우리나라에도 방방곡곡에서 암약중인 사이비 종교의 교주들이 부지기수인데 전부 다 머리와 입만 까진 사기꾼들입니다. 이들의 감언이설에 놀아난 어수룩하고 순진무구한 민초들은 가정이 풍비박산이 나고 패가망신을 하는 일이 비일비재합니다.

이들 사기꾼들은 진짜 도인보다도 말은 더 잘합니다. 말만 잘하는 것이 아니고 요즘은 라즈니쉬처럼 책도 잘 써냅니다. 대부분이 돈 주고 대필한 것이지만. 그리하여 전 세계의 젊은 구도자들이 라즈니쉬의 강의록에 매혹당했듯이 그들 사기꾼에게 자기도 모르게 농락을 당하는 겁니다. 재산을 통째로 다 바치는가 하면 반반한 젊은 여자들은 사이비 교주의 성적인 노리개감이 되어도 행복하다고 희희낙락입니다."

"아무리 그렇다고 해도 어떻게 그렇게도 간단하게 넘어갈 수 있겠습니까?"

"원래 가짜는 진짜보다 더 고혹적(蠱惑的)인 법입니다. 또 사기꾼이 진짜보다 외모도 더 그럴듯하고 말도 더 청산유수이기 때문입니다. 그뿐인 줄 아십니까? 이들은 제법 예언도 하고 점도 쳐주고 개중에는 어느 정도 기공부를 한 자도 있어서 상대의 막힌 혈도를 열어주기도 하고 난치병을 고쳐 주기도 합니다.

바로 이러한 초능력 때문에 내막을 모르는 초보자는 열이면 아홉 명까지는 홀딱 속아넘어가게 됩니다. 나중에는 팥으로 메주를 쑨다고 해도 곧이듣습니다. 마침내 맹신자나 광신도가 되어 자신의 인생을 망치는 겁니다. 그러한 사이비 종교 교주, 가짜 스승의 대표적인 예가 바로 라즈니쉬입니다."

"영국 사람 휴 밀른이 쓴 『타락한 신』이외에 라즈니쉬에 대하여 쓴 다른 책도 선생님께서는 읽어보신 일이 있습니까?"

"있습니다. 한국이 낳은 세계적인 전위 무용가이며 구도자인 홍신자 씨가 쓴 『푸나의 추억』(정신세계사 발행)이라는 책을 읽어보세요. 이 분은 한국인으로는 유일하게 라즈니쉬가 직접 인가한 그의 제자였습니다. 이 책을 읽어보면 그녀가 얼마나 라즈니쉬를 오매불망 동경했고 그를 만나기 위해 전 재산을 다 바치다시피 한 끝에 드디어 소망하던 그의 제자가 되었건만 그와 얼마 동안 같이 생활해 본 뒤에는 크게 실망하고 그를 떠나는 얘기가 생생하게 나와 있습니다.

내가 왜 이렇게 라즈니쉬의 협잡성과 사기성에 대하여 자꾸만 되풀이하는가 하면 우리나라에도 그를 성자나 신으로 숭배하는 구도자들이 많기 때문에 그 환상에서 깨어나게 하기 위해서입니다. 한국에는 지금도 라즈니쉬의 수법을 그대로 흉내내는, 입만 까진 사기꾼들이 수없이 암약하고 있다는 것을 잠시도 잊지 말아야 합니다.

나 역시 한때 가짜 스승의 함정에 빠져 갖은 고생과 우여곡절을 겪어왔습니다. 그 피해가 얼마나 크다는 것을 잘 알기 때문에 내 후배들은 내가 겪었던 실수를 다시금 되풀이하지 않기를 충심으로 바라기 때문입니다."

진짜 스승과 가짜 스승

"그렇다면 선생님, 후배들을 위해서 가짜 스승과 진짜 스승을 구분할 수 있는 방법을 좀 알려 주실 수 있겠습니까?"

"그러죠. 너무 어렵게 생각할 거 하나도 없습니다. 그가 오계를 지키는가 못 지키는가를 우선 유심히 관찰해 보면 금방 알 수 있습니다."

"오계가 뭐죠?"

"오계(五戒) 즉 다섯 가지 계명입니다. 인간 사회를 지탱하는 데 꼭 필요한 윤리와 도덕의 기초가 되는 다섯 가지 지켜야 할 계명(誡命)입니다."

"어떤 것이 있죠?"

"첫째, 살생하지 말라. 둘째, 도둑질하지 말라. 셋째, 간음하지 말라. 넷째, 거짓말하지 말라. 다섯째, 술(담배, 마약 도박 포함) 마시지 말라. 이상 다섯 가지입니다."

"그 정도야 보통 사람들도 다 지키는 사항이 아닙니까?"

"그러나 우선 라즈니쉬를 실례로 들어 보세요. 그가 살인이나 도둑질을 했다는 기록은 없지만 간음, 거짓말, 마약은 식은 죽 먹기로 하고 있었습니다. 그가 살아 있었을 때 그를 따르는 맹신자들은 그를 보통 사람과는 다른 특이한 깨달은 성인(?)이니까 오계 정도를 좀 어겨도 괜찮겠지 하고 생각했던 것이 틀림없습니다.

아니면 자기의 내심을 알아내고 자기의 과거 인생행로를 족집게처럼 알아맞혔다고 하여 그를 우상숭배시한 나머지 그가 오계를 범하는 것을 관용했을 수도 있습니다. 스승이 비록 자기에게 어떤 혜택이나 은혜를 베풀었다고 해도 오계도 제대로 지킬 줄 모른다면 그건 틀림없는 가짜입니다.

그 밖에도 도장을 운영한다는 구실로 지나치게 잇속을 차리든가 여색을 탐하든가 자기 말을 안 듣는다고 폭력을 구사하면 그건 더이상

볼 것 없는 가짜입니다. 좌우간에 윤리와 도덕 면에서는 개차반이고 자기가 한 말을 지킬 줄 모르는 사람은 누가 뭐라고 해도 사기꾼임에 틀림이 없습니다. 쥐꼬리만한 초능력을 미끼로 돈벌이를 하는 자 역시 가짜입니다.

결론적으로 말해서 사심(邪心)이 없고 심성이 바르고 지혜로운 사람의 눈에는 제아무리 화려하고 현란하게 겉치장을 한 사기꾼도 곧바로 그 진면목을 드러내게 되어 있습니다."

"결국은 진짜와 가짜를 구별할 수 있는 안목부터 배양하는 것이 구도자에게는 선결 과제이겠군요."

"그렇습니다. 욕심이 속에 꽉 찬 사람의 눈에는 가짜가 진짜로 보이지만 욕심이 없는, 마음이 가난한 사람의 눈에는 가짜가 가짜로 보이게 마련입니다."

자기를 이겨내는 과정이 수련이다

"선생님 저는 2년 전에 여기 와서 생식을 한 달분 처방 받아 갔지만 아무리 먹어 보려고 애를 써 보았어도 끝내 먹지 못하고 만 일이 있는 송주성이라고 합니다."

횟집을 경영한다는 30대 중반의 비만형 사나이가 말했다.

"그럼 여기서 처방 받아간 생식을 하나도 못 들었다는 말입니까?"

"그렇습니다."

"왜요?"

"그때 선생님한테 생식 처방을 받아가지고 집으로 돌아갈 때부터 심상치 않는 일이 벌어졌습니다."

"심상찮은 일이라뇨?"

"생식 가방을 든 팔이 쑤시고 아픈 겁니다."

"왜요?"

"처음엔 저도 몰랐습니다. 나중에 곰곰이 생각해 보니 생식 통에서 나오는 기운이 제 팔에 닿자 그런 통증이 온 것이 틀림없었습니다."

"그래 그 뒤 어떻게 됐습니까?"

"선생님이 가르쳐 주신대로 처음에는 다섯 통을 혼합한 생식을 네 숟갈씩 먹었습니다. 어쩐지 처음부터 속에서 받지 않았습니다. 그러나 일단 먹기로 작정한 거니까 먹어 보기로 했습니다. 그런데 일단 목으로 넘어가자마자 현기증이 일면서 속이 울렁거리고 토할 것만 같아서 도저히 견딜 수 없었습니다. 할 수 없이 전부 토해내고 말았습니다.

그래서 선생님한테 전화로 사정 얘기를 했더니 네 숟갈을 먹었는데 그렇게 거부반응이 심하면 세 숟갈을 먹어 보고, 그래도 같은 일이 되풀이되면 두 숟갈로 줄이고 그래도 낫지 않으면 한 숟갈로 줄이라고 하셨습니다. 저는 선생님 말씀대로 했습니다.

그러나 한 숟갈만 먹었는데도 마찬가지였습니다. 그래서 선생님께 또 전화로 문의했더니 하시는 말씀이 한 숟갈을 먹었는데도 그러면 반 숟갈, 그래서 여전하면 반에 반 숟갈을 먹어 보라고 말씀하셨습니다. 그래서 저는 그대로 해 보았습니다만 마찬가지였습니다. 나중에는 생식 냄새만 맡아도 속이 울렁거리고 토할 것 같아서 생식을 도저히 제 몸 가까이 놓아둘 수도 없었습니다.

이런 사정 얘기를 또 선생님께 여쭈었더니 천 명에 하나 아니 만 명에 하나 있을까 말까 한 특수 체질이라고 하시면서 그러한 거부증세가 가라앉을 때까지 기다려 보든가 아니면 며칠 동안 단식을 하여 몸속의 영양분을 모조리 다 소화시킨 뒤에 먹을 것이라고는 생식 이외에는 아무것도 없다고 가정하고 생식을 조금씩 먹어 보라고 하셨습니다."

"하긴 게걸이 감식이니까요. 금강산도 식후경이라고 굶주리면 찬밥 더운밥 가릴 처지가 아니죠. 그렇게 해 보았습니까?"

"아뇨. 못 해 보았습니다."

"왜요?"

"그렇게 할 만한 용기가 나지 않았거든요."

"그럼 그 생식은 끝내 들지 못했습니까?"

"네."

"그럼 지금은 좀 사정이 달라졌습니까?"

"아뇨."

"그럼 뭣 하러 나를 찾아왔습니까?"

"저 같은 놈은 어떻게 해야 수련을 좀 해 볼 수 있을지 알아보고 싶어서 이렇게 찾아뵙게 되었습니다."

"내가 그때 생식 처방을 해 주면서 몇 가지 운동을 하라고 했죠?"

"네 알고 있습니다."

"그때 내가 무엇을 하라고 했죠?"

"단전호흡을 일상생활화 하고 일주일에 한 번씩 등산을 여섯 시간씩 하고, 등산하는 날에는 워낙 운동량이 많으니까 등산 이외의 다른 운동은 할 필요가 없지만 등산 안 하는 날에는 조깅과 도인체조를 각각 한 시간씩 하라고 하셨습니다."

"그럼 그동안 일상적으로 단전호흡을 했습니까?"

"못 했습니다."

"왜요?"

"아무리 하려고 애써 보아도 안 됩니다."

"그럼 등산은 일주일에 한 번씩 했습니까?"

"못 했습니다."

"왜요?"

"제가 천성이 원래 게을러서 그런지 아무리 하려고 해도 몸이 말을 듣지 않습니다."

"그럼 매일 달리기는 했습니까?"

"그것도 못했습니다."

"그럼 도인체조는 했습니까?"

"그것도 게을러 놔서 못했습니다."

"그때 나는 누구든지 나한테 수련을 지도받으려면 『선도체험기』가 나오는 대로 꼭꼭 읽으라고 했죠?"

"네."

"지금 몇 권째나 읽고 있습니까?"

"35권까지는 읽었습니다."

"그 나머지는 왜 안 읽었습니까?"

"역시 게을러 놔서……."

대화하는 사이에 그에게서는 강한 니코틴 냄새가 풍겨왔다.

"그때 내가 담배 끊으라고 했죠?"

"네."

"그런데 왜 아직 끊지 못했습니까?"

"죄송합니다."

"그럼 내가 하라고 한 것 중에서 『선도체험기』를 그래도 35권까지 읽은 것 이외에는 아무것도 한 것이 없다는 얘깁니까?"

"그렇게 됐습니다."

"얘기를 쭉 들어보니까 내가 보기에는 송주성 씨는 수련을 해 보겠다는 의지가 거의 보이지 않습니다. 내가 하라고 한 그 많은 것들 중에서 단 하나도 제대로 한 것이 없지 않습니까?"

"죄송합니다."

"그래 가지고 수련에 대해서 무엇을 알아보겠다고 또 나를 찾아왔습니까?"

"2년 전에 왔을 때도 자세히 말씀드렸습니다만 저는 93년도에 엉터리 사기꾼 스승을 잘못 만나서 이렇게 폐인처럼 되어 버렸습니다."

"그랬던가요?"

"네."

"그때 송주성 씨한테 무슨 얘기를 들은 것 같기는 한데 지금 잘 기억이 나지 않습니다. 무슨 일이 있었죠?"

"00 기공회 회장이라는 사람을 만나서 그분에게서 기공을 배웠습니다. 3개월 동안 수련을 받았는데 놀라울 정도로 성적이 좋았습니다. 기공을 시작하자마자 단전이 달아오르고 기문이 열리고, 운기가 되고 곧 소주천이 되었습니다.

그러자 000 원장은 기공회에 찾아오는 환자들에게 기공치료를 해 보라고 했습니다. 저는 아무것도 모르고 그가 시키는 대로 기공 치료사가 됐습니다. 그런데 신기한 것은 저의 기공치료를 받은 고혈압, 당뇨, 신경통, 중풍 같은 난치병 환자들이 기적처럼 나았다는 겁니다.

저는 하도 희한하고 놀라운 일이라 원장이 하라는 대로 정신없이 기공치료에 몰두했습니다. 처음에는 아무것도 몰랐는데 한 달쯤 지내고 나니까 마치 과색(過色)했을 때처럼 제 몸에서 점점 기운이 달리기 시작하는 겁니다. 000 원장에게 그 말을 했더니 곧 회복될 것이니 걱정하지 말라고 안심을 시켜 주었습니다.

그러나 회복은커녕 제 몸은 점점 더 쇠약해졌습니다. 그때 도우 한 사람이 『선도체험기』를 읽어 보라고 하기에 읽어보고 나서야 제가 가짜 스승에게 놀아난 것을 알게 되었습니다. 그러나 그때는 그래도 나에게 기를 알게 해 주었고 기문을 열어 주고, 소주천도 하고 기공치료도 할 수 있게 해 준 그를 원망하고 싶은 생각은 없었습니다.

비록 짧은 기간이긴 했지만 저는 제 몸에 하늘의 기운이 돌고 있고 그 기운이 남의 난치병을 치료할 수 있다는 것을 생각하면 무한한 행복감에 젖어 있기도 했습니다. 그때의 행복감은 아마도 영원히 잊을 수 없을 것입니다. 제가 지금도 수련에 대한 미련을 못 버리고 있는 것은 바로 그 때문입니다.

그러나 『선도체험기』를 읽고 그 고약한 환상에서 깨어난 뒤에야 제가 가짜 스승의 마법에 걸려 몸을 망쳐 버렸다는 것을 알았습니다. 재주는 곰이 넘고 돈은 되놈이 받는다고 저는 기공치료를 해주고도 돈 한푼 받아본 일이 없고 치료비는 그 사람이 몽땅 다 챙겼습니다. 『선도체험기』를 읽고 나서야 속았다는 것을 알았지만 이미 때는 늦어 있었습니다.”

“왜요?”

“원장은 이미 튀고 난 뒤였으니까요. 제가 『선도체험기』를 조금만 더 일찍 읽었더라도 그런 어리석은 짓은 저지르지 않는 건데, 후회막급(後悔莫及)이었습니다. 선생님 말씀대로 기공부해서 얻은 기운은 수련에 쓰라는 것이지 그렇게 병 고치는 데 쓰라는 것이 아니라는 것을 저는 그때는 미처 몰랐습니다. 결국 모든 게 제 잘못이죠."

"그 사람은 지금 어디에 있습니까?"

"부산에 있다는 소문이 들릴 뿐 확실한 것은 모릅니다. 찾아가 만나 보았자 별 도움이 안 될 것 같아서 그대로 놔두고 있습니다. 이런 문제를 가지고 법적으로 어떻게 해 볼 수 있는 것도 아니고 말입니다."

"송주성 씨는 지금 기운은 느낍니까?"

"아뇨. 그때 손기(損氣) 당한 이후로는 아무리 단전으로 호흡을 해 보려고 해도 가슴만 꽉 막혀 올 뿐 도대체 기공부가 되지를 않습니다."

"왜 기공부가 되지 않는다고 생각하십니까?"

"아무래도 그때 너무 많은 손기를 당해서 정(精)에 치어서 그런 것 같습니다."

"정에 치이다니 그게 무슨 말입니까?"

"단전호흡으로 축기를 하기에는 제 정력이 너무 모자란다는 말씀입니다."

"누가 그런 소리를 합니까?"

"제 주변 도우들이 전부 다 그렇게 말합니다."

"송주성 씨는 결혼했습니까?"

"네, 지금 세 살짜리 아들이 있습니다."

"정이 모자라는 사람이 어떻게 아이는 낳았습니까? 그러니까 정이 모자라서 기공부가 안 된다는 것은 말이 안 됩니다."

"그럼 왜 수련이 안 될까요?"

"수련이 되고 안 되고 하는 것은 수련 당사자의 의지 여하에 달려 있습니다. 지금 송주성 씨와 몇 마디 대화를 나누어 보고 나서 금방 알수 있는 것은 바로 송주성 씨 자신이 어떻게 하든지 진지하게 수련을 해 보겠다는 정성이 보이지 않는다는 겁니다.

수행이란 자기 자신을 이겨나가는 과정인데 송주성 씨는 지금 수련을 하겠다는 의지력도 정성도 극기력도 지구력도 전연 보이지 않습니다. 한마디로 말해서 도심(道心)이 전연 없다 그 말입니다.

"선생님 말씀 솔직히 인정합니다."

"그걸 알았으니 됐습니다. 이젠 어떻게 해야 수련을 할 수 있겠는가 하는 의문이 풀렸습니까?"

"네. 그런데 선생님, 혹시 저에게 수련을 방해하는 영적인 기운이 작용하고 있는 것은 아닐까요?"

"설사 어떤 영적 기운이 송주성 씨의 수행을 방해한다고 해도 도심만 확고하면 아무 문제될 것도 없습니다. 그러나 이 자리에서 한 가지 충고하고 싶은 것은 이왕에 수행을 하기로 작정했으면 살생과 관련이 있는 직업은 될 수 있는 대로 피하는 것이 좋습니다."

"횟집 말씀입니까?"

"그렇습니다. 횟집을 경영하는 것도 살생을 돕는 일이라는 것은 잘 알고 계시겠죠?"

"네 잘 알고 있습니다. 저한테 물고기의 빙의령이 무수히 들어와 있다는 것도 알고 있습니다."

"잘 알고 계시군요. 그럼 이제 행동만 남았습니다."

"허지만 저는 의욕상실증에 빠져 있는 구제불능인 것 같은 생각이 듭니다."

구제불능이라는 허상

"자기 자신을 구제불능이라고 자포자기하는 마음의 자세가 문제이지 원래 인간에게는 자포자기 같은 것은 없습니다."

"제가 그런 인간이 아닙니까?"

"그렇게 생각하면 그런 것이고 그렇게 생각하지 않으면 그렇지 않은 겁니다. 처음부터 무능한 사람은 없습니다. 오직 생각이 무능을 조장할 뿐이지 무능 그 자체는 한갓 허상에 지나지 않습니다."

"그럼 저 같은 무능한 인간도 유능한 인간이 될 수 있다는 말씀입니까?"

"그렇고말고요. 그 무능을 발판으로 삼아 딛고 일어서면 누구나 유능한 인간이 될 수 있습니다. 이 세상에 철두철미한 악인은 존재하지 않습니다. 살인 전문업자인 앙굴라마라도 결국은 붓다의 제자가 되었고, 초기 기독교도를 학살하는 살인 전문업자였던 사울도 끝내 사도 바울로 탈바꿈하지 않았습니까? 송주성 씨가 구제불능이 되느냐 안 되느냐 하는 것은 순전히 송주성 씨 자신의 마음먹기에 달려 있다는 것을 알아야 합니다."

"그럼 인간은 마음먹기에 따라 무엇이든지 될 수 있다는 말씀입니까?"

"그렇고말고요."

"그럼 악한 사람이 되는 것도 착한 사람이 되는 것도 마음먹기에 달려 있다는 말씀입니까?"

"물론입니다. 지금부터 약 2천5백 년쯤 전에 맹자는 성선설(性善說)을 주장하면서 인간은 선천적으로 착하게 태어났다고 주장했는가 하면, 순자(荀子)는 그와 반대로 인간은 처음부터 악하게 이기적으로 태어났다고 하여 성악설(性惡說)을 주장했지만 둘 다 틀린 주장입니다.

왜냐하면 극악한 인간도 마음먹기에 따라 한순간에 착한 사람이 될 수 있고 지극히 착한 사람도 마음만 잘못 먹으면 눈 깜짝할 사이에 극악한 인간으로 돌변할 수 있기 때문입니다. 그렇게 보면 선(善) 속에도 악(惡)의 요인이 있고 악 속에도 선의 요인이 있다는 것을 알 수 있습니다.

낮에는 밤의 요인이 있기 때문에 낮이 밤으로 변합니다. 밤 또한 낮의 요인을 내포하고 있기 때문에 낮으로 바뀝니다. 고정불변한 낮도 없고 고정불변한 밤도 있을 수 없습니다. 낮은 언제나 밤이 되고 밤은 언제나 낮으로 바뀌게 되어 있습니다.

사람은 태어나면서 이미 죽음을 잉태하고 있습니다. 그렇기 때문에 태어나는 그 순간부터 죽음을 향하여 한 걸음 한 걸음 다가가는 것이 확실합니다. 그렇다고 해서 죽음은 영원불변한 것인가 하면 그렇지 않습니다. 죽음이야말로 새로운 삶의 시작입니다.

그래서 삶 속에 죽음이 있고 죽음 속에 삶이 있는 겁니다. 따라서 삶은 삶이 아니요, 죽음은 죽음이 아닙니다. 즉 생불생(生不生)이고 사불사(死不死)입니다. 그러므로 선과 악, 낮과 밤, 삶과 죽음은 고정불변의 실체가 아니라 한낱 환영이며 하나의 순환 과정일 뿐입니다.

사람은 마음먹기에 따라서 언제든지 무능한 사람도 유능한 사람이 될 수 있고 또 유능한 사람이 무능한 사람도 될 수 있는 겁니다. 따라서 엄격히 따져볼 때 유능이니 무능이니 하는 것은 하나의 허상에 지나지 않는 것입니다. 사람은 단지 마음먹기에 따라 유능인도 무능인도 될 수 있습니다.

인간의 잠재력이라는 것은 사실은 무한합니다. 그러므로 인간은 수행을 통하여 자기 존재의 근본을 깨닫고 나면 육도사생(六道四生)을 자유자재로 왕래할 수 있게 됩니다. 인간은 원래 시공을 초월한 영원무궁한 존재이니까요. 자기를 깔보면 인간은 무한히 추락할 수 있지만 자기의 진가를 깨달으면 인간은 무한히 솟아오를 수 있는 존재입니다.

어느 특정한 혜택받은 사람들만 그렇게 되는 것이 아니고 인간이면 누구나 다 그렇게 될 수 있는 겁니다. 그래서 석가는 '모든 중생에게는 예외 없이 불성이 있다'고 했고 예수 역시 '하느님 나라는 너희 안에 있다'고 말했습니다.

성철 스님도 말년에 매년 4월 초팔일에는 다음과 같은 시의 형식으로 된 법어를 발표하곤 했습니다.

'자기를 바로 봅시다.

자기는 원래 구원되어 있습니다.

자기는 본래 부처입니다.

자기는 항상 행복과 영광에 넘쳐 있습니다. 극락과 천당은 꿈속의 잠꼬대입니다.

자기를 바로 봅시다.

자기는 시간과 공간을 초월하여 영원하고 무한합니다. 설사 허공이 무너지고 땅이 없어져도 자기는 항상 변함이 없습니다. 유형무형 할 것 없이 우주의 삼라만상이 모두 자기입니다. 그러므로 반짝이는 별, 춤추는 나비 등등이 모두 자기입니다.

자기를 바로 봅시다.

모든 진리는 자기 속에 구비되어 있습니다. 만약에 자기 밖에서 진리를 구하면, 이는 바다에서 물을 구함과 같습니다.

자기를 바로 봅시다.

자기는 영원하므로 종말이 없습니다. 자기를 모르는 사람은 세상의 종말을 걱정하며 두려워하여 헤매고 있습니다.

자기를 바로 봅시다.

자기는 본래 순금입니다. 욕심이 마음의 눈을 가려 순금을 잡철로 착각하고 있습니다. 나만을 위하는 생각을 버리고 힘을 다하여 남을 도웁시다. 욕심이 자취를 감추면 마음의 눈이 열려서 순금인 자기를 바로 보게 됩니다.

자기를 바로 봅시다.

아무리 헐벗고 굶주린 상대라도 그것은 겉보기일 뿐, 본모습은 거룩하고 숭고합니다. 겉모습만 보고 불쌍히 여기면, 이는 상대를 크게 모욕하는 것입니다. 모든 상대를 존경하며 받들어 모셔야 합니다.

자기를 바로 봅시다.

현대는 물질만능에 휘말리어 자기를 상실하고 있습니다. 자기는 큰 바다와 같고 물질은 거품과 같습니다. 바다를 봐야지 거품을 따라가지 말아야 합니다.

자기를 바로 봅시다.

부처님은 이 세상을 구원하러 오신 것이 아니요, 이 세상이 본래 구원되어 있음을 가르쳐 주려고 오셨습니다. 이렇듯 크나큰 진리 속에서 살고 있는 우리는 참으로 행복합니다. 다 같이 길이길이 축복합시다.'

그렇습니다. 인간은 누구를 막론하고 거룩하고 숭고하고 무한한 능력과 지혜를 가진 존재입니다. 하나님이나 부처님은 우리와는 상관없는 그러한 존재가 아니라 알고 보면 바로 우리들 자신입니다."

"하나님은 오직 한 분뿐이라고 하지 않습니까?"

"하나이면서도 여럿이고 여럿이면서도 하나인 그러한 존재가 바로 하나님입니다. 하나가 전체요 전체가 하나입니다. 일즉다(一卽多)요 다즉일(多卽一)입니다. 따라서 진리를 깨달으면 우리는 누구나 다 하나님도 부처님도 될 수 있다는 얘기입니다. 그 많은 하나님들도 전체로는 하나입니다. 하나라는 말에 사로잡히면 전체를 보지 못하게 됩니다.

송주성 씨 자신 속에 모든 것이 이미 다 갖추어져 있다는 것을 알아야 합니다. 그러므로 조금도 위축되지 말고 당당하게 기를 펴십시오. 그리고 지금부터 무한히 뻗어나갈 차비를 해야 합니다."

"저도 수행에 대한 집념은 남만 못하지 않습니다. 구도에 관심을 둔 지도 벌써 15년이 넘었습니다."

"15년이 아니라 150년이면 뭘 합니까? 수영을 배우겠다는 사람이 수

영장 주위만 맴돌면서 남의 수영하는 구경만 해 보았자 아무런 보탬도 되지 않습니다. 수영을 배우려면 수영장 물속으로 직접 뛰어들어야 합니다.

물속에 뛰어들어 허위적거려 보아야 헤엄치는 요령도 기술도 터득하게 됩니다. 수행도 마찬가지입니다. 현장에 뛰어들어야 합니다. 장맛은 보지 못하고 장독대만 아무리 기웃거려 보아야 말짱 다 헛일입니다."

"요컨대 체험이 중요하다는 말씀이군요."

"그렇습니다. 체험이야말로 성현의 말씀을 참다운 자기 것으로 소화하게 해줍니다."

〈47권〉

장자와 공자, 맹자, 노자의 다른 점

1999년 4월 10일 토요일 8~14℃ 오전 비구름

오늘부터 『장자』를 번역하여 『선도체험기』에 싣기로 했다. 유교의 『대학』과 『중용』, 불교의 『금강경』과 『반야심경』, 기독교의 마태복음 같은 핵심 경전을 다루었으니 도교의 『장자』를 옮겨보는 것도 온당한 순서가 될 것이다. 그렇다면 노자의 『도덕경』과 『장자』는 어떻게 다른가? 하고 질문해 오는 독자가 반드시 있을 것이다.

물론 노자는 무위자연을 주장한 점에서는 장자와 같지만 그 밖의 면에서는 장자와 현격하게 다른 데가 있다. 그것이 무엇인가? 공자와 맹자가 수신제가치국평천하(修身齊家治國平天下)라는 기치를 내어걸고 개인의 수양과 출세와 정치에 주안점을 두었다면, 노자는 공맹이 주장하는 예의와 도덕을 모조리 부정한 무위자연을 통하여 천하를 안정시키려 했다는 점에서 그 역시 출세와 정치 지향적이었다고 할 수 있다.

그러나 장자는 그들과는 전적으로 달랐다. 전국 시대에 활약했던 제자백가(諸子百家)들이 거의 다 처세와 정치 문제에 몰두했었지만 유독 장자만은 여기에 전연 관심을 기울이지 않고 오직 인간의 근본 명제인 죽음의 문제와 치열하게 대결했던 것이다.

이 세상에서 제아무리 부귀공명이 하늘을 찔러 보았자 인간으로 태어난 이상 죽음을 피할 재간은 전연 없다. 그러나 중국을 대표한다는 공자는 이 죽음의 문제에 대해서는 입도 벙긋하지 못했다. 생사 문제에 자신 있게 대처하지 못하는 한 누구든지 진정한 의미의 성인(聖人) 대접을 받기는 어렵다.

그러나 유독 장자만은 그 기라성 같은 제자백가들 중에서 유일하게 생사 문제와 대결하여 고군분투하였던 것은 실로 가상할 만한 일이다. 그 결과 그와 거의 동시대에 활약한 인도의 성자인 석가모니의 생사관에 근접한 상당한 성과를 올렸다. 이것만 보아도 결국 진리는 하나임을 알 수 있다.

그러한 의미에서 중국 유일의 진정한 성인은 장자가 있을 뿐이다. 그는 인위(人爲)의 산물인 생사, 시비, 선악, 우열, 장단, 미추와 같은 대립과 차별의 한계를 뛰어넘어 무위자연과 만물제동(萬物齋同)의 경지에 도달함으로써 삶과 죽음을 하나로 보았다.

이것은 바로 색즉시공(色卽是空) 공즉시색(空卽是色), 만법귀일(萬法歸一), 다즉일(多卽一) 일즉다(一卽多)의 경지와 같은 것이다. 이러한 의미에서 나는 장자야말로 진정한 의미에서 중국 유일의 고대의 성인이라고 본다. 그와 동시대의 대부분의 지식인들이 출세와 영달을 위해 벌떼처럼 권력자들에게 몰려들었었건만 장자만은 벼슬을 발가락의 때만도 못한 것으로 여겼던 것이다.

초(楚)의 위왕(威王)이 장자가 현인이라는 소문을 듣고 사자에게 예물을 들려 보내 그를 재상으로 맞이하려 했다. 그러나 장자는 웃으면서 초의 사자에게 말했다.

"천금을 받는 것은 큰 이익이고, 재상은 존귀한 지위임에 틀림없소. 그러나 당신도 교제(郊祭)에서 제물로 쓰는 소를 보지 못했는가? 그 소는 몇 해 동안 소중하게 양육되고 수놓은 비단옷을 입혀서 종묘로 끌려갑니다. 그때에 가서 희생되기 싫다고 해서 저 보잘 것 없는 돼지 새끼가 되더라도 좋으니 살려만 달라고 애원한들 그 청이 들어 먹힌다고 보시오?

속히 돌아가 주시오. 그리고 나를 더이상 더럽히지 말아 주시오. 나는 차라리 냄새나는 시궁창에서 미꾸라지가 되어서라도 남의 간섭받지 않고 유유히 노닐겠소. 난 무슨 일이 있어도 제후들에게 얽매일 생각은 추호도 없소. 일생 벼슬 같은 것은 하지 않고 마음 내키는 대로 살고 싶으니 그리 아시오."

장자와 선종(禪宗)

장자가 벼슬을 헌신짝처럼 외면하고 인간의 근본 명제인 생사 문제를 본격적으로 파고들었다는 점 외에 또 하나 필자의 관심을 끄는 점이 있다. 그것은 그가 지금 동아시아 전체에 깊은 영향을 끼친 불교의 종교혁명이라고 할 수 있는 선종(禪宗)이 성립되는 데 거의 절대적인 역할을 했다는 것이다.

생사일여(生死一如)와 만물제동(萬物齊同) 정신의 토양이 없었다면 중국에서 과연 그전과는 전연 다른 새로운 구도 형태인 선종이 싹틀 수 있었을까? 그것은 거의 불가능에 가까운 일이었을 것이다.

장자가 없었다면 과연 달마에서 시작되어 육조 혜능에 의해 그 지반이 다져진 선종이 생겨날 수 있었을까? 과연 선방(禪房)에서 불상을 몰아내고 불립문자(不立文字), 직지인심(直指人心), 살불살조(殺佛殺祖)의 추상같은 구도 방법이 탄생할 수 있었을까?

선종이야말로 기복신앙과 타력종(他力宗)으로 전락되어 가는 불교를 오늘날과 같은 자력종(自力宗)으로 갱생시켜 놓은 주인공이다. 바로 이 때문에 선종은 불교의 종교적 한계를 벗어던지고 전 세계의 구도자들을 품을 수 있는 보편적인 구도의 도량으로 재도약할 수 있었던 것이다. 이를 입증이라도 하듯 오늘날 선방에는 신부도 목사도 수녀도 그 밖의 어떠한 종교인이나 일반인도 스스럼없이 참선을 할 수 있게 된 것이다. 장자가 있었기 때문에 이 모든 일이 가능했다고 나는 생각한다.

선종의 조사(祖師)들의 어록이 수록된 『전등록』이나 『벽암록』 같은 책을 보면 보통 사람이라면 상상도 할 수 없는 기상천외의 대화들이 오간다.

한 제자가 물었다.

"부처란 무엇입니까?"

스승이 대답했다.

"똥 씻는 막대기니라."

또 어떤 승려가 물었다.

"조사께서 서방에서 동쪽으로 오신 이유는 무엇입니까?"

선사가 대답했다.

"뜰 앞의 잣나무!"

어느 제자가 물었다.

"개에게도 불성(佛性)이 있습니까?"

조주(趙州) 선사가 대답했다.

"없다."

그러나 다른 사람이 똑같은 질문을 하자 조주는 말했다.

"있다."

또 덕산방(德山棒), 임제할(臨濟喝)이라고 해서 선사들은 거칫하면 제자들에게 몽둥이질과 고함소리로 정신을 번쩍 들게 하여 깨달음을 얻게 했던 것이다. 게다가 단하(丹霞) 선사는 사리가 나오는가 보겠다고 절 안에 모셔진 목불을 불태워 버렸다. 그런가 하면 선방 안에서는 불상이 추방되었다. 교회에서 십자가를 몰아내는 것과 같은 믿기 어려운 엄청난 일이 실제로 벌어진 것이다.

불교의 발상지인 인도에서라면 이러한 일들이 과연 있을 수 있었을 것인가? 인도적인 문화 풍토에서는 도저히 상상도 할 수 없는 일이다. 보통 사람들의 상식과 논리와 언어를 뛰어넘는 구도적인 체험의 세계에서만이 경험할 수 있는 일들이다.

이 모든 일들이 장자와 같은 성인이 생사를 하나로 본 무위자연 만물제동 정신이 뿌리내린 중국적 문화 풍토에서나 있을 수 있는 일이었다. 지금 우리나라 불교의 사실상의 주인은 선종의 맥을 잇는 조계종이라는 것을 감안하면 장자는 지극히 매력적인 구도자가 아닐 수 없다.

구태여 종교인이나 구도자가 아닌 일반 독자라도 『장자』는 꼭 한번 읽어볼 만한 세계적인 문화유산이다. 그 웅혼한 스케일과 자유분방한 상상력 그리고 그 장쾌하고 화려하고 생동감 있는 문장, 기상천외의 발상 등으로 영원히 전 세계 지식인들을 사로잡을 매혹적인 고전임이 분명하다.

꿈자리가 뒤숭숭한 이유

1999년 4월 1일 목요일 7~14℃ 구름

오후 3시. 7명의 수련생들이 모였다.

"선생님, 뭣 좀 여쭈어보아도 되겠습니까?"

장흥에서 왔다는 정세희라는 40대 중반의 여성 수행자가 물었다.

"좋습니다. 얼마든지 주저 마시고 말씀하세요."

"요즘 저는 너무나 꿈자리가 뒤숭숭하고 사나워서 밤잠을 제대로 이루지 못하고 있습니다. 친지들은 용한 무당을 찾아가서 푸닥거리를 해야 한다고 하는데 명색이 『선도체험기』 독자가 그런데 휘말릴 수는 없고 해서 이렇게 염치불구하고 선생님께 여쭈어보는 겁니다. 도대체 꿈자리가 뒤숭숭한 이유가 어디에 있습니까?"

"꿈자리가 뒤숭숭한 것은 마음이 불안해서 그렇습니다."

"듣고 보니 그 말씀이 맞는 것 같습니다. 그럼 마음이 편안하면 꿈자리가 사나운 일은 없어질까요?"

"그렇고말고요. 마음이 편안한 사람은 꿈 같은 것은 꾸지도 않습니다."

"그게 사실입니까?"

"사실이고말고요."

"그럼 선생님, 어떻게 해야 마음이 편안할 수 있겠습니까?"

"아상을 떠나면 마음이 편안해질 수 있습니다."

"아상이 뭔데요?"

"아상(我相) 즉 이기심과 욕심과 집착 같은 거 말입니다."

"선생님 말씀이야말로 지당하십니다. 그러나 사람이 어떻게 현실적으로 이기심을 전연 안 가지고 살 수 있겠습니까?"

"이기심을 전연 안 가지고는 살기 어렵겠죠. 그러나 사람의 마음을 100으로 볼 때 이기심이 49라면 이타심은 51 정도의 비율로 하고 살아가노라면 최소한 이기심 때문에 마음이 불안하지는 않게 될 것입니다. 다시 말해서 욕심을 현재 수준보다 낮추고 그 대신 이타행을 키우면 훨씬 마음은 편안해질 것입니다."

"가정주부가 기껏 이타행을 해 보았자 그 한계가 뻔한 것이 아닐까요?"

"그렇지 않습니다. 아무리 가정주부라고 해도 나만을 위한 생활을 청산하고 남을 위해서 무엇을 할 수 있을까 하고 연구해 보면 할일은 얼마든지 있습니다. 혹시 가족 간에 불화는 없습니까?"

"왜 없겠습니까? 있습니다."

"누구하고 사이가 좋지 않으신데요?"

"시부모하고 따로 사는데도 늘 사이가 원만치 못합니다."

"그럼 시부모님은 지금 누가 모시고 있습니까?"

"제가 맏며느리인데도 둘째한테 가 계십니다."

"정세희 씨는 그 문제부터 해결해야 되겠군요. 내 장담하겠는데 정세희 씨가 만약에 시부모 문제만 원만히 해결해도 뒤숭숭한 꿈자리의 반 이상은 해소될 것입니다. 시부모 문제 외에 또 무슨 문제가 있습니까?"

"아이들 교육 문제가 있습니다. 두 아이의 공부가 시원치 않아서 늘 걱정입니다."

"부모가 자녀의 교육 문제를 근심 걱정한다고 해서 나아지는 것이 있겠습니까?"

"없겠지요."

"그럼 근심 걱정만은 하지 마세요. 학부모가 자녀의 교육 문제에 관심을 가지는 것은 당연하지만 근심 걱정은 하지 말아야 합니다."

"왜요?"

"쓸데없는 에너지의 낭비이니까요."

"그럼 어떻게 해야 합니까?"

"자녀분들은 자기 성품과 능력에 따라 각기 자기 갈 길을 찾아 가도록 도와주는 데 그쳐야지 그 이상은 바라지 않는 것이 좋습니다. 자녀의 능력 이상을 바라는 것이야말로 집착입니다. 시부모 문제와 자녀 교육 문제만 원만히 해결되면 마음이 훨씬 편할 것 같습니까?"

"물론입니다."

"대인관계에서 해결이 안 되는 문제의 99프로까지는 이기심 때문입니다. 이기심을 이타심으로 바꾸면 이 세상에서 해결되지 않을 문제는 하나도 없습니다. 자녀의 교육에 대한 것을 자녀 자신을 중심으로 생각해야지 부모 중심으로 생각하면 집착이 됩니다. 따라서 이기심과 집착에서만 떠나면 모든 일이 순순히 해결될 것입니다."

"꿈자리가 뒤숭숭한 것은 조상 영들의 불만 때문이라는 말도 있는데 선생님께서는 어떻게 생각하십니까?"

"조상의 묏자리를 옮겨야 한다고는 말하지 않던가요?"

"그런 말도 있습니다."

"그 사람들 말대로 하려면 굿이나 푸닥거리를 거창하게 하고 풍수쟁이를 사서 명당자리를 택하여 조상의 묘들을 이장해야 하는데 그렇게 하자면 적어도 수억 내지 수천만 원대의 막대한 비용이 들것입니다. 그렇게 하고 나면 뒤숭숭한 꿈자리가 깨끗이 해소될 것 같습니까?"

"그렇지 않을까요?"

"마음이 이기심에서 이타심으로 바뀌어야지 마음은 그대로 둔 채 제아무리 굿이나 푸닥거리를 하고 묏자리를 옮겨 보았자 아무 소용도 없을 것입니다."

"왜 그렇죠?"

"그것은 뿌리는 그대로 둔 채 가지만 치는 격이 될 테니까요. 꿈자리가 뒤숭숭한 것은 아까도 말했지만 마음이 불안하기 때문이지 조상신이나 묏자리 탓이 아니기 때문입니다."

"그럼 선생님께서는 정말 꿈자리 사나운 일 없습니까?"

"선도수련하기 전에는 나도 꿈자리 사나운 일이 부지기수였습니다. 그러나 수련이 일정한 궤도에 오른 뒤에는 꿈자리가 사나운 일은 전연 없습니다. 내가 말하는 것은 수련 과정을 통해서 직접 겪고 체험한 일이기 때문에 자신감을 갖고 말합니다."

"그럼 선생님은 꿈도 꾸시지 않습니까?"

"나도 잠이 들면 꿈을 꾸는 것은 틀림없지만 잠에서 깨어나면 무슨 꿈을 꾸었는지 하나도 기억이 나지 않습니다. 그러니까 꿈 때문에 심신이 불편한 일은 없습니다."

"선생님처럼 그렇게 되려면 어떻게 하면 되겠습니까?"

"일상생활에서 나를 위하는 생각보다는 남을 위하는 생각을 자꾸만 늘여나가면 됩니다. 이기행(利己行)보다는 이타행(利他行)의 비중이 커지면 커질수록 마음은 더욱더 편안해질 것입니다. 내 잇속만을 챙기려면 아무래도 남들과 숱한 갈등과 충돌을 빚게 되고 그 때문에 마음은 늘 괴롭고 근심 걱정거리는 늘어가게 됩니다.

그러나 남에게 유익한 일을 하는 사람은 남들의 고마움은 살지언정 남들과 갈등을 빚거나 시비나 충돌을 일으킬 일은 없어지게 됩니다. 남들과의 갈등과 시비가 없는 사람에게 무슨 근심 걱정거리가 있을 것이며 스트레스를 받을 일이 있겠습니까? 항상 남에게 호의와 친절을 베푸는 미소 띤 얼굴에 침 뱉을 사람이 어디 있겠습니까? 천국과 극락은 다른 데 있는 것이 아니라 바로 남에게 착한 일 하는 사람의 마음속에 있습니다. 선진국에서는 자원봉사자가 자꾸만 늘어나는 이유가 바로 여기에 있습니다."

"남에게 좋은 일을 하면 할수록 더 마음이 편안하고 즐거워지는 이유는 어디에 있을까요?"

"원래 나와 남은 하나이기 때문입니다. 그렇기 때문에 자기 잇속만 차리는 사람은 자기 자신인 참나를 모독하지 않을 수 없습니다. 자기가 자기를 모독하기 때문에 자꾸만 괴롭고 근심 걱정만 쌓이게 되는 겁니다. 그래서 이기적인 행동은 멸망으로 가는 길이고, 이타적인 행동은 다 같이 잘사는 길이요 깨달음을 성취하는 길입니다."

조상의 묏자리

"선생님 저는 좀 다른 질문을 하겠습니다."

우창석 씨가 말했다.

"어서 하세요."

"조상의 묏자리가 과연 자손에게 영향을 줄 수 있을까요?"

우창석 씨가 물었다.

"조상의 묏자리가 자손의 길흉화복을 좌우한다고 철석같이 믿고 있는 사람에겐 분명 영향을 줍니다. 그러나 그런 거 전연 의식하지 않는 사람에겐 아무런 영향도 끼치지 못합니다. 이것 역시 마음먹기에 달려 있으니까요."

"그래도 좋은 혈자리에 묘를 쓰면 그 묘에서 나오는 좋은 기운이 자손에게 영향을 준다고 하지 않습니까?"

"인간의 길흉화복생사(吉凶禍福生死)는 조상의 묏자리에 달려 있는 것도 아니고 그렇다고 하나님의 뜻에 좌우되는 것도 아닙니다."

"그럼 어디에 달려 있습니까?"

"우리들 각자의 마음먹기에 달려 있습니다. 자업자득이요 자작자수요 인과응보입니다. 선복악화(善福惡禍), 청수탁요(淸壽濁夭), 후귀박천(厚貴薄賤)입니다. 착한 일 하는 사람에게는 복이 오고 악한 일 하는 사람에게는 화가 옵니다. 기운이 맑은 사람은 오래 살고 기운이 탁한 사람은 요절하며, 후덕한 사람은 고귀해지고 박덕한 사람은 천박해진다는 얘기입니다.

잘되고 못되는 것은 엄연히 자기 자신에게 달려 있는데도 이것을 인정하기 싫어하는 게으르고 꾀 많은 사람들은 잔머리를 굴려, 잘되면 자기 탓이요 잘못되면 조상의 묏자리 탓으로 돌립니다. 이러한 사람은 무슨 일을 해도 발전은 없고 늘 퇴보만 있게 될 것입니다."

"하지만 조상의 유해가 좋은 혈자리에 묻히면 그 명당의 기운이 자손들에게 좋은 영향을 끼치는 것이 아닐까요?"

"조상의 좋은 묏자리가 자손을 금시발복(今時發福)하게 한다면 이 세상에 바르고 착하고 성실하게 노력하여 건실하게 살려는 사람은 아무도 없게 될 것입니다. 그 대신 묏자리 쟁탈전으로 인한 폭력과 불법의 난무로 영일이 없게 될 것입니다. 그리고 지구는 묏자리로 발붙일 곳이 없는 살벌한 암흑세계가 될 것입니다. 그러나 실상은 그렇지 않습니다. 이것만 보아도 풍수는 기복신앙과 마찬가지로 매장문화가 남긴 일종의 미신이요 허상에 지나지 않습니다.

조상의 묏자리에서 좋은 기운을 받겠다는 허황되고 안이한 망상 속에 헤매기보다는 바르고 착하고 지혜롭게 살면서 스스로 기공부를 하여 자기 자신이 우주의 기를 발산하는 기의 중심체가 되는 것이 바른 길입니다.

명당에서 나오는 기운과 대주천을 성취한 수행자가 발산하는 기운은 비교의 대상조차 되지 않습니다. 명당의 기운이 희미한 반딧불이라면 대주천 수행자의 기운은 백열등과 같다고 할 수 있습니다. 올바른 수행을 통하여 터득한 기운이야말로 명당에서 나오는 지기(地氣)에 대면 그 강력하기가 하늘과 땅의 차이입니다.

따라서 기공부를 성취한 수행자는 이동하는 기의 발전소라고 해도 과언이 아닙니다. 조상의 묘소에서 나오는 미약하기 짝이 없는 땅 기운에 연연할 것이 아니라 자기 자신 속에서 나오는 강력한 우주의 진기(眞氣)에 주목해야 합니다."

"하지만 그러한 우주의 진기는 아무나 가질 수 있는 것은 아니지 않습니까?"

"그렇지 않습니다. 마음공부, 기공부, 몸공부를 착실히 하는 사람은 조만간 그 우주의 진기와 통전(通電)하게 되어 있습니다. 전기 스위치를 올리는 순간 전기가 통하는 것처럼 우리는 수련을 통하여 얼마든지 우주의 기운과 하나로 통함으로써 생사를 초월할 수 있습니다. 여기에 인생을 걸어야지 조상의 묘지에서 나오는 미약하고 흐릿하고 반딧불 같은 지기(地氣)에 희망을 건다는 것은 유치하기 짝이 없는 짓입니다."

"선생님께서는 늘 마음먹기에 따라 지옥도 금방 극락으로 바꿀 수 있다고 하시는데 도대체 마음을 어떻게 먹어야 그렇게 될 수 있습니까?"

"사람이 이 세상에 태어나 한평생을 살아가노라면 좋은 일만 만나는 것이 아니라 온갖 궂은일, 슬픈 일, 기쁜 일, 두려운 일, 화나는 일도 만나게 됩니다. 온갖 길흉화복을 다 당하게 된다 그겁니다. 그렇지만 그러한 길흉화복에 구속당하지 않고 언제나 그것들을 전화위복의 교훈으로 삼아 새로운 도약의 발판으로 만들어 한 걸음 한 걸음 전진해 나아가면 됩니다.

그렇게 하자면 항상 나 자신보다는 남을 위하는 이타행에 자신의 일상생활의 축을 맞추어야 합니다. 그래야만이 우주의 중심축과 내 중심축이 일치하여 하고자 하는 일이 막히지 않고 수월하게 뚫고 나갈 수 있을 뿐만 아니라 어떠한 역경에도 좌절하지 않고 묵묵히 극복해 나아갈 수 있습니다.

그러자면 좋은 일보다는 궂은일을 항상 상정해야 어떠한 난관이든지 꿋꿋이 좌절하지 않고 헤쳐 나갈 수 있습니다. 이런 때를 대비하여 만들어진 불가의 보왕삼매론(寶王三昧論)은 어려운 일을 당한 모든 구도자들에게는 좋은 길잡이가 될 것입니다.

보왕삼매론(寶王三昧論)

1. 몸에 병이 없기를 바라지 말라. 몸에 병이 없으면 탐욕이 생기기 쉽다. 그래서 성인이 말씀하기를 '병고를 양약으로 삼으라'고 하셨느니라.

2. 세상살이에 어려움 없기를 바라지 말라. 세상살이에 어려움이 없으면 제 잘난 체하는 마음과 사치심이 일어난다. 그래서 성인이 말씀하기를 '근심과 곤란으로써 세상을 살아가라'고 하셨느니라.

3. 공부하는 데 마음에 장애가 없기를 바라지 말라. 마음에 장애가 없으면 배우는 것이 넘치게 된다. 그래서 성인이 말씀하시기를 '장애 속에서 해탈을 얻으라'고 하셨느니라.

4. 수행하는 데 마(魔)가 없기를 바라지 말라. 수행하는 데 마가 없으면 서원(誓願)이 굳건해지지 못한다. 그래서 성인이 말씀하시기

를 '모든 마군(魔軍)으로써 수행을 도와주는 벗을 삼으라'고 하셨느니라.

5. 일을 계획하되 쉽게 이루어지기를 바라지 말라. 일이 쉽게 풀리면 뜻이 경솔해지기 쉽다. 그래서 성인이 말씀하시기를 '많은 세월을 두고 성취하라'고 하셨느니라.

6. 친구를 사귀되 내가 이롭기를 바라지 말라. 내가 이롭고자 하면 의리를 상하게 된다. 그래서 성인이 말씀하시기를 '순결로써 사귐을 깊게 하라'고 하셨느니라.

7. 남이 내 뜻대로 순종해 주기를 바라지 말라. 남이 내 뜻대로 순종해 주면 마음이 스스로 교만해진다. 그래서 성인이 말씀하기를 '내 뜻에 맞지 않는 사람들로 무리를 이루라'고 하셨느니라.

8. 공덕을 베풀 때는 과보(果報)를 바라지 말라. 과보를 바라게 되면 불순한 생각이 움튼다. 그래서 성인이 말씀하시기를 '덕 베푼 것을 헌신짝처럼 버려라'고 하셨느니라.

9. 이익을 분에 넘치게 바라지 말라. 이익이 분에 넘치면 어리석은 마음이 생기기 쉽다. 그래서 성인이 말씀하기를 '적은 이익으로써 부자가 되라'고 하셨느니라.

10. 억울함을 당하더라도 굳이 변명하려고 하지 말라. 억울함을 변명하다 보면 원망하는 마음을 북돋게 된다. 그래서 성인이 말씀하시기를 '억울함을 당하는 것으로 수행의 문을 삼으라'고 하셨느니라.

요컨대 우아일체(宇我一體)가 될 때까지 쓰러져도 쓰러져도 다시 일어나고야 마는 오뚝이처럼, 제아무리 심한 폭풍이 불어와도 물속에 가라앉지 않는 부이처럼, 용광로 속에 들어가도 녹지 않는 금강불괴신처럼 강인해지라는 말입니다."

발명가와 구도자

"선생님, 발명가와 구도자 사이에는 어떠한 차이가 있습니까?"

"둘 다 우주와 자연 현상과 그 인과관계를 관찰하는 점에서는 같다고 할 수 있지만, 양자가 지향하는 목표는 분명히 다릅니다."

"어떻게 다르죠?"

"발명가는 우주 자연 현상과 그 인과관계를 관찰하여 인류에게 물질적인 혜택을 가져오기 위한 지식을 축적하여 새로운 기계 장치나 약품이나 물질을 만들어내는 것이 목적이지만, 구도자는 우주 자연 현상과 그 인과관계를 관찰하여 우주를 지배하는 근본 원리를 알아냄으로써 그의 심신이 스스로 우주와 자연의 원리에 동화하여 우주의 원리 그 자체가 되어 버립니다. 그러므로 발명가는 에디슨처럼 아무리 많은 발명을 해도 발명품은 자꾸만 쌓여 가겠지만 우주와 자연의 이치를 깨달은 성인이 될 수는 없습니다."

"우주 자연의 이치를 깨달아 성인이 된다는 것은 무엇을 뜻합니까?"

"이 세상 사람들이라면 누구나 겪는 생로병사의 고통과 윤회에 더이상 말려들지 않고 마음의 평온을 찾을 수 있을 뿐만 아니라 자기가 깨달은 진리를 아직도 깨닫지 못한 보통 사람들도 깨닫게 하여 사고(四苦)와 팔고(八苦)의 고통 속에서 더이상 신음하지 않게 하는 데 전력을 기울이는 것을 뜻합니다."

"사고와 팔고란 무엇입니까?"

"사고(四苦)란 네 가지 고통을 말합니다."

"그럼 그 사고에는 어떤 것이 있습니까?"

사고(四苦)와 팔고(八苦)

"생고(生苦), 노고(老苦), 병고(病苦), 사고(死苦)인데 태어나는 고통, 늙어가는 고통, 질병에 걸리는 고통, 죽음의 고통 즉 생로병사의 고통을 말합니다."

"팔고에는 어떤 것이 있습니까?"

"위에 나온 네 가지 고통 이외에 사랑하는 사람이나 인연 있는 모든 것과 이별하는 애별리고(愛別離苦), 싫어하는 대상이나 원수와 만나는 원증회고(怨憎會苦), 소원하는 것을 구해도 얻지 못하는 구불득고(求不得苦), 오음(五陰)이 너무 치열한 오음성고(五陰盛苦)입니다 여기서 오음은 색(色), 수(受), 상(想), 행(行), 식(識)에서 오는 고통을 말합니다.

색(色)은 물질, 수(受)는 그 물질에 대한 느낌이고, 상(想)은 그것을 생각하는 것이고, 행(行)은 그로 인한 의지 또는 마음의 작용이고, 식(識)은 그로 인하여 생겨나는 의식 그 자체입니다. 여기서 오음은 인간의 번뇌 망상을 가리킵니다. 오음성고란 다시 말해서 치열한 번뇌 망상으로 인한 고통을 말합니다."

걷잡을 수 없는 내 마음

1999년 4월 15일 목요일 5~19℃ 구름

오후 3시 일곱 명의 수련생이 찾아왔다.

"선생님 저는 제 속사정을 좀 말씀드리고 좋은 충고 말씀이라도 좀 듣고 싶습니다."

정을순이라는 65세의 홀로 사는 황혼기에 접어든 부인이 말했다.

"좋습니다. 어서 말씀하세요."

"저는 선생님을 찾아와서 오행생식을 한 지도 벌써 1년이 넘었건만 한때는 수련이 제법 잘되는 것 같다가도 어떤 때는 꽉 막히곤 합니다. 지금은 수련이 잘 안되는 편입니다."

"수련이 잘되지 않는다니요. 어떻게요?"

"그런 때는 항상 마음이 자꾸만 뒤숭숭하고 가슴이 답답하기도 하고 잠시도 집에 앉아 있으면 갑갑해서 미칠 것만 같고, 그래서 할 수 없이 밖에 나가서 이리저리 정신없이 돌아다니다 보면 갑갑하던 가슴이 조금 트이는 것 같기는 하지만 불안하기는 마찬가지입니다.

밤잠을 자려고 해도 자꾸만 꿈자리가 사나워서 깊은 잠에 들지 못합니다. 낮이고 밤이고 늘 마음이 불안해서 무슨 일을 해도 일이 손에 잡히지 않습니다. 이럴 때는 어떻게 하면 좋겠습니까?"

"옛날에 어떤 선사는 불안한 마음을 안정시켜 달라는 제자의 요청을

듣고는 그 불안한 마음을 꺼내어 내게 좀 보여주면 그렇게 해 주겠다
고 했더니 그 말에 그만 번쩍 제정신이 들면서 깨달음을 얻었다고 합
니다. 그 선사의 말처럼 정을순 씨도 그 불안한 마음을 내게 좀 보여주
실 수 있겠습니까?"

"그럴 수만 있다면야 제가 무엇 때문에 선생님께 이런 어려운 청을
드리겠습니까?"

"왜 그럴 수 없다고 생각하십니까?"

"제 마음이면서도 제 마음대로 할 수 없으니까요."

"그렇다면 그 마음의 주인은 누굽니까?"

"저도 잘 모르겠습니다."

"지금 정을순 씨는 길들지 않은 야생마를 타고 있는 격입니다. 지금
이라도 늦지 않으니 그 야생마를 정을순 씨 뜻대로 움직일 수 있도록
잘 길들이도록 하세요."

"그래야 한다는 것은 잘 알고 있습니다만 그게 마음대로 되지 않습
니다."

"그래도 어떻게든지 그 야생마를 길들여야 합니다. 그렇게 하는 것
이 금생에 정을순 씨가 다해야 할 사명입니다. 야생마 길들이기가 그
렇게 식은 죽 먹기로 쉬울 리가 있겠습니까? 온갖 지혜를 다 짜내어 무
슨 수를 쓰더라도 그 야생마를 길들여야 합니다. 길들이지 못하면 정
을순 씨는 평생 그 야생마에게 이리저리 끌려 다니는 고역만 치르게
될 것입니다. 그것은 주인이 종에게 끌려 다니는 꼴입니다. 얼마나 비
참한 일입니까?"

"그렇지만 그게 언제나 제 마음대로 되지를 않습니다. 어떻게 하죠?"

"어떻게 하긴요? 지금 이 시각부터라도 당장 주인이 종에게 이끌려 다니는 수모만은 면해야죠. 정을순 씨의 마음의 주인은 어디까지나 정을순 씨 자신입니다. 내가 정을순 씨의 병을 대신해서 앓아줄 수도 없고 정을순 씨를 대신해서 죽어 줄 수도 없는 것처럼, 정을순 씨의 마음을 직접 길들일 수 있는 사람은 오직 정을순 씨 자신이 있을 뿐입니다. 마음대로 되지 않더라도 마음대로 되도록 해야 합니다. 그렇게 하는 것이야말로 그 누구에게도 양보할 수 없는 전적으로 정을순 씨 자신만이 할 수 있는 권리요 의무입니다."

"저는 제 나이 65세가 되도록 제 마음 하나 제 마음대로 다스리지 못했는데 이제 힘이 빠질 대로 빠진 이 나이에 어떻게 그 일을 감당할 수 있겠습니까?"

"자기 마음을 자기가 다스리는 일은 나이의 많고 적고와는 아무런 관계도 없습니다. 그렇다고 해서 힘이 많고 작고와는 관계가 있는가 하면 그렇지도 않습니다."

"그럼 무엇과 관계가 있습니까?"

"자신이 처해 있는 실상을 정확히 파악하는 데서부터 시작해야 합니다. 정을순 씨는 지금 자녀분이 몇이나 됩니까?"

"아들이 둘 있고 딸이 하나 있습니다."

"물론 전부 다 결혼했겠죠?"

"그럼요."

"그럼 정을순 씨의 부군은 어떻게 되었습니까?"

"벌써 20년 전에 먼저 타계했습니다."

"어떻게 하다가 돌아가셨습니까?"

"한전에서 현장 일을 지휘하시다가 안전사고로 돌아가셨습니다. 그때는 세 아이가 아직 학교에 다니고 있던 때라 참으로 앞일이 난감했었는데, 그래도 직장에서 저를 남편 대신 취직을 시켜 주어서 다행히도 아이들 교육도 마치고 결혼까지 시켜서 내보낼 수 있었습니다."

"큰 아드님은 지금 무슨 일을 하고 있습니까?"

"수원에 있는 전자 회사 생산공장에 다니고 있습니다."

"손자는 몇입니까?"

"초등학교에 다니는 남매가 있습니다."

"그럼 왜 큰아들네 집에서 함께 사시지 않고 홀로 외롭게 아파트 생활을 하고 계십니까?"

"그렇게 하는 것이 며느리 눈총받는 생활보다는 나을 것 같았고, 무엇보다도 저 혼자 마음대로 하고 싶은 대로 하고 싶어서입니다. 수련도 좀 해 보고요."

"그렇게 홀로 사신 지는 얼마나 되었습니까?"

"벌써 한 10년 되었습니다."

"교회나 사찰 같은 데는 나가 보시지 않았습니까?"

"왜요? 여기저기 좋다는 데는 다 나가 보았죠."

"그런데 왜 그런 데 정착하지 않으셨습니까?"

"무조건 믿고 기도하고 연보나 보시를 해야 하는 판에 박은 듯한 방식이 마음에 들지 않았습니다. 기도나 예불은 저의 취향이 아닌 것 같습니다. 그리고 교회나 사찰에는 아무리 열심히 나가보았자 건강을 개선하는 데는 별로 보탬이 되지 않았습니다."

"그런데 어떻게 하다가 나 같은 사람을 찾아오시게 되셨습니까?"

"아는 사람이 그러는데 몸이 자꾸만 쇠약해지는 데는 오행생식이 좋다고 해서 찾아오게 되었습니다."

"그랬었군요. 그럼 우리집에 다니시면서 한 1년 동안 오행생식을 해보시니 어떻습니까?"

"건강은 많이 좋아졌습니다."

"어떻게요?"

"매일 세끼 다 생식을 하고 등산을 하루도 거르지 않고 두 시간씩 해서 그런지 전에는 그렇게도 소화가 안 되곤 했었는데 지금은 소화도 잘되고 체중이 10킬로나 빠져서 그런지 신경통도 사라지고 몸이 한결 날아갈 것처럼 가볍습니다. 건강은 그전보다 상당히 좋아졌는데도 마음은 여전히 편안치 못합니다."

"정을순 씨는 왜 그렇게 마음이 편안치 못하다고 생각하십니까?"

"그건 저도 잘 모르겠습니다."

불안과 고통의 원인

"마음이 불안한 데는 반드시 원인이 있습니다. 이 세상에 원인 없는 결과란 있을 수 없으니까요. 어떻게 하든지 그 원인을 스스로 캐어내도록 하십시오. 그래야 대책이 나올 수 있을 게 아니겠습니까?"

"글쎄요, 제가 아직도 미련해서 그런 거 같습니다."

"왜 자신이 미련하다고 생각하십니까?"

"이 나이가 되도록 자기 앞가림도 못하고 선생님한테 이런 하소연이나 하고 있으니까요. 선생님 앞에서 정말 면목없습니다."

"그런 소극적인 방식으로는 해결책이 나올 수 없습니다."

"그럼 어떻게 해야 되죠?"

"왜 정을순 씨가 미련하게 되었는지 그리고 왜 자기 앞가림도 못하게 되었는지 그 원인을 어떻게 하든지 알아내어야 합니다."

"글쎄요. 그건 제가 아직 공부가 한참 덜 되었기 때문이 아닐까요?"

"공부가 되었다는 것은 구체적으로 어떤 것인데요?"

"공부가 제대로 되었더라면 지금쯤은 마음이 활짝 열려 있어야 하는데 저는 아직 그렇게 되려면 멀었다는 생각이 듭니다."

"왜 그럴까요?"

"아직도 제 마음을 비우지 못해서 그렇겠죠."

"마음을 비우지 못했다는 것이 무슨 뜻인데요?"

"아직도 제 마음속 깊은 곳에선 이기심과 집착이 살아 있기 때문일 것입니다. 그래서 큰아들이 살림을 한데 합치자는데도 뜨악해 하는 며느리 눈치보느라고 선뜻 응하지 못하고 망설이다가 그것이 병이 되어 불안하고 뒤숭숭하고 괴로운 나날을 보내고 있는 것 같습니다."

"이제야 정을순 씨의 마음이 불안했던 진짜 원인이 드러났습니다."

"선생님, 전 이제 어떻게 하면 좋을까요?"

"방금 정을순 씨가 말한 이기심과 집착의 속박에서만 벗어나면 어느 길을 택하든지 근심 걱정될 것은 아무것도 없습니다."

"어떻게 하면 그 이기심과 집착의 속박에서 벗어날 수 있을까요?"

"『선도체험기』는 몇 권까지 읽으셨습니까?"

"겨우 24권까지밖에는 못 읽었습니다. 벌써 46권까지 다 읽었어야 하는데 너무나 부끄럽습니다. 책이 좋은 것은 알겠는데 막상 읽기 시작하면 자꾸만 눈이 감겨서 못 읽곤 합니다."

"그래도 평균 한 권을 보름 동안에 읽으셨으니 그 속도로만 계속 읽어 나가셔도 앞으로 2년 안에는 다 읽으실 수 있습니다. 24권까지만 읽으셨어도 이기심과 집착에서 벗어나는 방법은 자세히 접하셨을 텐데요."

"나보다 남을 먼저 생각하고 모든 것을 내 탓으로 돌리라는 말씀 말입니까?"

"그렇습니다. 이기적인 나 즉 거짓 나의 멍에에서 벗어나는 순간 그 어떠한 사람도 근심 걱정 불안에서 놓여나게 될 것입니다. 이때 비로소 그는 진정한 마음의 평안을 느끼게 될 것입니다. 이 마음의 평안이야말로 괴로움의 강물 너머 저쪽 강 언덕인 피안(彼岸)입니다.

이 마음의 평안이야말로 인생에서 새로운 눈을 뜨게 할 것입니다. 마음을 완전히 비운 사람만이 맛볼 수 있는 행복과 불행 너머에 있는 영원히 흔들림 없는 적정(寂靜)의 경지입니다. 이러한 적정에 도달한 사람을 보고 우리는 마음이 열렸다고 합니다.

이처럼 마음이 열린 사람을 싫어할 사람은 이 세상 어디에도 없습니다. 마음이 열린 시어머니는 어떤 며느리도 싫어하지 않습니다. 싫어하기는커녕 오히려 친정어머니보다 더 좋아하고 따르게 될 것입니다. 왜냐하면 마음이 열린 시어머니는 며느리를 친딸보다 오히려 더 소중히 여기기 때문입니다."

"진짜로 그리될 수 있을까요?"

"될 수 있고말고요. 시어머니가 며느리와 가까워지는 지름길은 통상적인 시어머니로서의 집착을 벗어던져야 합니다. '시어머니로서의 나'는 진짜 나가 아니고 사회적 관습이 만들어 놓은 가짜 나입니다. 이 거짓 나를 벗어 버림으로써 참나가 태어나는 겁니다. 바로 이 순간부터 온갖 불안은 씻은 듯이 사라져 버릴 것입니다.

괴로움, 불안은 무엇을 가지려 하고 무엇이 되려고 하는데도 그것이 뜻대로 이루어지지 않는 데서 싹틉니다. 따라서 괴로움과 불안을 떨쳐 버리는 가장 확실한 길은 무엇을 가지려고도 하지 말고 무엇이 되려고도 하지 않는 데 있습니다. 거짓 나란 바로 무엇을 가지려 하고 무엇이 되려고 하는 데서 형성됩니다. 그러므로 이 두 가지를 말끔히 털어 버렸을 때 진정한 마음의 평화는 찾아오게 되어 있습니다.

이처럼 마음이 화평한 사람이 바로 진리를 깨달은 사람입니다. 이론이나 상념 속에만 머물러 있는 것이 아니고 직접 실천을 통하여 체험으로 이 진리를 체득한 사람을 보고 우리는 마음이 열린 사람, 마음이 밝아진 사람 또는 깨달은 사람이라고 합니다."

"저 같은 사람도 그렇게 마음이 열린 사람이 될 수 있을까요?"

정을순 씨가 물었다.

"될 수 있고말고요. '번뇌가 보리(지혜)'라고 석가모니는 말했습니다. 정을순 씨가 남들이 아무렇지도 않게 흘려버리는 일을 가지고 새삼스럽게 고민하고 괴로워하는 것은 바로 지혜를 얻기 위한 과정이라고 보아야 합니다. 그러니까 지금 이 자리에서부터라도 그야말로 심기일전하여 아직까지도 마음속 한구석에 남아 있는 이기심과 집착을 말끔히 털어 버리세요."

"그럼 제가 맏아들과 합치는 것이 좋을까요? 합치지 않는 것이 좋을까요?"

"우선 정을순 씨의 마음이 열리기만 하면 어느 쪽을 택하든 아무 상관이 없습니다. 건강이 있는 한 혼자서도 얼마든지 마음 편안하게 지내실 수 있습니다. 설사 맏아들네와 살림을 합친다고 해도 며느리는 마음 열린 시어머니를 환영하면 했지 조금도 싫어하는 일은 없을 것입니다.

내가 잘 아는 내 나이 또래의 도우(道友) 부부가 있습니다. 이들 부부에게는 지방에 근무하는 결혼한 아들이 있습니다. 세 살 난 손자도 하나 있습니다. 그런데 며느리는 서울에 오는 일이 있으면 같은 서울에 사는 친정보다는 시가 쪽에 머물러 있기를 더 좋아합니다. 거짓말 같은 상식 밖의 일이 아닐 수 없습니다."

"시부모가 마음이 열린 분들인 모양이죠?"

정을순 씨가 혼잣소리처럼 말했다.

"어쨌든 간에 며느리가 친정보다 시가 쪽에 머물러 있기를 좋아한다면 거기에는 반드시 그럴 만한 이유가 있습니다. 그게 무엇이겠습니까?"

"시가 쪽이 친정 이상으로 마음 편하기 때문이 아니겠습니까?"

정을순 씨가 반문했다.

"물론입니다. 비록 며느리뿐만 아니라 이 세상 그 누구에게든지 마음 편하게 해주는 사람이 되려면 반드시 전제 조건이 있습니다."

"그게 뭡니까?"

"남을 편안하게 해주는 마음입니다. 남의 마음을 편안하게 해주려면 우선 자기 마음부터 편안해져야 합니다. 편안해지되 남들의 마음에까지도 영향을 주어 그들의 괴롭고 불안한 마음까지도 편안하게 가라앉힐 수 있는 정도가 되어야 합니다. 그래야 사람들이 모여들게 되어 있습니다. 거대한 자석이 작은 쇠붙이들을 마구 끌어당겨 그들에게까지 자력을 심어 줄 만큼 강력해야 합니다. 그 자력의 강도(強度)의 차이는 어디에서 오는지 아십니까?"

"글쎄요. 얼른 생각이 나지 않는데요."

"마음 비우기의 정도에 따라 차이가 납니다. 가령 마음을 완전히 비운 사람의 자력을 100이라고 할 때 그 100에 가까우면 가까울수록 자력은 강해집니다."

가짜와 진짜

"그렇다면 선생님, 제자를 많이 거느리면 거느릴수록 마음을 100에 가깝게 비운 사람이라고 할 수 있을까요?"

우창석 씨가 물었다.

"반드시 그렇지는 않습니다. 추종자들이 많이 모여든다고 해서 반드시 참된 스승이라고는 할 수 없습니다."

"그건 왜 그렇죠?"

"양보다는 질이 문제이기 때문입니다. 맹신자나 광신자 백 명보다는 단 한 사람의 진정한 구도자가 훨씬 더 소중하기 때문입니다. 자기네가 믿는 스승의 비리를 고발하는 프로를 내보냈다고 해서 방송사에 집단으로 쳐들어가 폭력으로 방송을 중단케 하는 그러한 광신도들은 아무리 많이 모여들어 보았자 별수없습니다."

"그런 때 만약에 현명한 스승이나 제자가 있었다면 어떻게 처신했을까요?"

"현명한 스승과 제자들이 모인 집단에서라면 PD가 스승의 비리를 고발하는 그러한 프로를 제작하려고 하지도 않았을 겁니다."

"그러나 중상모략이라는 것도 있지 않습니까?"

"방송국 PD쯤 되는 사람이라면 중상모략과 진상을 구분하지 못할 정도로 머리가 아둔하지는 않습니다. 그리고 설사 PD가 잘못된 정보를 바탕으로 그러한 프로를 제작했다고 해도 집단 난동으로 문제를 해결하려고는 하지 않습니다."

"그럼 어떻게 해결해야 합니까?"

"법의 심판에 따르거나 진상이 드러날 때까지 조용히 참고 기다리는 슬기를 발휘할 것입니다. 진위야 어찌되었든 간에 그들이 언론의 작살을 맞은 것은 사실입니다. 그렇다면 당사자들은 왜 사태가 이렇게까지 악화되었는지 조용히 분석도 하고 반성도 하고 그에 따른 대책을 강구했어야 합니다.

진정한 종교인이라면 핍박을 받을 때 말없이 참고 기다리는 지혜를 발휘할 줄도 알아야 합니다. 어떤 심술궂은 사람이 황금덩이를 보고 제아무리 돌덩이라고 우겼다고 해도 당장에는 혹 사람들의 눈을 속일 수 있을지 몰라도 황금이 돌멩이로 변하지 않는 한 언젠가는 진실이 밝혀지고 말 것입니다. 사필귀정(事必歸正)의 신념도 없다면 종교인의 자격도 없다고 보아야 할 것입니다."

"그렇지만 아무리 합법적인 수단으로 자기네의 결백을 주장해도 전연 먹혀들지 않을 때는 어떻게 해야 하겠습니까?"

"사람으로서 할 수 있는 일을 다 했을 때는 하늘의 뜻을 기다려야 합니다. 진인사대천명(盡人事待天命)이라는 말이 왜 나왔겠습니까? 사이비 종교집단이냐 아니냐 하는 것은 위기에 처했을 때 대처하는 방식을 보면 알 수 있습니다. 아무리 억울한 누명을 썼다고 해도 끝까지 합법적인 방법을 쓰느냐 아니면 합법적인 수단으로는 안 될 때 집단 난동으로 대처하느냐로 사이비 종교집단이냐 아니냐가 판가름 납니다."

"우리가 앉아 있는 바로 이 선생님 댁에도 10년 전에 모 단체의 맹종자 55명이 갑자기 쳐들어왔던 일이 있지 않았습니까?"

우창석 씨가 말했다.

"있었죠."

"자기네 비리가 선생님이 쓰신 글에 발표되었다고 해서 그 난동을 부린 것이죠. 아마."

"맞습니다. 그때도 그들은 나에게 온갖 협박과 공갈을 하고 그것도 안 되니까 검찰에 두 번이나 고소해도 자기네 뜻을 관철시킬 수 없었으니까 그런 집단 난동을 부린 겁니다."

"그때는 어떻게 수습이 되었던가요?"

"112에 신고했더니 기동경찰이 그래도 기민하게 출동하여 난동자 55명을 모조리 다 내보냈습니다. 납세자의 한 사람으로서 경찰의 고마움을 처음으로 실감했습니다."

"그 후에 그들을 가택 침입 혐의로 고발하시지는 않았습니까?"

"비록 경찰의 힘이 작용했지만, 역부족으로 물러가는 그들을 더이상 뒤쫓을 필요는 없다고 생각했습니다. 그들에게도 생각하고 반성할 시간 여유가 필요할 테니까요. 보복은 반드시 또 다른 보복을 낳게 마련입니다. 이 보복의 악순환을 끊는 방법은 어느 한쪽이 먼저 깨닫고 반격을 하지 않는 겁니다. 이것이 공생 공존할 수 있는 기초 조건이라고 봅니다."

"종교 문제 연구가 탁명환 선생 같은 분은 사이비 종교의 비리를 폭로했다고 해서 수백 번이나 테러를 당하다가 끝내 그들의 손에 목숨을

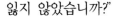

잃지 않았습니까?"

"그랬죠."

"사이비 종교 때문에 해마다 수많은 가정이 풍비박산이 나고 순진무구한 국민의 피해가 막심한데도 왜 정부에서는 사건이 터질 때마다 수수방관으로만 일관하는지 모르겠습니다."

"우선 우리나라 사법기구 안에는 선진 외국에서처럼 사이비 종교를 전담하는 부서 자체가 거의 형식적으로만 되어 있어서 제 기능을 발휘하지 못하고 있기 때문입니다. 검찰이나 경찰 수사기구 안에 사이비 종교를 전문적으로 연구하고 처리하는 막강하고 실질적인 부서가 있어야 하는데도 그렇지 못합니다.

그러니까 그들은 무엇이 사이비이고 무엇이 진짜인지를 구분할 수 있는 안목이 없습니다. 무엇을 알아야 면장을 해먹을 텐데 아는 것이 없으니 그때마다 손을 쓰지 못합니다. 두 번째로 문제가 되는 것은 사이비 종교단체들이 워낙 대규모이고 대기업화해서 그 조직력과 자금력이 막강합니다. 어떤 사이비 종교단체는 그 핵심 요원들 중에 정부 각 사법기관은 물론이고 정부 요직을 적지 않게 차지하고 있는 경우가 허다합니다.

사이비 종교의 비리가 언론에 문제화될 때마다 그들은 돈을 물쓰듯 해 가면서 로비활동에 전념합니다. 이때 정부 요직과 사법부 내의 그들의 끄나풀들을 이용하는 것은 물론입니다. 그러니까 피해자들이 아무리 정부 요로에 고소를 하고 진정을 해도 이들의 방해로 유야무야로 넘어가 버리고 맙니다.

더구나 사이비 종교 신도들 중에는 법관, 변호사, 고위 공직자, 대학 교수, 유명 언론인, 이름난 문사들까지도 끼어 있는 수가 있습니다. 한 번 사건이 터질 때마다 이들이 조직적으로 동원되므로 힘없는 피해자 들은 도저히 손을 쓸 재간이 없습니다."

사이비(似而非)가 존속하는 이유

"선생님 도대체 사이비의 뜻은 무엇입니까?"

"사이비의 사(似)는 닮을 사 자이고, 이(而)는 곧 이 자로서 여기서는 접속사 역할을 하고 있습니다. 비(非)는 아닐 비 자입니다. 진짜를 닮 았으면서도 진짜가 아닌 것이라는 뜻입니다. 쉽게 말해서 가짜, 짝퉁 을 말합니다."

"그런데 왜 사이비 종교는 살인 사건이나 집단 난동 같은 대형 사건 이 일어날 때면 세상이 떠들썩하다가도 시간이 흐르면 흐지부지되고 마는지 그 이유를 알 수 없습니다."

"방금 전에도 말했지만, 사이비 종교단체의 막대한 조직력과 자금력 을 동원하여 사건이 터질 때마다 돈을 물쓰듯 하면서 로비활동에 전념 하기 때문이고, 두 번째는 우리 인간에게 욕심과 어리석음이 있는 한 도둑이 근절되지 않는 것과 마찬가지로 사이비도 근절되지 않기 때문 입니다.

물론 우리나라보다 정치, 경제, 사회가 안정된 선진국들에는 사이비 종교의 발호가 우리나라보다는 덜하지만 그렇다고 해서 사이비 종교 가 근절된 것은 아닙니다. 사이비 종교란 일종의 사회악입니다. 사회악은 사회가 혼란할수록 기승을 떨게 됩니다.

우리나라에서도 지금으로부터 약 100년 전 전통사회가 무너지고 과도기적 전환기를 겪으면서 사이비 종교는 점점 더 기승을 부리기 시작했습니다. 일제 강점기에는 백백교(白白敎)가 활개를 쳤고 해방 직후에는 용화교(龍華敎)가, 최근에는 오대양교(五大洋敎)가 그 기발한 사기 수법과 살인 사건, 그리고 교주와 간부들의 엽색(獵色)과 치부(致富)와 폭행으로 세인의 주목을 끌어왔습니다. 이 밖에도 수없이 많은 사이비 종교들이 설쳐댔었고 지금도 은밀하게 그 판도를 넓혀가고 있습니다."

"사건이 터질 때마다 언론에서 그렇게 떠들건만 정부는 으레 수수방관으로만 일관하고 있는데, 우리도 선진국처럼 획기적인 근절책을 강구할 수는 없을까요?"

"우선 정부 당국에서 팔을 걷어붙이고 나와야 할 텐데 그렇지를 못합니다."

"이유가 뭐죠?"

"가령 실례를 들어 사이비 종교 근절에 대한 남다른 열의를 갖고 있는 어떤 민완 검사가 사이비 종교 담당부서의 책임자로 취임하여 활동을 개시했다고 칩시다. 그렇게 되면 그 검사는 사이비 종교단체들의 등쌀에 도저히 견디어 내지를 못하고 미구에 손을 들게 됩니다."

"그렇게도 등쌀이 심합니까?"

"사이비 종교단체들의 끄나풀들이 밤낮을 가리지 않는 온갖 끈질긴 회유와 협박으로 도저히 견디어 내지를 못합니다. 본인 자신의 생명에 대한 위협과 공갈은 말할 것도 없고 그의 가족에 대해서도 똑같은 위협을 가합니다. 제아무리 배짱이 두둑한 사람도 도저히 견디어 내지 못하고 손을 들게 되곤 합니다."

"이제 보니 사이비 종교의 비리를 뻔히 보면서도 정부가 그때마다 방관만 하는 이유를 알 것 같습니다."

"그뿐이 아닙니다. 그들의 비리가 사법기관에 고소되어 조사나 심리가 진행 중에도 그들은 그 막대한 조직력과 자금력을 총동원하여 어떻게 하든지 관계 공무원들을 구워삶아서 뇌물로 회유하여 자기네 편으로 만들어 버립니다. 그렇게 했는데도 끝까지 자기네 회유에 말려들지 않을 때는 탁명환 씨의 경우처럼 암살을 단행해 버리고 맙니다."

"살인사건이 났다면 여론의 압력을 받아서라도 정부 당국이 수수방관만 할 수는 없는 일이 아니겠습니까?"

"물론이죠. 그러나 탁명환 씨 암살 사건의 추이만 지켜보아도 그를 암살한 사이비 종교의 거대한 뿌리를 뽑아 버리는 데는 역부족이었습니다."

"왜요?"

"모든 죄는 탁명환 씨를 직접 암살한 일개 하수인에 지나지 않는 교주의 운전사 혼자서 뒤집어쓰는 것으로 결국은 일단락되었으니까요."

"아니 그렇다면 하수인 혼자서 모든 죄를 뒤집어쓰고 사건이 종결되고 말았다는 겁니까?"

"결국은 그렇게 결론이 나버렸습니다."

"그럼 진짜 범인은 어떻게 되었습니까?"

"누가 진짜 교사범인지는 심증은 가지만 하수인이 모든 죄를 혼자서 뒤집어쓰겠다는데야 당국으로서도 별 재주가 있을 리 있겠습니까?"

"그럼 그 살인 하수인은 어떻게 됐습니까?"

"피해자 유가족들의 여러 차례에 걸친 탄원서 제출로 교도소 생활도 얼마 하지 않고 석방되었습니다."

"유가족들은 왜 살인자에 대한 구명운동을 벌였을까요?"

"유가족이 독실한 기독교 신자들인 데다가 가해자 측에서 적지 않은 위로금으로 그들에게 성의를 표시했다고 합니다. 그러니 유가족들은 이미 돌이킬 수 없는 지난 일에만 언제까지나 매달릴 수는 없는 일입니다."

"그렇다면 사이비 종교 근절책은 없다는 얘기가 되는가요?"

"아직도 우리 사회는 선진국 수준의 근절책을 세울 만한 때가 성숙되지 않았다고 보는 것이 온당할 것입니다."

"사람들은 왜 그렇게 가짜에게 현혹당할까요?"

"그게 다 유유상종(類類相從)입니다."

"유유상종이라뇨?"

"속는 사람이 있기 때문에 속이는 사람도 있게 마련이라는 얘기입니다. 비슷한 수준의 사람들끼리 서로 속고 속이는 거죠. 손쉽게 공짜로 구원받겠다는 어리석은 사람들이 이 세상에 존재하는 한 사이비 종교는 절대로 없어지지 않을 것입니다."

"그렇다면 우리 사회에서 사회악이 근절되는 것은 영원히 바랄 수 없는 꿈이라는 말씀입니까?"

"악(惡)이 없어지면 선(善)도 없어지게 될 것입니다."

"무슨 뜻입니까?"

"악이 없으면 선도 있을 수 없다는 얘깁니다."

"선악은 인간이 만들어 낸 잣대라는 말씀입니까?"

"그렇습니다. 선악은 유위계에서나 존재하는 것이지 무위계에는 선악 같은 것은 없습니다."

"그럼 선악은 왜 존재하게 되었을까요?"

"사람의 마음속에 선악이 존재하고 있으니까 그것이 현재화(顯在化) 되었을 뿐입니다."

사이비를 극복하는 길

"그럼 사람의 마음속에는 왜 선악이 존재하게 되었을까요?"

"아상(我相))이 있기 때문입니다."

"아상이란 구체적으로 무엇을 말합니까?"

"이기심과 집착입니다."

"그럼 이기심과 집착만 버리면 선악의 차별감도 사라진다는 얘깁니까?"

"그렇습니다. 원래 만물은 하나입니다. 그래서 만법귀일(萬法歸一) 이라고 하지 않습니까?"

"만물이 하나라면 하나는 무엇입니까?"

"하나는 만물입니다. 일귀만법(一歸萬法)입니다. 색즉시공(色卽是空)이고 공즉시색(空卽是色)입니다."

"뜻은 알겠는데 실감이 나지 않습니다."

"쉽게 말해서 구도자가 사이비 교주가 되느냐 마느냐 하는 것은 한 순간의 마음먹기에 달려 있다는 얘깁니다. 내가 나쁜 사람이 되느냐 착한 사람이 되느냐 하는 것 역시 나의 한순간의 마음먹기 여하에 달려 있다는 뜻입니다. 영원히 착한 사람 따로 있고 영원히 나쁜 사람이 따로 있는 것이 아니라는 말이죠."

"선생님 우리가 수행을 하는 목적은 착한 사람이 되려는 것이 목적이 아닙니까?"

"그렇지 않습니다. 선악은 한몸이니까 선한 사람도 언제나 마음먹기에 따라서는 한순간에 악한 사람이 될 수 있습니다."

"그렇다면 우리가 수행을 하는 목적은 착한 사람이 되자는 것이 아니라는 말이 도저히 믿어지지 않습니다."

"착한 사람이 되어 보았자 고작 천상(天上)에 태어날 수 있을 뿐입니다. 그러나 천상에도 인간계와 마찬가지로 생로병사가 있습니다. 그러니까 우리가 수행을 하는 목적은 착한 사람이 되자는 데 목적이 있는 것이 아닙니다."

"그럼 무엇 때문에 수행을 합니까?"

"생로병사에서 영원히 벗어나기 위해서입니다."

"그렇게 하자면 어떻게 해야 합니까?"

"양변에서 다 같이 벗어나야 합니다."

"양변이라뇨?"

"양변(兩邊) 즉 생사, 선악, 유무, 장단, 미추, 음양, 애증, 승부, 진짜와 가짜, 정의와 불의 따위 대립과 차별의 세계를 떠나야 한다는 얘깁니다."

"그럼 어떻게 해야 그 양변에서 벗어날 수 있겠습니까?"

"가령 생사를 놓고 볼 때 태어나지도 않고 죽지도 말아야 합니다."

"그러나 어떻게 그것이 현실적으로 가능한 일입니까?"

"그건 아주 간단합니다."

"아주 간단하다니요?"

"삶과 죽음은 따로 떼어져서 홀로 존재하는 것이 아니라는 것을 깨닫는 겁니다. 다시 말해서 생사는 인간의 마음이 만들어 낸 허상에 지나지 않으며 결코 실상이 아니라는 것을 알아내는 겁니다. 이것만 깨달으면 삶은 삶이 아니고 죽음은 죽음이 아니라는 실상에 눈뜨게 됩니다. 생불생(生不生)이요 사불사(死不死)라는 말입니다."

"가령 생사는 하나라는 것을 깨달았다고 해도 우리의 일상생활에서 생사가 없어지는 것은 아니지 않습니까?"

"물론입니다."

"그럼 어떻게 됩니까?"

"구도자가 생사일여(生死一如)를 깨달았다고 해서 범인들도 같이 그것을 깨달은 것은 아니니까요. 만약에 범인(凡人)들도 생사일여를 깨달았다면 그들은 이미 범인이 아닙니다."

"범인이 아니면 무엇입니까?"

"그들 역시 생사를 초월한 깨달은 사람들이죠."

"어떻게 해야 생사를 초월할 수 있습니까?"

"생(生)에도 집착하지 않고 사(死)에도 집착하지 않으면 다시는 생사에 떨어지는 일은 없게 됩니다."

"생에도 사에도 집착하지 않는다는 것은 무슨 뜻입니까?"

"생(生)이라고 하는 함정도 완전히 다 알아버리고 사(死)라고 하는 함정도 환히 다 알아버리고 나면 다시는 그 두 개의 함정에 빠지는 어리석음은 범하지 않게 된다는 얘기입니다. 이것이 생사를 초월하는 지름길입니다. 우리가 사이비에서 벗어나는 것도 죽음에서 벗어나는 법칙을 이용하면 됩니다. 좀더 정확히 말해서 생사를 벗어나는 공식을 가짜와 진짜에서 벗어나는 데 적용하면 된다는 얘기입니다. 애증, 승부, 미추, 장단에서 벗어나는 것도 마찬가지입니다."

"어떻게 하면 그렇게 될 수 있습니까?"

"이기심에서 벗어나 이타행을 쌓으면 누구나 지혜를 갖게 되는데 그 지혜가 깊어지면 누구나 그러한 깨달음에 도달하게 되어 있습니다."

기공부를 하는 목적

"선생님, 기공부를 하는 목적은 어디에 있습니까?"

박한열이라는 20대 후반의 젊은 수련생이 물었다.

"왜 그런 의문을 품게 되었습니까?"

"지금 시중에 나와 있는 기공과 단전호흡에 대한 책을 여러 권 읽어 보았는데요. 어떤 책은 기공의 목적을 질병 치료라고 했고 또 어떤 책은 격벽투시(隔壁透視), 운반술, 축지법, 호풍환우(呼風喚雨)와 같은 초능력 개발이나 예언을 하고 점을 쳐 주는 것이 바로 기공의 목적이라고 했습니다.

그런 데 선생님께서 쓰신 『선도체험기』를 읽어 보니까 기공의 목적은 성통공완하여 생로병사를 벗어나는 데 있다고 했습니다. 도대체 어느 쪽 말이 맞는지 초심자들은 갈피를 잡을 수가 없습니다. 선생님께서 좀 교통정리를 해 주실 수 없겠습니까?"

"기공부는 병 치료, 예언, 격벽투시 같은 초능력 양성에 있는 것이 절대로 아닙니다. 그래서 석가모니나 조사들도 초능력을 보잘것없는 하찮은 짓거리라 하여 말변지사(末邊之事)라고 해서 엄격히 금했습니다. 구도자가 기공부 중에 자기도 모르게 초능력이 생기면 그것은 수행상의 어려움을 타개하는 데 이용하라는 것이지, 그것으로 남의 병을 고쳐 주든가 바람이나 비를 부르고 격벽 투시하는 데 이용하라는 것이 아닙니다. 만약에 구도자가 기공부의 성과를 그런데 이용한다면 그 사람은 이미 구도자가 아닙니다."

"그럼 그 사람은 뭐가 됩니까?"

"기공사나 초능력자가 되든가, 사기성이 농후한 사람이라면 사이비 종교의 교주가 될 것입니다."

"어떤 책에 보니까 단전호흡을 하여 일정한 단계에 도달하면 가부좌한 채로 바닥에서 1미터 이상씩이나 떠오르는 공중부양(空中浮揚)을 한다고 하는데 그게 사실입니까?"

"수행 중에 그런 일도 일어나는 수가 있습니다. 그러나 그 사람이 진정한 구도자라면 공중부양 같은 일로 흥분하지 않을 것입니다. 그런 일은 단지 수행 중에 일어날 수도 있는 일시적인 현상이라고 생각하고 말아야지 거기에 무슨 특별한 의미를 부여해서는 안 됩니다."

"왜 그렇습니까?"

"까딱하면 구도자에서 한갓 초능력자로 곤두박질칠 우려가 있기 때문입니다. 구도자가 초능력자가 되는 것은 일종의 타락입니다. 그로부터 그는 마치 마술사와도 같이 사람들의 호기심의 대상은 되겠지만 그것으로 생사를 초월해야 할 구도의 길은 막혀 버리고 맙니다."

"또 어떤 사람은 운기가 활발하여 난치병 환자에게 손만 대도 병이 낫는 수가 있다고 합니다."

"그렇다고 해서 호기심과 명예심에 놀아나 남의 난치병을 치료해 주기 시작하면 그 사람은 한낱 기공 치료사로 전락하고 말 것입니다. 간혹 일시적으로 돈을 별수 있을지 모르지만 미구에 손기(損氣) 현상이 일어나 중병에 걸리게 되어 벌어들인 돈 제대로 써 보지도 못하고 목숨을 잃게 됩니다. 남쪽 항구에 산다는 어떤 공무원은 10년 동안 단전호흡을 해 오면서 치병 능력을 갖게 된 것을 자랑이라도 하듯 책을 두 권이나 써내고 있지만 잘못되어도 한참 잘못된 짓입니다. 수련하는 데 이용하라는 기운을 의사도 아니면서 엉뚱하게도 남의 병 치료에 이용하는 것은 의료법 위반입니다.

까딱하면 개업 의사들의 고소로 쇠고랑을 찰 수도 있다는 것을 알아야 합니다. 더욱 한심한 것은 그의 저서를 읽은 수많은 독자들이 자기도 그 책의 저자처럼 남의 병을 치료하는 기공사가 되어보겠다고 기수련을 하고 있다고 하니 불행한 사람들을 양산하는 데 크게 이바지하는 엄청난 업장만 쌓고 있습니다."

"그럼 그 기를 어떻게 이용하는 것이 가장 현명합니까?"

"오직 수행 이외에는 절대로 써서는 안 됩니다."

"남의 난치병을 치료하는 것도 착한 일이 아닙니까?"

"그것은 마치 공무원이 공금을 횡령하여 제멋대로 남에게 선심 쓰는 것과도 같습니다. 어떻게 썼던 간에 공금을 착복 유용한 것은 틀림이 없습니다. 수행을 통해서 얻은 기운을 그렇게 함부로 유용하는 자는 반드시 인과의 보복을 받게 되어 있습니다."

"어떤 인과의 보복 말입니까?"

"미구에 그 기운이 떨어지면 돌팔이가 되든가 점쟁이가 되든가 사이비 종교 교주가 되든가, 사기를 치다가 쇠고랑을 차지 않으면 난치병 환자가 되어 비참한 최후를 맞게 된다는 겁니다. 나는 이런 사람을 하도 많이 보아 왔기 때문에 자신 있게 말할 수 있습니다. 그러나 이 기운을 수행자가 착실하게 자기 수련을 향상시키는 데 이용한다면 기수련을 하지 않는 구도자와는 비교도 될 수 없는 큰 효과를 얻게 될 것입니다."

"그 효과에 대해서 좀 말씀해 주시겠습니까?"

"그렇게 하죠. 우선 기공부를 하는 구도자는 기공부에 아무 관심도 없는 구도자보다 똑같은 시간 동안 참선을 해도 훨씬 피로를 덜 느끼게 됩니다. 그리고 거의 질병에 걸리는 일이 없습니다. 만약에 수행이 진전되어 소주천, 수승화강, 대주천 피부호흡이 된다면 여름에는 더위를 타지 않고 겨울에는 추위를 타지 않게 될 것입니다.

그리고 머리는 항상 맑고 상쾌하여 두통이라는 것을 통 모르게 될 것입니다. 거기서 한 걸음 더 나아가 연정화기(煉精化氣)를 성취하게 되면 성 에너지를 수행 에너지로 바꿀 수 있어 성욕에서 완전히 해방되어 그의 수행은 비약적으로 향상될 것입니다.

구도자에게 있어서 최대의 난관은 재물욕도 식욕도 아니고 명예욕도 수면욕도 아니고 이성에 대한 성욕입니다. 바로 이 성 에너지를 수행 에너지로 바꿈으로써 성욕에서 완전히 벗어날 수 있다는 것이야말로 구도자에게는 다시 없이 반가운 소식이 아닐 수 없습니다. 바로 이 때부터 수행은 탄탄한 궤도에 진입하게 됩니다. 관(觀)이 잡히고 화두(話頭)가 잡힙니다. 수행은 파죽지세요 일사천리로 진행되어 마침내 견성을 하게 될 것입니다."

"견성이 뭡니까?"

"마음을 여의게 된다는 말입니다."

"마음을 여의다뇨? 그게 무슨 뜻입니까?"

"진리를 가리고 있던 마음의 장막을 걷어 버리게 된다는 뜻입니다."

"도대체 마음이란 무엇입니까?"

"마음이요?"

"네."

"마음은 아상(我相)이고 이기심이고 집착입니다."

"그런데 일전에 신문을 보니까 조계종의 송암 종정이 불교는 마음공부라고 말한 것은 무슨 뜻입니까?"

"그렇습니다. 우리가 관이나 화두를 통해서 마음의 정체를 깨달으면 누구나 실상을 보게 되니까 그렇게 말한 것이죠. 바로 이 이기심과 집착으로 구성된 마음이 장막이 되어 진리의 정체를 덮어 가리고 있으므로 그 마음의 실상만 깨닫게 되면 그것이 단지 진리를 숨기는 한갓 허상에 지나지 않는다는 것을 깨닫게 됩니다.

이러한 깨달음이 바로 성통이요 견성입니다. 생사, 선악, 유무는 곧 마음의 장난이므로 그 마음의 실상을 깨닫는 것은 마음의 장막을 걷어 버리는 것을 말합니다. 그렇게 되면 이미 그곳에서는 생사도 선악도 유무도 사리지게 됩니다. 이것을 보고 마음을 여읜다고 합니다. 그러므로 마음을 여의는 것이 곧 진리를 깨닫는 겁니다."

"아상(我相)은 무엇입니까?"

"아상이 바로 마음이고, 마음이 곧 이기심이고 집착입니다. 마음을 여읜다는 것은 아상을 극복하는 것을 말합니다."

"그렇다면 우리가 수행을 하는 목적은 바로 이 마음이 다름 아닌 아상임을 알고 그 아상을 헐어 버리는 것이라는 말씀인가요?"

"그렇습니다."

돈오돈수(頓悟頓修)냐 돈오점수(頓悟漸修)냐?

"선생님, 돈오돈수가 맞습니까? 아니면 돈오점수가 맞습니까?"

우창석 씨가 물었다.

"그것은 돈오한 다음에 물어도 늦지 않습니다."

"그건 왜 그렇습니까?"

"중학생이 박사 논문 쓸 걱정을 하는 것과 같이 어울리지 않기 때문입니다. 중학생은 중학생답게 자기 수준에 알맞은 공부에 주력해야 합니다. 그것은 또 결혼도 하지 않은 사춘기 소녀가 아이를 어떻게 기를까 하고 걱정하는 것과도 같습니다. 아이 기를 걱정은 결혼하여 출산한 뒤에 해도 늦지 않습니다. 그와 마찬가지로 돈수(頓修)를 해야 할지 점수(漸修)를 해야 할지는 일단 돈오부터 해 놓은 후에 생각해도 결코 늦지 않습니다."

"돈오(頓悟)란 무엇입니까?"

"글자 그대로 공부하던 구도자가 문득 진리를 깨닫는 것을 말합니다. 깨달은 뒤에는 보림을 해야 하는데 이 보림을 갑자기 하느냐 천천히 하느냐 하는 것은 돈오한 사람의 선택 사항입니다."

"보림이란 무엇입니까?"

"숙세(宿世)에 걸쳐서 쌓여 온 습기(習氣)를 털어내는 작업입니다."

"숙세(宿世)란 무엇입니까?"

"억겁의 세월에 걸쳐서 쌓이고 쌓여 온 전생(前生)들을 말합니다."

"그럼 습기란 무엇입니까?"

"그 수많은 전생들을 살아오면서 쌓이고 쌓여 온, 깨달은 사람답지 못한 좋지 못한 습관들을 말합니다. 머리로는 진리를 깨달았건만 실제 행동은 아직도 과거세의 나쁜 습관을 완전히 벗어나지 못한 것을 말합니다."

"실제로 진리를 깨달은 사람들 중에 과거세의 나쁜 습관 때문에 말썽을 일으킨 사람이 있습니까?"

"있고말고요."

"그 실례를 좀 들어주시겠습니까?"

"현대 한국 선종의 사부(師父)라고 할 수 있는 경허 스님이 그 좋은 본보기입니다. 현재 활약 중인 고승들 중에서 그분의 직계 내지 직손 제자 아닌 사람이 없을 정도로 걸출한 선사(禪師)이면서도, 그는 일단 깨달은 뒤에도 불자들에게는 전통적으로 금지되고 있는 술과 고기를 상식하고 있었습니다.

전국 어느 절에든지 그가 일단 나타났다고 하면 그 절의 주지는 그에게 술과 고기를 대령해야만 했습니다. 이 때문에 숱한 항의와 말썽을 빚었습니다. 그러나 그는 끝내 주육(酒肉)에서 헤어나지 못했고 나중에는 환속하여 함경북도 삼수갑산에서 훈장질을 하다가 세상을 마쳤습니다.

바로 이 경허 스님 때문에 우리나라의 침체되었던 선풍(禪風)이 크게 진작된 것은 잘된 일이지만 아직 깨닫지도 못한, 되다가 만 돌중들이 그를 본떠 주색(酒色)을 공공연히 탐하는 좋지 못한 풍조가 한때 유행되기도 했습니다. 습기(習氣)라는 것은 이렇게도 무섭고 끈질긴 겁니다.

그러나 다행히도 그가 양성해 놓은 제자들에 의해 그 후 여러 번에 걸친 정화 작업 끝에 지금은 그러한 폐풍(弊風)이 상당히 개선된 것은 실로 다행한 일이 아닐 수 없습니다. 아무리 스승이라고 해도 그의 습기까지 본받을 수는 없기 때문입니다.

돈오돈수이든 돈오점수이든 그것을 구도자 각자가 자기 취향에 따를 일이라고 봅니다. 사람은 백인백색이고 천태만상입니다. 따라서 수행 방법도 방편도 부지기수입니다. 육조 혜능과 같이 돈오돈수(頓悟頓修)를 한 사람이 있는가 하면, 신수(神秀) 대사와 같이 점오점수(漸悟漸修)를 하는 사람도 있을 수 있습니다. 화두를 잡고 참선으로만 일관하여 견성성불을 성취한 사람이 있는가 하면, 염불과 기도와 독경과 주문으로만 견성을 한 사람도 있습니다."

"그러니까 구도자는 자기의 근기에 따라 자기에게 알맞은 수행법을 선택해야 된다는 말씀이군요."

"그렇습니다."

이뭐꼬?

"선생님 저는 아무래도 이해할 수 없는 경험을 최근에 했습니다."
박포준이라는 35세의 컴퓨터 기술자라는 수련생이 말했다.

"어떤 경험인데요?"

"지난주 일요일에 있었던 얘긴데요. 등산 갔다 집에 와서 초여름 같은 날씨에 하도 땀을 많이 흘려서 목이 마르기에 시골에 사시는 고모님이 저 먹으라고 포천에서 사 오신 포천 막걸리 한 되 들이 세 병 중에서 한 병을 다 마셨거든요.

저는 오행생식과 단전호흡을 시작한 지 6개월이 되었습니다. 저는 술을 자주 하는 편은 아닙니다만 오행생식과 기공부하기 전에는 막걸리 두 되 정도는 앉은 자리에서 먹어 치우고도 아무 탈 없었습니다. 그런데 이번에 오행생식 한 이후로는 처음으로 막걸리를 아무 생각 없이 그전처럼 생각하고 한 되 들이 한 병을 마셨는데 얼마 안 되어 만취 상태가 되어 낮 12시에서 밤 10시까지 인사불성이 되어 곯아떨어졌습니다.

마치 그전에 소주를 한 되 이상 마셨을 때 이상으로 만취되었습니다. 그리고도 숙취가 거의 사흘이나 지속되었습니다. 저는 아무리 생각해 보아도 왜 이렇게 되었는지 이해를 할 수 없습니다. 선생님께서는 이것을 어떻게 생각하십니까?"

"대단히 축하할 일입니다."

"네에? 축하할 일이라뇨?"

"축하할 일이고말고요."

"어째서 그게 축하할 일입니까?"

"박포준 씨의 기운이 그만큼 맑아졌다는 가장 확실한 증거이기 때문입니다."

"기운이 맑아졌다는 것이 그렇게 축하할 일입니까?"

"그렇고말고요. 기운이 맑아졌다는 것은 마음도 기도 몸도 그만큼 맑아졌다는 말이 됩니다. 수행자는 심기신(心氣身)이 맑아져야 진아(眞我)를 꿰뚫어 볼 수 있는 능력을 그만큼 키울 수 있습니다."

"진아가 무엇인데요?"

"생사를 초월한 우주의 근원입니다. 이것을 진리라고 흔히들 말합니다. 기운이 맑아졌다는 것은 이 진리를 감싸고 있는 가아(假我)를 꿰뚫어볼 수 있는 투시력이 그전보다 증가되었다는 것을 말합니다."

"가아는 무엇입니까?"

"우리가 진아를 볼 수 없게 가리고 있는 아상(我相)입니다. 선방에서 선승들이 '이뭐꼬?' 화두를 잡는 것은 바로 이 가아의 정체가 무엇인가를 꿰뚫어보기 위해서입니다. 진아는 가아에 가려져 있기 때문에 이 가아를 꿰뚫어 볼 수만 있으면 언제든지 우리는 진아와 직접 만날 수 있습니다. 이처럼 가아 즉 거짓 나라는 허상을 투시하여 진아를 보는 것을 견성이라고 합니다.

막걸리 두 되를 마시고도 끄떡도 하지 않던 사람이 겨우 막걸리 한 되를 마시고 곤드레만드레가 되었다면 오행생식과 기공부를 6개월 하는 동안에 심기신(心氣身)이 많이 정화되었다는 것을 말해줍니다. 아마도 앞으로 박포준 씨는 다시는 막걸리를 한 되씩이나 한꺼번에 마시는 어리석음은 범하지 않게 될 것입니다."

"물론입니다. 저는 제 몸이 이렇게 변한 것을 미처 몰랐습니다. 무엇보다도 술이 이제는 제 몸에 맞지 않는다는 것을 확실히 깨달았습니다."

"술뿐이 아닙니다. 오행생식과 기공부를 착실히 하는 사람은 미구에 담배도 고기도 차츰 싫어질 것입니다."

"그러고 보니, 선생님, 저는 담배는 수련 시작하기 전에 이미 끊어버렸습니다만 전에는 개고기를 좋아했었는데 이제는 어쩐지 개고기 냄새만 맡아도 싫어집니다. 개고기뿐만이 아닙니다. 제가 즐겨 먹던 닭고기와 돼지고기도, 불고기도 갈비도 그전 습관대로 입에서는 좋아서 먹고 나면 속이 더부룩하고 거북해서 밤새 소화가 안 되어 고생을 하게 됩니다. 이튿날 일어나도 머리가 개운치 않습니다. 그래서 자연히 고기를 피하게 됩니다. 이것도 기운과 관련이 있습니까?"

"그렇고말고요. 술, 고기, 담배는 사실 알고 보면 탁기 덩어리입니다. 생식과 기공부로 기운이 맑아진 사람에게는 그것이 용납될 리가 있겠습니까? 불교에서는 계율로 술과 고기를 금하고 있습니다. 삭발하고 승복 입고 출가한 승려들은 생리적으로 술과 고기가 받지 않아서가 아니라 계율 때문에 먹고 싶어도 억지로 참습니다. 그러나 삼공선도에서는 굳이 그럴 필요가 없습니다. 오행생식과 기공부만 해도 자연히 자기도 모르게 생리적으로 술과 고기가 싫어지니까요."

"승려들이 그렇게 된 근본 원인이 어디에 있습니까?"

"불교나 기독교를 위시한 대부분의 종교들에서는 기도, 염불, 독경, 주문, 예불, 참선과 같은 마음공부에만 치중했지 몸공부와 기공부에 대해서는 애당초 관심조차 기울이지 않습니다. 그러니까 경허 스님 같은 대단한 큰스님은 견성을 하고도 술과 고기를 평생 끊지 못했던 것입니다.

그래서 그런지 일부 스님들을 위시한 기독교 성직자들 중에는 요즘 선도에 관심을 기울이고 직접 수련에 임하는 분들이 적지 않습니다. 사람은 원래 구조적으로 마음, 기운, 몸 즉 심기신(心氣身)의 세 요소로 이루어져 있습니다. 그런데도 몸과 기를 도외시하고 마음공부에만 매달리니까 경허 스님과 같은 불균형 현상이 일어나는 겁니다."

"그런데 아까 이뭐꼬? 화두 얘기가 나왔으니까 말씀드리는 건데 과연 이뭐꼬 화두를 잡고 참선을 하면 견성을 할 수 있습니까?"

"그렇고말고요."

"이뭐꼬? 란 무엇을 말합니까?"

"이것은 무엇인가? 하고 자기 자신을 향해서 묻는 경상도 사투리로서, 중국어의 '시심마?'를 본딴 의문사입니다. '이것은 무엇인가' 하고 묻기보다 경상도 사투리로 '이뭐꼬' 하는 것이 짧고도 더욱 강렬한 극적인 효과가 있으므로 경상도 지방에서 주로 채택된 화두입니다. 이처럼 마음속에 의문을 품는 것을 의단(疑團)이라고 합니다. 경상도 사투리에 익숙지 않는 사람은 '이뭐꼬?' 대신에 '이것은 무엇인가?'로 고쳐해도 됩니다."

"여기서 말하는 '이것'은 정확히 무엇을 지칭하는 겁니까?"

"화두를 잡은 사람 자신을 가리키는 말입니다. 그러니까 '나는 무엇인가?'로 고쳐도 됩니다."

"왜 하필이면 자기 자신을 향해서 '이것은 무엇인가' 하고 의문을 품어야 합니까?"

"우리 구도자가 추구하는 진리는 밖에 있는 것이 아니고 자신의 내부에 있기 때문입니다. 이렇게 '이뭐꼬?' 화두를 잡고 자기 내부를 주시하는 것을 관(觀)이라고도 합니다. 자기 자신이야말로 우리가 감각적으로 그리고 물리적으로 느낄 수 있는 확실한 대상입니다.

그러나 알고 보면 우리의 육체야말로 태어남이라는 시작이 있으니까 죽음이라는 끝이 있는 유한한 존재입니다. 누구나 생자필멸(生者必滅)의 자연법칙을 어길 수 없습니다. 태어남과 죽음이 있는 우리의 육체지만 우리는 이것이 태어남과 죽음이 없는 영원히 존재하는 본체의 그림자라는 것을 관을 통해서 알게 됩니다.

이 생사를 초월한 본체가 진아이고 육체를 가진 우리는 가아입니다. 가아는 진아의 그림자입니다. 범인(凡人)들은 그림자는 볼 수 있지만 그 그림자가 가리고 있는 본체는 보지 못합니다. 구도는 바로 이 본체를 보기 위한 노력입니다. 이 본체를 보기 위해서는 보통의 각오와 노력으로는 되지 않습니다."

"그럼 어떻게 해야 합니까?"

"비상한 구도 정신으로 마음과 정성을 한군데로 모아야 합니다. 이것이 바로 '이뭐꼬?'를 위시한 1천 7백여 개의 화두(話頭)이고 관(觀)입니다."

"그렇게 마음과 정성을 기울인다고 해서 정말 견성을 할 수 있을까요?"

"일심전력(一心專力), 전력투구(全力投球)해야 합니다. 지성이면 감천이라는 말도 있습니다. 떨어지는 물방울이 바위를 뚫습니다. 드디어 나라고 하는 모습 즉 아상(我相)은 실체가 없는 허상이라는 것을 알게 됩니다. 그리고 형체 있는 유위계의 일체의 것은 알고 보니 몽환포영 로전(夢幻泡影露電)이라는 것을 깨닫게 됩니다. 바로 이 순간에 구도자는 이 우주의 본체이고 에너지의 근원인 진리와 맞부딪치게 됩니다. 견성의 순간입니다."

"견성의 순간이 그렇게 소중한 이유는 어디에 있습니까?"

"생로병사에서 허덕이던 유한한 존재로부터 생사와 유무를 벗어난 무한한 존재로 다시 태어나는 순간이기 때문입니다. 바로 이때부터 그 구도자는 범인(凡人)에서 성인(聖人)으로 바뀝니다. 진리의 근원과 이미 한몸이 된 그는 그 순간부터 얼굴색이 달라지고 말하는 솜씨가 달라집니다. 얼굴에는 은은한 광채가 나고 입만 열면 진리의 말이 샘물처럼 솟구쳐 나옵니다.

사람들은 달라진 그를 보고 마음이 열린 사람이라고도 하고 마음이 트인 사람이라고도 합니다. 그런가 하면 마음이 밝아진 사람이라고도 합니다. 또 진인(眞人)이라고 합니다. 이때부터 인연이 닿는 구도자들이 그의 체험을 나누어 갖기 위해서 그의 주위에 모여들기 시작합니다."

"인연이 닿는다는 것은 무슨 뜻입니까?"

"그 진인과 심파(心波)가 일치하는 사람을 두고 하는 말입니다. 견성의 순간부터 진인은 술통 속에서 살던 고대 그리스 성인 디오게네스처럼 이 세상에 부러운 것이 아무것도 없게 됩니다. 그리운 것도 보고 싶은 것도 없게 됩니다. 그래서 다정했던 옛친구들도 다 잊어버리게 됩니다. 막혔던 금강산 길이 열렸다고 해도 가 보고 싶은 생각이 일어나지 않습니다. 설사 왕따를 당했다 해도 아무렇지도 않습니다. 죽음이 코앞에 닥쳐와도 전연 흔들림이 없게 됩니다."

"그럼 아무것도 하고 싶은 일이 없다는 말씀입니까?"

"그렇습니다."

"그 이유가 어디에 있습니까?"

"그의 내부에는 이미 진아가 모든 것이 다 갖추어 놓고 있다는 것을 알았기 때문입니다."

"깨달은 사람만이 그렇다는 말씀입니까?"

"그렇지 않습니다. 진아는 누구에게나 이미 그의 중심에 존재하고 있습니다. 단지 범인들은 그 사실을 모르고 있을 뿐입니다."

"왜 그렇죠?"

"허상에 가려서 진상을 보지 못하는 겁니다. 그러한 그에게도 단 한 가지 소원은 있습니다."

"그게 뭡니까?"

"자기가 깨달은 것을 될수록 많은 사람들에게 알리어 그 깨달음의 기쁨을 함께 남들과 함께 나누어 그들도 견성케 하는 겁니다."

우신(雨神)은 과연 있는가?

"선생님, 우신(雨神)이나 풍신(風神)이 과연 있습니까?"

벤처 기업을 창업했다는 30대 중반의 이창조라는 수련생이 물었다. 그는 우리집에 다닌 지 1년이 넘었고 그동안 열심히 수련을 한 덕분에 대주천의 경지에 들어 백회도 열렸다.

"있습니다."

"그렇습니까?"

"그렇다니까요. 신(神)자가 들어가니까 좀 미신적인 생각이 들지 모르지만 여기서 말하는 신은 우리 눈에 보이지 않는 에너지를 관장하는 한 작용체를 말합니다. 그런데 이창조 씨는 왜 갑자기 그런 질문을 합니까?"

"제가 얼만 전에 하도 이상한 체험을 해서 그럽니다."

"어떤 체험을 했는데요?"

"얼마 전에 혼자서 등산을 했습니다. 산 정상에 앉아서 쉬고 있었습니다. 때마침 몇 주째 비가 오지 않아서 땅은 메말랐고 산길은 수많은 등산객들의 발길에 채여 먼지가 풀풀 날리고 있었습니다. 저는 비가 와야 할 텐데 하고 생각했습니다.

그 순간 얼마 전에 읽은 『초인 엄신』이라는 중국 기공사가 썼다는 책의 내용이 문득 생각났습니다. 만주 지방에 대형 산불이 크게 번졌

149

을 때 국가 기관에서는 갖은 노력을 기울였는데도 끝내 산불을 끄지 못하다가 초인 엄신이 초능력으로 비를 내려 산불을 껐다는 얘기였습니다. 저는 무심코 내가 초인 엄신이라도 된 기분으로 엄숙하게 명령을 내렸습니다.

"우신(雨神)은 들으라. 당장 이 메마른 대지에 비를 내리도록 하라."

그렇게 명령을 내리고 나서 몇 순간이 흘렀습니다. 앞산 저쪽 멀리에서 은은히 우렛소리가 번져오기 시작했습니다. 처음에 저는 비행기 소리인 줄 알았습니다. 그런데 알고 보니 그게 아니었습니다. 어느덧 하늘에 먹장구름이 두껍게 끼면서 뇌성벽력이 점점 더 요란해지더니 순식간에 자욱하게 빗줄기가 몰려오면서 세찬 소나기가 퍼붓는 것이었습니다. 하도 신기해서 저는 소나기를 맞으면서도 피할 생각도 하지 않고 이것이 제가 우신을 불렀기 때문이 아니라 우연의 일치가 아닌가 하고도 생각했습니다. 그러나 꼭 그렇다고 단정하기에는 미심쩍은 점이 한 가지 있었습니다."

"그게 뭐죠?"

내가 물었다.

"저는 등산을 하기 전날에는 꼭 일기예보에 신경을 쓰는 버릇이 있습니다. 등산을 앞둔 사람이라면 누구나 다 같을 것입니다. 그런데 신문의 일기예보도 라디오나 텔레비전의 예보도 그날 소나기가 내린다는 예보는 없었습니다. 그 사실이 떠오르자 아무리 생각해 보아도 우연의 일치하고는 거리가 먼 일이라는 생각이 들었습니다."

"그렇다면 그것이 우연의 일치인지 아닌지를 확인할 수 있는 방법이 있습니다."

"그게 뭡니까?"

"다시 한 번 산에 올라가서 우신을 불러 비를 내리라고 명령해 보면 알 수 있을 거 아닙니까?"

"처음에는 어쩌다가 무심코 그랬었지만 제가 감히 마음대로 우신을 불러 비를 내리게 한다는 것은 아무 명분도 없을 뿐만 아니라 너무나도 엄청난 일이고 자연의 인과 법칙을 어기는 업장이 된다는 생각이 들어 선뜻 그러고 싶은 생각이 들지를 않았습니다. 더구나 『선도체험기』를 읽어보면 구도자는 어떠한 경우에도 수련 중에 생겨난 초능력을 함부로 구사해서는 안 된다는 얘기를 귀에 못이 박히도록 들어왔으므로 그러고 싶은 생각이 일어나지를 않았습니다."

"이창조 씨는 아주 생각을 잘하셨습니다. 백회가 열리고 대주천 수련을 하는 사람이라면 누구나 바람을 부르고 비를 내리게 할 수 있는 초능력을 구사할 수 있습니다."

"선생님, 그게 정말입니까?"

"정말이지 않고요."

"그럼 제가 지금이라도 당장 밖에 나가서 비를 부르면 또 비가 온다는 말씀입니까?"

"그렇다니까요. 그러나 이창조 씨는 어쩌다가 무심코 자기도 모르게 그날 산 위에서 우신과 파장이 동조(同調)되어 비를 부를 수 있었지만 다시는 그런 일을 되풀이하지 않는 것이 좋습니다."

"왜 그렇습니까?"

"수련 중에 발현된 초능력을 자기 멋대로 남에게 과시하거나 호기심을 만족시키는 데 사용해서는 안 되기 때문입니다. 아마 남들이 그런 얘기를 들으면 십중팔구는 미친놈 취급을 할 것입니다. 그럴 때 이창조 씨는 자기가 미치지 않았다는 것을 입증하기 위해서 별짓을 다하려고 할 것입니다.

다행히 이창조 씨의 초능력이 여러 사람들에게 사실로 입증이 되었다면 어떻게 될 것인지 한 번 곰곰이 생각해 보세요. 사람들은 당장 이창조 씨를 초능력자나 기인(奇人) 취급을 할 것입니다. 발 없는 말이 천리 간다고 이 사실이 만약에 언론기관에 알려진다면 이창조 씨는 기자들의 성화와 등쌀에 못 이겨 그들이 직접 보는 현장에서 비를 부르지 않을 수 없게 될 것입니다.

그것이 성공을 거두었다고 칩시다. 그렇게 되면 신문과 텔레비전에 보도될 것이고 이창조 씨는 무명지사에서 하루아침에 유명인사로 탈바꿈하게 될 것입니다. 그 후 어떻게 될 것인지는 상상에 맡기기로 하겠습니다. 유명한 초능력자나 기인으로서의 명성과 부는 얻을 수 있을지 모르지만 그때부터 이창조 씨의 일거일동은 유명 연예인이나 스포츠 스타들처럼 뭇사람들의 주목의 대상이 되지 않을 수 없게 됩니다.

그렇다고 해서 이창조 씨는 명예와 부는 거머쥘 수 있을지 모르지만 구도자로서는 완전히 실패한 사람이 되고 말 것입니다. 이창조 씨가 선도수행 공부를 시작한 목적은 원래 그게 아니지 않습니까?"

"물론입니다."

"그럼 무엇 때문에 공부를 시작했습니까?"

"생로병사에서 벗어나기 위해서였습니다."

"그럼 이창조 씨는 지금 생로병사에서 벗어났다고 보십니까?"

"아직은 아닙니다."

"아직은 아닌데도 옆길로 새었으니 구도자로서는 실패한 것입니다."

"그럼 초능력을 어떤 때 구사해야 합니까?"

"처음부터 아예 구사하지 않는 것이 좋습니다."

"생명이 위급할 경우 다른 대안이 없을 때도 그렇습니까?"

"진인에게는 생명이 위급한 경우라는 것이 있을 수 없습니다."

"무슨 뜻입니까?"

"생사일여(生死一如)인데 생명이 위급한 경우라는 게 어떻게 있을 수 있겠습니까?"

"그래도 이번의 육체 인생을 마감하는 일은 있을 수 있지 않겠습니까?"

"갈 때가 되면 가면 됩니다. 만약에 갈 때가 아니라면 보호령들이 재빨리 무슨 조치를 취해 줄 것입니다. 그러니까 진인은 육체의 옷을 벗어도 그만 벗지 않아도 그만입니다. 생사를 벗어난 진아는 여여(如如)하기 때문입니다. 그러므로 진인은 무슨 일을 당해도 흔들림이 없습니다.

그러나 절박한 필요가 있는 경우 진인도 간혹가다가 초능력을 구사하는 일이 있다고 해도 이기적인 목적을 위해서가 아니라 수행이나 이타행을 위해서입니다. 그런 때도 그는 오른손이 하는 것을 왼손이 모르게 해야 합니다.

자신의 초능력을 세상에 알리는 것은 어리석은 속인들이나 하는 짓입니다. 일단 세상에 알려지면 구도자로서는 오직 파멸이 기다리고 있을 뿐이라는 것을 알아야 합니다. 자신의 초능력을 남에게 알리거나 자랑하는 것 자체가 이미 이상의 발현이요 중도 탈락한 구도자임을 스스로 과시하는 것밖에는 되지 않습니다."

"치병 능력을 공공연하게 권장하는 종교도 있는데 그건 어떻게 된 겁니까?"

"그건 그 종교의 사정이고, 그 치병 능력이 초능력인 이상 말변지사(末邊之事)임에는 틀림이 없습니다."

"말변지사가 뭡니까?"

하찮은 짓거리

"하찮은 짓거리라는 말입니다."

"왜 하찮은 짓거리입니까?"

"생사대사(生死大事)와는 하등의 관계도 없는 아주 저급한 일이기 때문입니다."

"초능력으로 죽을병이 든 사람을 살리는 데도 그렇습니까?"

"물론입니다."

"무슨 말씀인지 통 모르겠습니다. 죽을 사람을 살리는 데 왜 생사대사와는 관계가 없다고 하십니까? 헷갈리는데요."

"죽을병이 든 사람이 초능력으로 치료를 받아 몇십 년 더 살아보았자 생사일여(生死一如)를 깨닫지 못하는 한 무슨 대수겠습니까? 백번 천번 죽었다 다시 태어나도 삶과 죽음은 하나라는 것을 깨닫지 못하는 한 말짱 다 헛일이라는 말입니다."

"제가 보기에는 백번 죽었다가 깨어난다 해도 짧은 삶이고 죽음은 죽음이지, 삶과 죽음이 하나라는 것은 가슴에 선뜻 와닿지 않습니다. 어떻게 하면 저도 그것을 실제로 체험할 수 있겠습니까?"

"물고기는 물속에 살면서도 물을 느끼지 못하듯 사람은 누구나 가아에 얽매어 살면서도 가아를 깨닫지 못하고 있습니다. 왜 그런지 아십니까?"

"모르겠습니다."

"물고기는 물을 당연한 것으로 알고 사람은 육체 생명인 거짓 나만이 당연한 것으로 알고 있기 때문입니다. 거짓 나에 가려서 참나가 있다는 것을 알지 못하고 있습니다. 참나는 거짓 나의 휘장에 가려져 있습니다. 따라서 참나를 알려면 천상 이 거짓 나를 꿰뚫고 참나를 보아야 합니다. 그러자면 전제 조건이 하나 있습니다."

"그게 뭡니까?"

"내 눈에 보이는 나 자신의 모습을 비롯해서 일체의 형상 있는 모든 것은 전부 다 허상(虛像)이라는 것을 깨닫는 겁니다."

"어떻게 해야 일체의 형상은 허상이라는 것을 깨달을 수 있겠습니까?"

"우리는 자신의 얼굴 모습을 보려면 거울에 비추어 봅니다. 얼굴은 전체 육체의 노출된 한 모습입니다. 그러나 옷에 가려져 있는 팔다리와 동체는 육안으로는 보이지 않습니다. 그러나 우리는 옷이 가려져 있어서 보이지 않을 뿐 옷을 완전히 벗어 버리면 알몸이 있다는 것을 알고 있습니다. 그와 마찬가지로 육체라는 옷으로 가려진 것이 참나입니다. 따라서 참나를 보려면 육체라는 허상만 벗어던지면 됩니다. 그 허상을 당장 벗을 수는 없으니까 그것을 꿰뚫어 보는 작업이 내관(內觀)입니다."

"왜 외관(外觀)이라고 하지 않고 내관(內觀)이라고 할까요?"

"밖에 보이는 것은 허상뿐이기 때문입니다. 그러나 '나라고 하는 정체' 즉 '이뭐꼬?'를 화두로 삼고 끈질기게 한소식할 때까지 뚫어지게 자기 내부를 응시하다가 보면 어느 시점에 이르러 거짓 나의 포장이 벗겨지면서 진아의 정체가 드러나게 됩니다."

"그 진아의 정체를 좀 자세히 말씀해 주실 수 있겠습니까?"

"그건 솔직히 말해서 말이나 글로는 표현할 수 없는 언어도단(言語道斷)의 경지입니다. 그것을 흔히 공(空)이라고도 하고 무(無)라고도 하고, 적정(寂靜)이라고도 하고 열반이라고도 하고, 하나라고도 하고 하나님이라고도 하고, 진리라고도 하고 부처라고도 하고, 거대한 에너지의 소용돌이라고도 하고 진공묘유(眞空妙有)라고도 하지만 사실은 이렇게 말하는 것 자체가 그것을 언어라는 불완전한 수단으로 구속하는 것이 되어서 정확하게 표현했다고는 말할 수 없습니다.

그것은 마치 전기라는 것이 있다는 것을 누구나 다 알고 있지만 전기가 어떻게 생긴 것인지 아무도 아직 본 일이 없는 것과 같습니다. 그러나 우리는 전기의 힘으로 컴퓨터와 공장을 가동하고 형광등을 켜고, 텔레비전과 냉장고며 세탁기를 돌리기 때문에 전기라는 것의 작용은 알고 있습니다. 전기의 작용을 앎으로써 전기의 정체를 누구나 부인하지 못하듯 우리는 우주의 삼라만상을 보고 그 삼라만상을 있게 한 근원인 진리를 알게 됩니다. 그 삼라만상 중에서도 이창조 씨와 가장 친근한 것이 무엇인지 아십니까?"

"저 자신과 가장 가까운 부모와 형제 그리고 아내와 직계 가족이 아닐까요?"

"그들보다 더 친근한 것이 있습니다. 무엇일까요?"

"저 자신의 몸 말입니까?"

"그렇습니다. 자기 자신의 몸이야말로 자기의 가장 친근한 구체적이고 가시적인 존재일 수밖에 없습니다. 그러나 이 몸은 언젠가는 생자필멸(生者必滅)의 자연법칙에 따라 사라질 수밖에 없는 유한적인 존재입니다. 그렇다면 이 육체가 비록 사라지더라도 존재하게 되는 것이 무엇인지 아십니까?"

"혼이 아닙니까?"

"그렇습니다. 우리의 육체는 사라지더라도 사라지지 않는 존재는 우리의 의식 또는 마음입니다. 이것을 제8 아뢰야식이라고도 하고 영혼이라고도 하고, 넋이라고도 하고 혼이라고도 하고 정신이라고도 합니다. 그러나 그 어느 것도 마음의 변형에 지나지 않습니다.

우리의 몸은 바로 이 마음의 산물입니다. 눈에 보이지 않는 몸의 씨는 바로 마음입니다. 마음이 있기 때문에 육체가 생겨난 것입니다. 그래서 내관(內觀)을 할 때에 구도자는 자기 자신의 마음을 계속 주시합니다. 언제까지 주시하는가 하면 그 마음이 사라져 없어질 때까지 끈질기게 주시합니다."

"아니 마음이 없어질 수도 있습니까?"

"있고말고요."

"왜 그렇죠?"

"마음은 허상이니까요."

"그런 마음이 없어진다면 어떻게 됩니까?"

"내관을 통하여 마음이라는 허상이 사라져 버리면 진상이 드러나게 되어 있습니다. 바로 이 마음이 사라지면서 드러나는 그 진상이 참나입니다."

"그렇다면 참나와 거짓 나는 어떤 관계에 있습니까?"

"참나에 마음이 개입하면 거짓 나가 생겨납니다. 그래서 참나가 있다는 것은 거짓 나가 있다는 말이 됩니다. 거짓 나가 없다면 참나도 없어지게 됩니다. 참나가 공이라면 거짓 나는 색입니다. 공은 색이고 색은 공입니다. 마치 동전의 앞뒤 면과 같습니다. 그러나 참과 거짓, 공과 색은 둘이면서도 하나입니다. 이 하나를 마음과 몸으로 깨닫고 나서 그 하나 속에 안주하게 되면 삶과 죽음을 초월하게 됩니다.

이것이 내관으로 얻어지는 참다운 성과입니다. 거짓 나를 관하여 참나를 깨닫는 과정입니다. 유한한 거짓 나에서 무한한 참나를 발견하는 겁니다. 마치 땅에 걸려 넘어진 사람이 바로 그 땅을 딛고 일어서는 것과 같습니다. 가아(假我)로 유한 속에 갇혔던 사람이 바로 그 가아를 딛고 일어나 가아에 가려져 있는 진아(眞我)를 거머잡는 겁니다."

"결국 내관은 가아를 극복하여 진아를 포착하는 과정이군요."

"그렇습니다."

"그리고 선생님은 초능력은 아상의 발로이므로 구도자의 입장에서 보면 결국은 하찮은 짓거리에 지나지 않는다는 취지로 말씀하셨습니다. 그렇다면 아상(我相)은 무엇입니까?"

"아상은 에고 즉 이기주의입니다. 자기 이익만 챙기려다 보니까 어떻게 해서든지 남보다 우수해지고 특출한 재능이나 능력을 과시하고 싶어지게 됩니다. 초능력은 바로 이러한 아상에 기름을 붓는 격입니다. 구도자가 초능력에 현혹되면 이미 진리와는 정반대의 길을 걷게 됩니다.

더구나 초능력은 아상을 자극하여 자기 과시욕을 최대한 조장함으로써 대립과 차별을 더욱더 심화시킵니다. 생사일여(生死一如)와 마찬가지로 우열일여(愚劣一如), 강약일여(强弱一如) 빈부일여(貧富一如)를 참구해야 될 구도의 길과도 정반대가 아닐 수 없습니다."

"결국 아상을 극복하지 않고는 아무도 진리에 도달할 수 없다는 얘기군요."

"이창조 씨 입에서 그런 말이 나오는 것을 들으니 내가 지금껏 말한 보람을 느낍니다."

"이제야 비로소 저는 초능력이 왜 수련에는 백해무익한가 하는 것을 아주 분명하고 명확하게 알게 되었습니다."

〈49권〉

『장자』 번역을 마치고

이것으로 보통 책 세 권 분량에 해당하는『장자』내편, 외편, 잡편의 번역을 전부 다 끝낸다. 장자의 가르침의 핵심을 이루는 것은 두말할 것도 없이 만물제동, 생사일여, 무위자연 세 마디로 요약할 수 있다. 만물제동, 생사일여에 대해서는 독자들도 별 이의가 없을 것이다.

그러나 내편에 나오는 무위자연에 대해서는 아무래도 독자 여러분에게도 납득이 안 가는 구석이 있었을 것이다. 이것은 필자도 마찬가지이다. 그러나 외편과 잡편을 읽어가는 동안에 이 의문점은 대부분 해소되었을 것으로 본다.

내편에서 장자는 자연을 존중했지만, 그것은 운명을 의미했다. 그 자연 즉 운명이란 무엇인가? 그것은 인간의 내부에 있는 것이 아니라 외부에 있는 것이었다. 이렇게 운명을 인간의 바깥에 있다고 보는 한 그것이 아무리 인격신(人格神)이 아니고 그 밖의 어떤 존재도 아닌 무(無)라고 해도, 사람과 운명(자연) 사이에는 어쩔 수 없이 거리가 생겨나지 않을 수 없게 될 것이다.

그러나 이러한 거리를 자주적으로 전환시켜 자연(운명)은 기실 우리들 내부에 있다고 갈파한 것이 외편과 잡편이 이룩한 크나큰 성과다.

인간의 본성(本性)을 문제삼은 이러한 주장은 확실히 장자 본래의 사상을 진일보(進一步)시킨 것이다.

자연 즉 운명이 바깥에 있다고 본다면 자연을 따른다고 할 때 그것은 틀림없이 운명에의 순종이라고밖에는 볼 수 없다. 그러나 내 속에 있는 운명도 자연도 본성의 일부로서 갖추어진 것이라고 볼 때 자연이나 운명을 따른다는 것은 내 본성대로 산다는 의미가 된다. 이것은 타력(他力)으로부터 자력(自力)으로의 일대전환이라고 하지 않을 수 없다.

이렇게 된다면 우리가 당하는 모든 역경을 운명이나 자연의 탓으로 돌릴 필요가 없게 된다. 우리가 당하는 모든 것이 자업자득이요 인과응보라고 생각할 수 있고, 우리의 의지 여하에 따라 우리의 운명을 스스로 바꿀 수도 있고 새로이 개척할 수도 있다는 것을 깨닫게 된다.

이렇게 방향을 크게 바꾼 장자학파는 자기의 본성과 본성 아닌 것을 구분하게 되었다. 외물(外物) 사상이 바로 그것이다. 사람이 외물에 끌리면 본성과도 멀어진다고 보았다. 부귀영화도 명성도 권력도 그리고 모든 감각적인 것들과 인의(仁義) 같은 유교의 덕목들도 외물로 보았다. 이러한 외물들을 말끔히 제거한 뒤에야 자연스런 본성이 나타난다고 보았다.

위에 말한 바와 같이 타력에서 자력에로의 일대변신을 이룩한 후 장자학은 동아시아 고유의 선종(禪宗), 특히 간화선(看話禪)과 1천 7백 개의 공안(公案, 화두) 성립에 절대적인 영향을 끼쳤다는 것은 이미 누누이 말해 왔으므로 여기서는 생략하겠다.

장자는 언어와 문자를 별로 존중하지 않았다. 깨달음의 세계는 언어와 문자로는 도저히 표현할 수 없다는 것이다. 이러한 그의 사상은 선종의 불립문자(不立文字) 직지인심(直指人心)에도 큰 영향을 끼쳤다. 그렇다면 침묵만이 깨달음에 도달할 수 있는 길이란 말인가? 그럼 침묵이란 무엇인가? 그것은 언어와 대립하는 개념이다. 그렇다고 해서 침묵만으로 진리를 파악할 수 있는 것도 아니다.

그러므로 잡편 '측양'에는 비언비묵(非言非默), 즉 언어를 쓰되 그 언어에 얽매이지 않는다고 하였다. 다시 말해서 진리란 언어에도 침묵에도 다 같이 묶이지 않는 자유자재한 표현 속에서만 획득될 수 있는 것이다.

어쨌든 간에 『장자』는 그 웅대하고 장쾌한 스케일과 자유분방한 상상력과 웅혼무비한 필치와 타의 추종을 불허하는 기발한 착상으로 영원히 전 세계의 독자들을 사로잡을 소중한 인류 공동의 정신 유산이다. 『장자』를 다 읽은 독자라면 이 사실만은 아무도 부인하지 못할 것이다.

〈50권〉

『법구경』 번역을 마치고

1999년 9월 29일부터 나는 마치 몽유병자처럼 『법구경』 번역에 몰두하여 밤낮을 가리지 않고 작업에 매진한 끝에 드디어 14일 만에 끝을 보았다. 물론 남들이 이미 만들어 놓은 책들을 참고하기는 했지만 내 나름의 문장과 리듬과 표현 방식을 살리는 데 최선을 다했다.

나뿐만 아니라 모든 수행자들은 『법구경』을 대하는 순간 자신도 모르게 감전이라도 된 듯 짜릿한 전율을 느끼지 않을 수 없을 것이다. 『법구경』은 석가모니가 직접 수행을 하면서 겪은 단상(斷想)들을 그때그때 읊은 것들이어서 진지한 구도자라면 깊은 감화를 받지 않을 수 없게 되어 있다.

423편의 시구 하나하나는 정상적인 구도자라면 누구나 구경각에 이르지 않고는 도저히 배겨날 수 없도록 용의주도하고 철두철미하고도 집요하게 끊임없이 다그치고 있다. 슬기로운 독자 여러분들은 부디 이 『법구경』을 읽고 한소식하기 바란다.

모든 정보에는 주인이 따로 없다. 성인의 가르침을 위시하여 일체의 정보는 듣거나 읽고 자기 것으로 소화하여 체험하고 그 진수를 체득하고 실천하는 사람의 것이다. 따라서 정보에는 국적도 인종도 있을 수 없다. 한 번 세상에 공표된 정보는 먼저 차지하는 사람이 주인인 것이다. 불경도 성경도 그렇고『천부경』도『삼일신고』도『참전계경』도 그렇다.

　만약에 어떤 미국인이『천부경』을 수백 번 읽다가 그 진의를 깨닫고 자기도 모르게 무릎을 쳤다면『천부경』은 꼼짝없이 그의 것이 되고 마는 것이다. 마찬가지로『법구경』도 인도인보다 우리가 그 진수를 먼저 깨달았다면 그건 어쩔 수 없이 우리 것인 것이다.

실지 회복은 언제 될 것인가?

1999년 10월 3일 일요일 9-19℃ 해

오후 3시. 비가 내리는데도 경향 각지에서 9명의 수련생들이 모였다. 유영환이라는 60대의 수련생이 물었다.

"선생님, 오늘은 개천절입니다. 우리는 언제나 우리 조상들이 차지했던 그 광활한 대지를 다시 찾을 수 있을 것 같습니까?"

"광활한 대지라뇨?"

"저 기름진 만주 벌판과 광활한 시베리아 대지 말입니다."

"영토란 활동 영역을 말합니다. 그런데 지금은 옛날과 달라서 영토의 개념도 많이 바뀌었습니다. 그러니까 우리의 활동 영역을 꼭 땅에서만 찾던 시대가 아닙니다."

"그게 무슨 말씀입니까?"

"이제는 우리의 영토를 땅에서만 찾을 게 아니라 다른 데로 눈을 돌려야 한다 그 말입니다. 지금은 땅을 놓고 다투던 시대가 아닙니다."

"그럼 어떻게 되는 겁니까?"

"창의력을 바탕으로 한 문화와 경제력에서 찾아야 합니다. 그리고 사이버 공간에서 무한대의 활동 영역을 찾아야 할 시대에 우리는 살고 있는 겁니다. 인터넷에는 국경이 없습니다. 마음만 먹으면 우리는 지구의 구석구석 어디에 있는 누구와도 통신을 하고 정보 교환을 할 수 있습니다. 그뿐만 아니라 무역도 하고 학문도 할 수 있습니다. 문화, 경제, 사이버 공간이라는 무한대의 영역을 내버려두고 이제 새삼스레 옛날에 잃었던 땅을 되찾으려는 발상 자체가 이미 낡은 사고방식입니다.

시대 상황이 그렇게 바뀌고 있다는 얘기입니다. 우리는 이 변화하는 시대의 진운에 민첩하게 대응해야 합니다. 국경 따위는 별 의미가 없는 시대로 점점 바뀌고 있다는 것을 알아야 합니다. 실례로 12개국으로 된 유럽 연합에서는 그게 이미 실현되고 있지 않습니까? 미국 영토보다 더 넓은 그곳에서는 사실상 국경이 사라진 지 오래되었습니다. 그곳에서는 인력과 물자의 자유로운 이동이 보장되고 있습니다. 이러한 추세는 다른 지역에서도 점점 파급될 기세입니다.

앞으로 유럽 연합을 본뜬 동북아 연합 같은 것이 생겨나지 말라는 법도 없습니다. 비슷한 문화를 공유하고 있는 한국, 중국, 일본, 몽골, 베트남, 필리핀, 캄보디아, 미얀마, 동시베리아에도 유럽처럼 사실상의 국경이 사라지는 시대가 올 날도 멀지 않았습니다.

무기를 들고 영토를 다투던 농경 시대는 이미 지나가 버렸습니다. 국경이 사라진 곳에서는 두뇌를 활용한 경쟁력의 우열이 국력을 결정하게 될 것입니다. 남보다 우세한 강력한 경쟁력이야말로 전 세계를 우리의 활동 무대로 삼을 수 있는 근본 요인이 될 것입니다. 지금도 창의력을 바탕으로 한 문화와 경제의 힘은 이미 국경을 넘어 어디든지 갈 만한 데는 다 가고 있습니다. 굳게 닫혀만 있던 북한까지도 이제는 남한 경제인들에게 서서히 문호를 개방하고 있지 않습니까?

영토가 넓고 천연자원이 많다고 해서 반드시 강국이 되던 시대는 이

미 지나갔습니다. 싱가포르나 네덜란드 같은 나라들을 보십시오. 국토
는 서울 면적보다도 좁지만 그들의 경제력과 국가 경쟁력은 영토 대
국, 자원 대국, 인구 대국을 훨씬 앞지르고 있지 않습니까?"

"그럼 앞으로는 모든 면에서 경쟁력이 강한 나라가 제일이겠군요."

"당연한 일입니다. 조상들이 잃어버린 활동 영역을 땅에서만 찾을 것
이 아니라 경쟁력 향상이라는 무한대의 영토 공간에서 찾아야 합니다."

"그럼 그러한 무한한 경쟁력은 어디에서 나온다고 보십니까?"

"이타심에서 나옵니다."

"이타심이 무엇인데요?"

"자기 자신보다는 남을 먼저 위하는 마음입니다."

"무슨 말씀인지 얼른 이해가 되지 않는데요."

"이기심에 사로잡힌 사람의 머릿속에서는 우리 인간의 잠재의식 속
에 잠자고 있는 무한한 능력을 끌어내는 데 한계가 있습니다."

"그렇다면 머리 좋기로 이름난 독일인이나 유태인들의 두뇌 회전이
우수한 것은 무엇으로 설명할 수 있겠습니까?"

유영환 씨의 질문이었다.

"독일인과 유태인이 좋은 유전자를 가지고 태어날 수도 있지만 그들
역시 이타심 없이 국가 이기주의에만 사로잡혀 있는 한 그들의 두뇌
활동에도 불가피하게 제한이 따르는 수밖에 없습니다. 그것은 이미 역
사가 증명해 주고 있지 않습니까?"

"실례를 들어 말씀해 주시겠습니까?"

"인종 우월주의적인 나치즘을 추구한 독일은 얼마 못 가고 끝내 패

망하지 않았습니까. 이스라엘 민족 역시 하나님 말씀에 복종했을 때는 예외 없이 번영을 구가했었고 그렇지 못한 때는 나라가 망하고 2천 년 동안이나 전 세계에 유리 방랑하지 않을 수 없었습니다. 그 하나님의 말씀이라는 것도 알고 보면 그 알맹이는 이타심입니다. 그렇습니다. 이타심이 생사를 초월하게 하여 성인을 만들고 강력한 경쟁력을 만들어 냅니다."

"이타심이 강력한 경쟁력을 만들어 낸다는 말씀입니까?"

"그렇습니다."

"왜 그렇죠?"

"이타심이야말로 이기심을 극복할 수 있게 해 주기 때문입니다."

"이기심을 극복하는 것하고 강력한 경쟁력을 갖는 것하고 무슨 관계가 있습니까?"

"이기심은 쉽게 말하면 욕심입니다. 경쟁력은 지혜의 산물인데 욕심은 바로 이 지혜를 가려버리는 가장 큰 요인입니다. 욕심에 일단 사로잡히면 사물의 진상이 제대로 눈에 들어오지 않습니다. 있는 그대로의 진실을 볼 수 없게 되어 있습니다. 진실을 제대로 보지 못하는 사람에게 올바른 두뇌 회전이 있을 리가 있겠습니까?

언제나 욕심이 눈앞을 가리게 마련입니다. 진실을 보지 못하는 사람에게 진리가 보일 리가 있을까요? 진리를 보지 못하는 사람이 활동 영역만 넓히는 데 관심을 두는 것은 게으른 농부가 열매만 탐하는 것과 같이 어리석은 일입니다. 탐욕에 사로잡힌 사람은 아무리 선천적으로 좋은 두뇌를 가지고 태어났다고 해도 그의 실력에는 한계가 있습니다.

다시 말해서 욕심이 제한을 가져오기 때문입니다. 그러나 이타심에 바탕을 둔 사람은 이러한 제한을 결코 받지 않게 됩니다."

이타심에 바탕을 둔 경쟁력이라야

"이타심에 바탕을 둔 사람은 아무 제한도 받지 않는다는 말씀은 아무래도 알아들을 수가 없습니다."

"이기심 즉 욕심에 사로잡혀 있는 사람은 아무래도 무아지경에 도달하기가 어렵기 때문입니다."

"무아지경이 무엇인데요?"

"글자 그대로 무아지경(無我之境)이란 '나'가 없어진 경지를 말합니다. 다시 말해서 이기심이 없어진 상태입니다. 이기심도 욕심도 말끔히 사라진 상태를 말합니다. 바로 이 '나'가 없어진 상태에서만이 우리는 우주의식과 하나가 될 수 있습니다."

"우주의식이 무엇인데요?"

"우주의식이란 우주 에너지의 근원을 말합니다."

"우주 에너지의 근원이 뭡니까?"

"옛날에는 하느님, 하나님 또는 신이라고 했고 또 진리라고도 말합니다. 바로 이 우주의식과 하나로 합쳐질 때 우리는 시공과 물질에서 벗어날 수 있습니다."

"시공과 물질에서 벗어난다는 것은 무엇을 뜻합니까?"

"현상계 즉 상대계(相對界)를 뛰어넘는다는 말입니다."

"그게 무슨 뜻입니까?"

"그때 비로소 우리는 생사에서 벗어날 수 있다는 얘기죠."

"생사에서 벗어난다는 말이 무슨 뜻인지 이해가 가지 않습니다."

"있는 것은 없는 것이고 없는 것은 있는 것을 말합니다. 삶은 죽음이고 죽음은 삶입니다. 하나는 전체고 전체는 하나입니다. 색은 공이고 공은 색입니다."

"있는 것은 있은 것이지 어떻게 있는 것이 없는 것이 될 수 있습니까?"

"그렇다면 검은 것은 검은 것이고 흰 것은 흰 것에 지나지 않는다는 흑백논리에서 영원히 벗어날 수 없게 될 것입니다. 뉴턴과 데카르트식 양분법적 흑백논리에서 한 걸음도 벗어나지 못하는 한 우리는 영원히 개미처럼 쳇바퀴 속에서 벗어날 수 없을 것입니다.

또한 삶은 어디까지나 삶이고 죽음은 어디까지나 죽음에 지나지 않습니다. 밤은 어디까지나 밤이고 낮은 아니게 됩니다. 그러나 알고 보면 밤 속에는 이미 낮의 요소가 내포되어 있습니다. 그러니까 밤은 때가 되면 낮으로 바뀌게 됩니다. 마찬가지로 낮 속에는 밤의 요인이 포함되어 있습니다.

그러니까 그렇게도 쉽게 때가 되면 낮은 밤이 되는 겁니다. 그와 마찬가지로 삶 속에는 언제나 죽음이 도사리고 있습니다. 그러니까 때가 되면 삶은 죽음으로 그 양상을 아무렇지도 않게 바꾸어갑니다. 그와 마찬가지로 죽음 속에는 언제나 삶의 요인이 감추어져 있다가 때가 되면 삶으로 탈바꿈합니다.

구도(求道)의 궁극적인 목적은 바로 있는 것은 없는 것이고 없는 것은 있는 것이라는 이치를 깨닫는 데 있습니다. 유무일여(有無一如)를 깨닫게 되면 생사일여(生死一如)도 색공일여(色空一如)도 깨닫게 됩니다."

"그렇다면 선생님, 경쟁력 강화와 생사일여는 어떤 관계에 있습니까?"

"경쟁력 강화는 어디까지나 구경각을 위한 수단은 될 수 있을지언정 목표는 될 수 없습니다. 경쟁력 강화가 목적이 되었을 때는 그것 자체가 이미 집착이 되어 버리고 맙니다. 일체의 집착은 욕심이나 이기심에서 나옵니다. 따라서 어떠한 집착에서도 벗어나지 못하는 한 구경각에 도달하기는 어렵습니다."

"그렇다면 수행의 완성은 언제 온다고 보십니까?"

"인간의 한계를 벗어났을 때입니다."

"인간의 한계가 무엇인데요?"

"죽음입니다."

"그럼 수행자는 죽음의 한계를 벗어날 수 있다는 얘기입니까?"

"그렇습니다."

"어떻게 하면 죽음의 한계를 벗어날 수 있겠습니까?"

"죽음 속에서 삶을 보면 됩니다. 그리하여 죽음은 곧 삶이고 삶은 곧 죽음이라는 것을 체득해야 합니다."

"체득이 무슨 뜻입니까?"

"마음과 몸으로 동시에 깨닫는 것을 말합니다. 사람은 이때 비로소 진정한 마음의 평온을 찾을 수 있습니다."

"진정한 마음의 평온이란 무엇을 말합니까?"

"죽음 앞에서도 마음이 조금도 흔들리지 않는 겁니다."

"그거야말로 성인의 경지가 아닙니까?"

"그렇습니다. 우리는 누구나 조만간 성인의 경지에 도달하도록 예정되어 있습니다."

"모든 민초들이 다 그렇다는 말씀입니까?"

"그렇습니다."

"아니 그렇다면 강도나 사기꾼이나 히틀러나 스탈린 같은 독재자도 그렇다는 말씀입니까?"

"그렇고말고요."

"어떻게 그럴 수 있습니까?"

"악인은 선인이고 선인은 악인이 될 수 있기 때문입니다. 이 우주 안에 고정불변하는 것은 아무것도 없다는 것을 필히 알아야 합니다."

어떻게 하면 윤회에서 벗어날 수 있을까요?

"선생님 저는 아직도 이 세상에서 하고 싶은 일이 많거든요. 그래도 수련만 열심히 하면 윤회에서 벗어날 수 있을까요?"

송재숙이라는 중년 여자 수련생이 말했다.

"이 세상에서 하고 싶은 일이 있다는 것은 아직도 욕심이 남아 있기 때문입니다. 하고 싶은 일도 미련도 부러운 일도 일체 없어야 윤회에서 벗어날 수 있습니다. 만약에 실연당한 여자가 내세에는 기어코 자기를 배신한 그 남자와 결혼하고 말리라 하고 속으로 다짐했다면 그여자는 바로 그 미련 때문에 다시금 여자로 태어나 그 남자와 결혼하고 말 것입니다."

"그럼 어떻게 해야 윤회에서 벗어날 수 있습니까?"

"마음속을 티 한 점 없이 말끔히 비워야 합니다."

"그게 무슨 뜻입니까?"

"일체의 욕심에서 벗어나야 한다는 말입니다."

"일체의 욕심에서 벗어나면 어떻게 되죠?"

"그렇게 되면 아무것도 아닌 것이 되는 거죠."

"아무것도 아닌 것이라면 무엇을 말합니까?"

"텅텅 비어 있는 것, 빌 공 자 공(空)을 말합니다."

"허공 말입니까?"

173

"그렇습니다."

"인간이 어떻게 허공이 될 수 있습니까?"

"인간은 말할 것도 없고 삼라만상은 원래 아무것도 없는 허공에서 생겨난 것입니다."

"아니 그럼 우리 인간은 원래 아무것도 아닌 허공에서 나왔다는 말씀입니까?"

"그렇습니다. 원래 인간은 아무것도 아닌 것에서 생겨났습니다."

"그래요?"

"그렇습니다."

"왜 그럴까요?"

"진리란 원래 아무것도 아닌 것이기 때문입니다. 인간의 본성은 진리 그 자체입니다. 아무것도 없이 텅 비워야 전체를 수용할 수 있습니다. 마치 양손이 다 비워 있어야 무엇이든지 잡을 수 있는 것과 같습니다. 손에 동전 한 닢이라도 쥐어져 있으면 다른 것은 아무것도 잡을 수 없습니다.

그래서 숫자적으로 보면 공은 하나입니다. 그 하나는 시작도 끝도 없습니다. 그리고 하나는 전체이기도 합니다. 이 하나가 바로 진리요 하늘이요 하느님 또는 하나님입니다. 그래서 『삼일신고』에 보면 이런 말이 있습니다.

'푸른 것이 하늘이 아니요, 검은 것이 하늘이 아니니라.

하늘은 형질이 없고 처음과 끝이 없으며,

아래 위, 동서남북이 없고,
아무것도 없이 텅텅 비어 있으면서도
없는 것이 없고 감싸 안을 수 없는 것이 없나니라.'

진리는 원래 아무것도 아니면서도 모든 것일 수 있는 그러한 것입니다. 따라서 진리 안에서는 삶도 죽음도, 긴 것도 짧은 것도, 옳은 것도 그른 것도, 착한 것도 모진 것도 있을 수 없습니다. 상대적인 것과 이분법적 흑백논리 따위는 설 자리가 없습니다. 이것을 일컬어 생사일여(生死一如)의 경지라고 합니다. 다시 말해서 생사를 벗어날 때 우리는 진정한 의미의 부동심(不動心)을 얻을 수 있습니다.

마음을 완전히 비우지 못한 사람은 제아무리 발버둥을 쳐봤자 이 경지에는 도달할 수 없습니다. 이러한 경지에 도달한 사람이라야 비로소 육도사생(六途四生)을 자유롭게 드나들 수 있습니다."

"그렇다면 선생님, 인간계보다 더 높은 하늘이 33천(天)이나 있다고 하는데 그렇게 높은 천계(天界)에 도달한 존재들은 어떻게 되는 겁니까?"

"아무리 높은 천계에 도달해 있다고 해도 현상계인 이상 어디나 다 생로병사는 있게 마련입니다. 다만 수명이 인간과는 비교도 할 수 없을 정도로 길다는 것이 다를 뿐입니다."

"천계의 수명은 얼마나 되는데요?"

"보통 몇천 년에서 몇십만 년까지 가지가지입니다. 수명이 아무리 길어봤자 뭘 합니까? 생사와 시공에서 완전히 벗어나 부동심을 얻어야죠."

"부동심을 얻은 사람은 어떤 사람입니까?"

"우리가 사는 이 지구가 지금 당장 폭발한다고 해도 눈 하나 깜짝하지 않을 수 있는 그런 사람을 말합니다. 이런 사람을 보고 우리 조상들은 진인(眞人)이라고 불렀습니다. 자기 자신만 깨닫고 마는 것이 아니라 남에게도 그 진리를 일깨워주는 사람을 말합니다."

현성 선생을 추모한다

현성 선생이 타계한 지 벌써 일주년이 되었다. 작년 10월 31일 태안의 오행생식 본부에 생식 주문을 하다가 직원으로부터 부고를 듣고 나는 한동안 어안이 벙벙했었다. 그분의 평소의 지론으로 보나 오행생식을 상식하시는 그분의 건강 상태로 보나 적어도 백 세 정도는 살았어야 하는데 겨우 환갑을 한 해 앞두고 그렇게 총총히 떠나시다니, 아무래도 나에게는 정말 같지 않았기 때문이다.

나만 그렇게 생각한 것이 아니었다. 부고가 오행생식 신문에 보도되자 전국의 『선도체험기』 독자들로부터 나에게 항의(?) 전화가 빗발쳤다. 다른 사람이라면 몰라도 적어도 오행생식을 이 땅에 창안하여 보급한 분이 겨우 59세밖에 못 살고 가신다는 것은 말이 안 된다는 것이었다.

그분의 지론대로라면 인간의 평균 수명을 70으로 보아도 그 6배인 420세는 살아야 하는데 오행생식을 인생의 후반에 시작했으므로 2백 세는 못 되어도 적어도 1백 세는 살아야 하지 않겠느냐는 항의였다. 내가 이렇게 수많은 독자들로부터 항의 전화를 받게 된 것은 1992년 6월부터 10월에 걸쳐 『선도체험기』 8, 9, 10권에 오행생식을 자상하게 소개했기 때문이었다. 그때까지만 해도 지극히 작은 구멍가게 규모의 사업체로 운영되던 오행생식 산업이 전국적으로 알려지게 된 것은 바로 이 책 때문이었으므로 내가 이러한 항의를 받는 것도 당연한 일이었다.

내가 현성 선생을 알게 된 것은 『선도체험기』 8, 9, 10권이 나오기 전해인 1991년 초여름께였다. 그때 나는 수련을 위해 21일간의 단식을 막 끝내고 나자 이상하게도 익은 음식을 먹지 못하게 되어 고전하고 있었다. 이러한 나의 고충을 알게 된 한 도우가 나를 신림동 서울대학교 주차장 한옆에서 조그마한 점포를 운영하고 계시던 현성 선생에게 데리고 가서 소개해 준 것이다.

화식(火食) 거부 증세로 고생하던 나에게 오행생식은 사막에서 굶주리며 헤매던 이스라엘 백성들에게 내려진 만나와도 같았다. 기 수련을 하고 있던 나에게 오행생식은 그야말로 기적과 같은 효과를 가져왔다. 생식이 뱃속에 들어가자마자 맑고 강한 기운이 단전에 자욱하게 서리는 것을 분명히 감지할 수 있었다.

기력이 충천하면서 건강이 획기적으로 향상되었다. 알고 보면 여러 가지 곡식 빻은 것을 과립으로 만들었을 뿐인데 이러한 놀라운 효과를 가져온 것이 아무래도 나에게는 납득이 가지 않았다. 자연히 오행생식을 좀더 체계적으로 공부해 보고 싶어서 나는 그때 막 시작하려는 오행생식 식사요법사 양성과정 제8기생으로 등록했다.

수련생이라야 몇 명의 재수, 삼수생을 빼면 여자 다섯, 남자 다섯 도합 열 명에 지나지 않았다. 등록한 바로 그날부터 6주 동안의 강의와 실습이 시작되었다. 그때는 거의 모든 강의와 실습을 현성 선생 한 분이 도맡아 진행했었다.

본래 털털하고 소탈한 성격인 그의 강의는 우리나라 평균적 교양인의 잘 다듬어진 어법과는 사뭇 달랐다. 걸쭉하고도 유창한 충청도 사투리에 상소리와 육두문자가 시도 때도 없이 등장하는가 하면 심히 파격적인 데가 있었다. 그러면서도 그의 강의 속에는 남이 입에 올릴 수 없는 진실이 흠뻑 배어 있었다. 한 번 그의 강의에 귀를 기울이기 시작하면 거의 삼매지경에 이를 정도로 듣는 사람들을 사로잡는 흡인력이 있었다. 나에겐 미상불 신선한 충격이 아닐 수 없었다.

그의 강의 중에서도 유달리 내 관심을 끄는 대목은 '허가받은 인간 백정 놈들'을 가차없이 질타할 때였다. 그때 그의 목소리에는 유난히 강한 힘이 실려 있었다. 제도권 의학의 기만성과 허위성은 그의 입에 일단 올랐다 하면 깡그리 묵사발이 되지 않고는 벗어날 길이 없었다. 보통 사람들의 눈에는 흔히 가려져 있었지만 그의 날카로운 눈에는 그 비리가 속속들이 포착되었던 것이다.

그의 강의는 이처럼 파격적이면서도 풍부한 익살과 재치로 점철되어 듣는 사람들을 사로잡았다. 그러면서도 그의 오행생식에 대한 이론적인 근거에는 한 치의 빈틈도 없었다. 그가 자신의 학문의 기초로 삼은 원전은 바로 『황제내경(黃帝內經)』이었다. 『황제내경』이란 무엇인가? 그 완벽성에 있어서 타의 추종을 불허하는 동양과 서양 의학의 가장 오래된 고전이다.

사람들은 이 고전이 흔히 중국의 황제헌원(黃帝軒轅)이 지은 것이라고 생각하고 있지만 그 실은 배달국의 자부선인(紫府仙人)이 이 책의 원조(元祖)이다. 왜냐하면 황제는 바로 자부선인에게서 지금부터 무려 4천 6백 년쯤 전에 이 경전을 배워갔기 때문이다. 현성 선생은 바로 이

179

점을 지적했던 것이다.

6주 강의가 거의 끝나갈 무렵 나는 이 땅에 태어난 한 작가의 사명감에서 내가 받은 6주 동안의 강의 내용을 『선도체험기』속에 문자화하기로 작정했고 현성 선생은 이에 흔쾌히 동의했다. 그리하여 오행생식은 내가 주도하는 삼공선도에서는 수련의 필수적인 방편이 되었다. 이것이 바로 『선도체험기』 8, 9, 10권이 나오게 된 경위다.

91년 10월에 6주 강의가 끝난 뒤에는 나는 나대로 내 일에 매달리느라고 현성 선생과는 일 년에 어쩌다가 한두 번 만나는 것이 고작이었다. 그 때문에 그가 세상을 하직할 무렵의 자세한 정황은 알 길이 없다. 다만 알려지기로는 자석(磁石)이 인체에 미치는 실험을 했는데, 직접 자기 몸을 생체 실험 대상으로 삼았다는 것이다. 몇 개 남지도 않은 치아를 한꺼번에 일곱 개씩이나 빼고 나서 자석으로 된 틀니를 해 넣고 실험 관찰을 하다가 갑자기 몸이 쇠약해지면서 끝내 회복되지 못했다고 한다.

현성 선생은 오행생식, 내경 침, 뜸, 한약재 그리고 자석요법 등 다양한 대체의학 개발용으로 자기 몸을 실험 대상으로 삼았다가 끝내 그 후유증에서 회복하지 못하고 세상을 하직한 것이다. 잘못된 제도권 의학 밖에서 그는 오로지 인류의 건강을 지키기 위해 그의 후반생을 치열하게 살다가 미련 없이 눈을 감은 것이다. 그의 철두철미한 의타행과 희생정신은 그의 수많은 제자들에 의해 영원히 계승 발전될 것을 의심치 않는 바이다.

〈51권〉

『논어』란 무엇인가?

『논어(論語)』는 지금으로부터 약 2천 5백 년 전에 활약했던 공자(孔子)라는 한 사상가와 그를 중심으로 했던 한 인간 집단에 얽힌 기록이다. 공자의 언행을 줄거리로 다루면서도 그의 제자들과의 대화와 제자들 자신들의 언행들도 공자가 죽은 뒤에 함께 수집되어 편집된 책이 바로 『논어』다. 『논어』가 우리나라에 들어온 기록은 다음과 같다.

'백제 근초고왕 때에 왕인(王仁)이 『논어』를 일본에 전했다.'
'신라 원성왕 때 독서삼품(讀書三品)이라는 제도가 있었는데, 이때 『논어』가 필수 과목이 되어 있었다.'

공자는 서기전 552년에 주(周) 나라의 여러 제후국 중에서 고대 문화가 비교적 잘 보존되어 있던 노(魯) 나라의 창평향추읍(昌平鄕鄹邑)에서 태어났다. 그는 '15세에 배우겠다는 뜻을 갖고, 30세에 자기가 설 자리를 알게 되었으며, 40세에 어떠한 유혹에도 흔들리지 않게 되었고, 50세에 하늘의 뜻을 알게 되었으며, 60세에 무슨 소리를 들어도 귀에 거슬리는 일이 없게 되었고, 70세에는 하고 싶은 일을 마음대로 해도 법도에 어긋나는 일이 없게 되었다'고 한다.

공자가 세상을 떠난 것은 노나라 애공(哀公) 16년, 그의 나이 73, 4세 때였다. 그는 한때 벼슬살이를 하여 사공(司空) 대사구(大司寇)라는 지위에 오른 일도 있었다. 그러나 그 후 14년이라는 장구한 세월에 걸쳐 이 나라 저 나라를 정처 없이 유랑하는 떠돌이 생활을 했다.

위(衛), 조(曹), 송(宋), 광(匡), 정(鄭), 진(陳), 채(蔡), 섭(葉), 초(楚), 제(齊) 등의 여러 나라를 돌아다니면서 뜻을 펴보려고 했건만 이루지 못하고 결국은 노나라로 되돌아온다. 67세 때의 일이었다. 그가 노나라에 돌아온 것은 그 나름대로 이유가 있어서였다. 첫째는 펴보려던 뜻이 실패한 것이다. 둘째는 생전에는 자신의 소망을 이루기 어렵다는 것을 깨닫고 차라리 자기가 죽은 뒤에 올 세상에나 희망을 걸어 보기로 한 것이다.

공자는 벼슬을 살기 이전부터 제자들을 거느렸었다. 그리하여 노나라를 떠날 때에도 많은 제자를 남겨두었다. 젊은 시절에도 늘 약간의 제자들을 데리고 있었다. 그의 뜻이 천하에 알려지면서 각지에서 많은 사람이 입문(入門)을 자원하게 되었다.

공자는 먼 훗날을 위해서라도 될 수 있는 한 많은 유능한 인재들을 제자로 확보해 두는 것이 유리하리라는 판단을 하기에 이르렀다. 14년의 방황 끝에 노나라로 돌아온 공자는 이제부터 교육과 문화 사업에 전념하는 일이야말로 자기 소신을 후세에 펼칠 수 있는 지름길이라는 것을 알게 되었던 것이다.

이러한 그의 생애의 마지막 교육 사업은 불과 5년밖에 지속되지 못

했지만 바로 그동안에 실로 예상치 못했던 대성공을 거두었다. 구름처럼 모여든 그의 제자들은 갑자기 노나라를 천하의 학술의 중심지로 탈바꿈시켜 놓았다. 당시 공자는 언행과 덕망에 있어서 단연 타(他)의 추종을 불허하는 큰 스승이었다.

게다가 오랜 세월에 걸쳐 쌓아 올린 경험과 연구를 바탕으로 시(詩), 서(書), 예(禮), 악(樂)의 정연한 커리큘럼이 준비되어 있었다. 이와 함께 전통문화의 에센스로서의 시(詩), 서(書), 예(禮), 악(樂)의 정리 보존이라는 문화 사업이 풍성해졌다.

오늘날의 관점에서 볼 때 공자는 중국에 있어서의 학문의 르네상스를 주도했고 정치학의 대부이며 학교의 창시자이기도 했다. 중국 문화사에서뿐만 아니라 그는 세계 문화사상 위대한 지위를 차지하는 성자로서의 자리를 굳히게 되었다. 흔히 소크라테스, 붓다, 예수와 함께 공자는 세계 4대 성인으로 추앙받고 있는 이유가 여기에 있는 것이다.

다 알다시피 유교의 기본 경전은 사서삼경(四書三經)이다. 『대학(大學)』과 『중용(中庸)』은 『선도체험기』 42권에 이미 실려 있다. 51권에 『논어』, 52권에 『맹자(孟子)』를 내보내면 사서를 모두 다루게 된다. 유교는 뭐니 뭐니 해도 이조선 왕조 5백 년간 국교(國敎)의 구실을 다해왔다.

유교의 후신인 주자학(朱子學)만을 숭상해 온 이 나라 지배층은 새로운 시대의 진운에 민첩하게 대응하지 못하고 허례허식, 고담준론, 공리공론, 정권쟁탈전, 무위무능으로만 일관하다가 결국은 나라를 일본에게 빼앗기는 추태를 연출했다. 그 때문에 유교는 경술국치 이후 줄곧 비난과 타기(睡棄)의 대상이 되어왔다.

그러나 5백 년 동안 길들여져 온 우리의 의식이 하루아침에 바뀔 수
는 없었다. 지금도 우리의 의식 깊숙한 곳에는 아직도 주자학이 그대
로 도사리고 있다. 유교는 구경각을 위한 가르침이 아니라 처세술과
통치술, 생활철학이 주류를 이루고 있다. 2천 5백 년이라는 장구한 역
사를 거쳐 오는 동안 각 시대마다 갖가지 시비(是非)가 엇갈리고 있다.

그래서 최근에는 『공자가 죽어야 나라가 산다』는 책이 나왔는가 하
면 이를 반박하여 『공자가 살아야 나라가 산다』는 책이 나와 물의를
빚고 있다. 이것을 보아도 유교에는 버려야 할 낡은 것도 있는가 하면
아직은 쓸모 있는 것도 섞여 있다는 것을 말해 주고 있다. 버려야 할
것과 취해야 할 것의 기준은 무엇일까. 그것은 이기심이 아니라 이타
심이어야 한다.

효도, 충성, 인의(仁義)가 아무리 좋은 덕목이라고 해도 어느 위정자
개인이나 당파의 이기적인 목적에 이용당한다면 그 나라는 극도로 경
직화되고, 부패하고 형식화되어 결국은 멸망을 자초하게 된다. 이씨조
선 왕조가 외침에 효과적으로 대응하지 못하고 내부 붕괴를 일으킨 것
은 바로 이 때문이다.

과유불급(過猶不及)이다. 지나친 것은 모자라는 것과 같은 것이다.
이기심에 치우치지 않는 공정한 잣대를 유지하려면 중심이 잡혀야 한
다. 중심이 확실히 잡힌 사람은 생사에 좌우되지 않는다. 그러므로 중
심을 잡는 것이야말로 구도와 수행의 최후 귀착점이다. 중심을 잡은
채 『논어』와 『맹자』를 읽는다면 무엇이 오늘의 병폐를 가져왔는지 스
스로 명백하게 드러날 것이다.

그렇다면 과연 그 실상은 어떤지 직접 『논어』를 읽어보면서 그 진위를 가려 보는 것도 뜻있는 일이 될 것이다. 그리고 우리의 잠재의식 속에는 유교의 찌꺼기가 어떠한 형태로 잔존해 있는지도 다시 한번 검증해 볼 필요가 있다고 본다. 『논어』는 학이(學而)에서 요왈(堯曰)에 이르는 20편에 499개의 짧은 문장으로 된 장(章)으로 이루어져 있다.

〈52권〉

『맹자(孟子)』란 무엇인가?

『맹자(孟子)』는 공자가 죽은 지 108년 만에 공자의 고향 노(魯)나라 창평향(昌平鄕) 추읍(陬邑) 바로 근처에서 태어난 맹자라는 사람의 말과 사상을 기록한 책이다. 그렇다면 맹자란 어떤 사람인가? 맹자 하면 흔히들 공자가 살아 있을 때 그에게 학문을 전수받은 공자의 수제자쯤 되는 사람으로 알고 있지만 그렇지 않다.

왜냐하면 맹자는 공자가 세상을 떠난 지 무려 108년 후에 태어난 공자의 증손자뻘밖에 되지 않기 때문이다. 그러나 맹자는 공자의 사상을 충실히 계승하여 유교를 확립한 유교의 제2인자이다. 예수가 죽은 뒤에 그의 사상을 계승하여 오늘날의 기독교 체계의 기초를 확립한 사도 바울과 같은 존재라고 할 수 있다.

사실 맹자는 공자의 고향 바로 근처에서 태어났으므로 어려서부터 음으로 양으로 공자의 영향을 많이 받았고, 자기도 모르게 공자를 숭배하는 분위기 속에서 자랐다. 맹자가 공부할 나이가 되어서는 공자의 손자인 자사(子思)에게서 배웠다고도 하고, 자사의 제자한테서 배웠다고도 한다.

'맹자' 하면 우리들 머릿속에 문득 떠오르는 것이 있다. 그게 바로 맹모삼천지교(孟母三遷之敎)다. 맹자의 어머니가 맹자의 교육환경 개선을 위해서 세 번이나 이사를 했다는 이야기다. 한(漢)나라 때 유향(劉向)이 편찬한 『열녀전(烈女傳)』에 따르면 맹자의 모친은 처음에 맹자를 데리고 공동묘지 근처에서 살았다고 한다. 그때 어린 맹자는 사람들이 시신을 매장하면서 곡하는 흉내를 냈다.

그러자 맹자의 모친은 '여기는 내 아들이 살만한 곳이 못 된다'고 생각하고 이사를 했는데 그곳은 장터 근처였다. 그러자 맹자는 물건 파는 장사꾼 흉내를 내는 것이었다. 맹자의 모친은 또 이사를 했는데 이번에는 서당(書堂) 근처였다. 그러자 맹자는 글 가르치고 배우는 예절 차리는 흉내를 내는 것이었다. 그것을 본 맹자의 어머니는 '이곳이야말로 내 아들이 살만한 곳'이라고 하면서 오랫동안 그곳에서 살았다고 한다.

이 밖에도 단기지교(斷機之敎)라는 것이 있다. 유향의 『열녀전』에는 다음과 같은 얘기가 또 실려 있다. 어느 날 유학을 가 있던 맹자가 갑자기 어머니를 찾아왔다. 그때 어머니는 베를 짜고 있었다.

"그래, 공부는 잘하고 있느냐?"

"아뇨, 공부가 별로 잘되지 않아서 그만둘까 합니다."

아들의 이 말을 들은 어머니는 짜고 있던 베를 단칼에 잘라 버렸다. 깜짝 놀란 맹자가 말했다.

"아니, 어머니 애써 짜시던 베를 자르시다뇨? 어떻게 된 겁니까?"

"네가 공부를 그만두려는 것은 지금 내가 짜고 있던 베를 잘라 버리는 것과 무엇이 다르단 말이냐?"

이 말을 들은 맹자는 그 즉시 학교로 되돌아갔다고 한다. 한석봉의 어머니가 아들의 서예 실력을 북돋기 위해서 밤에 등불을 끈 채 떡가래를 썬 고사를 생각나게 하는 대목이다. 이렇게 훌륭한 어머니 밑에서 자란 맹자는 끝내 대성하여 만인의 존경을 받는 성인군자가 되었다.

그렇다면 맹자는 어떠한 사상을 가지고 있었을까? 맹자의 사상으로 꼽을 수 있는 것은 성선설(性善說)과 왕도론(王道論)이다. 순자(荀子)의 성악설(性惡說)과는 대조적인 성선설은 어떤 것일까?

성선설이란 '인간에게는 선천적으로 누구나 남을 불쌍히 여기는 마음, 부끄러워하는 마음, 어른을 공경하고 사양할 줄 아는 마음, 옳고 그른 것을 가릴 줄 아는 마음이 있다'는 것이다. 그러나 이러한 착한 본성은 누구에게나 현실적으로 주어진 것이 아니라 피나는 노력이 수반되는 교육과 수행을 통해서 성취된다고 했다.

수양에 의해 인의의 덕을 몸에 지니고 가정과 나라를 다스리고 나아가서는 천하를 안정시켜야 한다. 인의를 실현하는 정치를 일컬어 왕도정치라고 한다. 이 밖에도 맹자의 두드러진 사상 속에는 다음과 같은 것들이 있다.

'백성이 제일 귀하고 사직(社稷)은 그 다음이고 왕은 별로 중요하지 않다.'

맹자가 살던 군주시대에 이것은 그야말로 청천벽력과 같은 인권 선언이 아닐 수 없었다. 당시의 군주들에게는 맹자야말로 가장 위험한 반체제주의자였다. 어떻게 하든지 군주체제를 유지해야 할 군왕들에게는 용서할 수 없는 발언이었다.

이러한 반골 정신 때문이었던지 맹자는 공자의 『논어』와는 달리 그가 죽은 지 1천 년 이상의 세월이 흐른 뒤 남송(南宋)의 주희(朱熹)에 의해 비로소 『논어』, 『대학』, 『중용』과 함께 사서(四書)의 하나로 정식으로 대접받게 되었다.

맹자는 또 은주(殷周)의 왕조 교체를 놓고 다음과 같이 말했다.

'주무왕(周武王)이 학정(虐政)을 일삼던 주왕(紂王)을 죽인 것은 필부인 주(紂)를 죽인 것이지 임금을 죽인 것이 아니다.'

맹자는 또 이런 말도 했다.

'항산(恒産)이 없으면 항심(恒心)도 없다.'

백성들이 항구적인 직업을 가져야 안정된 마음을 가질 수 있다는 얘기다. 다시 말해서 백성들의 생활이 안정되어야 비로소 나라도 잘 다스려질 수 있다는 것이다. 시공을 초월한 진리가 아닐 수 없다. 맹자는 총 7개 편(編)에 225개의 장(章)으로 되어 있다. 자, 그럼 이제부터 맹자가 무슨 말을 어떻게 했는지 『맹자』를 읽어보면서 알아보도록 하자.

〈53권〉

보이는 하늘과 보이지 않는 하늘

다음 글은 단기 4333(서기 2000)년 2월 1일부터 4월 30일 사이에 필자와 수련생 사이에 오갔던 얘기들과 필자의 체험담을 수록한 것이다.

"인간은 이 지구상에서 잡식성 동물로 수십만 년 동안을 생존을 영위해 온 존재라는 엄연한 현실을 망각해서는 안 됩니다. 구도자는 이러한 인간의 생존 조건을 슬기롭게 다스려나가야 합니다. 무리하면 반드시 그에 대한 보복이 오게 되어 있다는 것을 잊어서는 안 됩니다. 수련이란 이러한 생존 조건들을 하나하나 지혜롭게 헤쳐나가는 과정입니다.

인간이라고 하는 생체도 지구상에서 진화되어 온 엄연한 자연의 산물입니다. 따라서 아무리 첨단 정보화 시대이고 과학이 발달되었다 해도 인간은 주어진 생존 조건과 자연 현상을 무시할 수는 없습니다. 우리 눈에 보이는 자연 현상이란 무엇일까요? 오경태 씨는 그 자연 현상이란 무엇인지 압니까?"

"갑자기 그렇게 어려운 질문을 하시니 뭐라고 입이 열리지 않습니다."

"물론 그렇겠죠. 우리 눈에 보이는 우리 인체를 포함한 모든 자연 현상은 보이지 않는 우주의식의 발로입니다."

"우주의식이란 무엇입니까?"

"우주의식이란 소위 과학으로 세뇌된 현대인에게 영합하기 위한 술어입니다. 우리 조상들은 우주의식이란 말 대신에 하느님, 하나님 또는 하늘이라는 말을 써 왔습니다. 다시 말해서 우리 눈에 보이고 귀에 들리고 코로 맡아지고 맛으로 알 수 있고 손으로 만져지고 의식으로 감지할 수 있는 모든 대상들은 보이지 않고 귀에 들리지 않고 냄새 맡을 수 없고 감지할 수 없고 의식으로 분별할 수 없는 하늘 즉 우주의식의 구현체(具顯體)일 뿐입니다."

"구현체란 무엇입니까?"

"보이지 않는 우주의식 즉 하느님이 구체적인 모습을 띠고 나타난 형상이라는 말입니다. 따라서 모든 자연 현상은 보이지 않는 자연의 구체적인 모습에 지나지 않는다 그겁니다."

"그럼 자연과 하늘은 어떻게 다릅니까?"

"우리 눈에 보이는 자연은 보이지 않는 자연이 모습을 띠고 나타난 겁니다. 다시 말해서 자연은 보이지 않는 하늘이 모습을 띠고 나타난 현상에 지나지 않는다는 말입니다. 보이는 자연은 유(有)이고 색(色)이고 전체(全體)입니다. 그리고 보이지 않는 자연은 무(無)이고 공(空)이고 하나(一)입니다.

내가 왜 이런 말을 길게 늘어놓는가 하면 인간의 생체(生體)를 포함한 온갖 자연 현상은 알고 보면 보이지 않는 자연, 다시 말해서 보이지 않는 하늘이 일정한 모습을 띠고 나타난 현상이라는 것을 밝히기 위해서입니다.

인간은 현 단계에서는 잡식성 동물이라는 겁니다. 그리고 이것은 엄연한 자연 현상이고 보이지 않는 하늘의 구체적 표현이라는 겁니다. 따라서 우리는 자연에 순응할지언정 자연에 함부로 거역하지 말아야 한다는 것을 강조하기 위해서입니다.

자연은 바로 하늘입니다. 자연은 곧 우주의 섭리입니다. 그래서 역천자(逆天者)는 망하고 순천자(順天者)는 흥하게 되어 있습니다. 우리는 어디까지나 자연에 순응하면서 살아야지 자연에 거역하다가는 반드시 보복을 받아 파멸을 피할 수 없게 되어 있습니다.

이것은 어느 개인이나 국가 차원만의 문제가 아닙니다. 문명권 역시 마찬가지입니다. 자연을 정복의 대상으로 삼고 환경 파괴만 일삼아 온 서구문명이 오늘날 지구 전체를 중병이 들게 하여 파멸의 위기로 몰아넣은 것은 역천(逆天)만을 일삼아 왔기 때문입니다.

결론적으로 말해서 인간의 잡식성 체질을 채식성 체질로 바꾸는 일은 수행을 통해서 순리에 따라서 서서히 단계적으로 진행해 나가야지 어떤 일이 있어도 무리를 해서는 안 됩니다. 무리는 자연을 거스르는 일이기 때문입니다."

깨달은 사람은 죽어서 어디로 갑니까?

"선생님, 저는 다른 질문을 하나 말씀드리고 싶은데 괜찮겠습니까?" 우창석 씨가 말했다.

"좋습니다. 어서 말씀하세요."

"선생님, 깨달은 사람은 죽어서 어디로 갑니까?"

"그건 우창석 씨가 깨달아 보면 자연히 알게 됩니다."

"하하하..."

서재에 있던 일동이 웃었다.

"그래도 좀 우리가 알아듣기 쉽게 좀 설명해 주실 수 없겠습니까?"

"그건 마치 사춘기 이전의 아홉 살짜리 소년이 결혼한 삼촌을 보고 결혼한 첫날밤 맛이 어떠냐고 묻는 것과 같습니다. 삼촌이 할 수 있는 가장 확실한 대답은 너도 커서 결혼해 보면 안다고 말할 수밖에 더 있겠습니까?"

"그렇게 말씀하시니까 더욱더 호기심이 동하는데요. 깨달은 사람은 죽어서 어디로 가는지 꼭 좀 알고 싶습니다."

"깨달음은 크게 두 가지로 나눌 수 있습니다. 하나는 혜해탈(慧解脫)이고 또 하나는 구해탈(俱解脫)입니다. 혜해탈은 진리를 깨닫기는 깨달았는데 머리와 지식과 이론으로만 깨달은 것을 말합니다. 이런 사람은 죽어서도 계속 윤회를 거듭하게 될 것입니다."

"언제까지 말입니까?"

"구해탈이 될 때까지죠."

"그럼 구해탈은 무엇을 말합니까?"

"구해탈은 머리나 지식이나 이론으로만 깨닫는 것이 아니고 몸, 기, 마음 전체로 진리를 깨닫고 진리 자체가 생활화되어 평상심과 부동심을 갖게 된 사람을 말합니다."

"그렇다면 선생님, 구해탈한 사람은 죽어서 어디로 갑니까?"

"구해탈한 사람은 아상(我相)이 없습니다. 다시 말해서 '자기 자신'이 완전히 사라져 버립니다. 그런 사람에게는 죽는 것이 사는 것이고 사는 것이 죽는 겁니다. 따라서 가는 것도 없고 오는 것도 없습니다. 삶과 죽음, 가는 것과 오는 것, 즉 생사(生死) 왕래(往來)는 현상계(現象界)와 유위계(有爲界)의 얘기지 무위계에서는 그런 것 자체가 없습니다."

"무위계란 무엇입니까?"

"유위계 즉 우리가 사는 속계가 차안(此岸)의 세계라면 무위계는 생사, 왕래, 명암이 없는 피안(彼岸)의 세계입니다."

"그럼 그 피안의 세계에는 무엇이 있습니까?"

"있는 것이란 단지 '지금 여기'가 있을 뿐입니다."

"그 '지금 여기'란 무엇입니까?"

"시간과 공간을 초월한 한 점을 말합니다. 그 점 속에는 생사도 왕래도 없습니다. 시공(時空)과 생사 왕래가 그 한 점에 속에 응집되어 있다고 말할 수 있습니다."

"그럼 결론적으로 말해서 구해탈을 한 사람은 죽음도 삶도 없고 가고 옴도 없다는 말씀인가요?"

"그렇습니다."

"참으로 어렵군요. 저와 같은 민초들은 도저히 상상이 가지 않습니다."

"그 경지는 구해탈의 경지에 들어가 보지 못한 사람은 알 수 없습니다."

"선생님 그럼 죽어서 천상계에 태어나는 사람은 어떤 사람들입니까?"

"천상계에 태어나는 사람들 역시 구해탈을 성취한 사람들은 아닙니다. 인간계의 경우와는 양상이 좀 다르긴 하지만 그곳에도 역시 생로병사의 윤회는 계속되고 있습니다."

"그건 어째서 그렇습니까?"

"인간계니 천상계니 하는 것 역시 일종의 상(相)의 세계입니다. 이 상을 벗어나지 못하는 한 시공과 생사와 왕래에서 벗어날 수 없기 때문입니다."

"그 상(相)이라는 게 도대체 뭡니까?"

"상이란 현상을 말합니다. 현상은 바닷물로 치면 거품과 같습니다. 거품이란 일시적인 모습에 지나지 않습니다. 곧 스러져 버릴 실체가 없는 겁니다. 거품은 실체가 아니고 일시적 모습에 지나지 않습니다."

"그럼 그 거품의 실체는 무엇입니까?"

"바닷물 자체입니다."

"그럼 구해탈한 사람의 정체는 무엇입니까?"

"아무것도 아닙니다."

"아무것도 아니라뇨?"

"영어로 말하면 nothing입니다. 텅 빈 공(空)이고 아무것도 없는 무(無)이며 하나(一)입니다. nothing이면서도 everything입니다. 공(空)이면서도 색(色)이고, 무(無)이면서도 유(有)이고, 허(虛)이면서 실(實)입니다. 그리고 하나이면서도 모든 것 즉 전체입니다.

따라서 구해탈을 이룬 사람은 아무것도 아니면서 모든 것이 다 될 수 있습니다. 그러므로 진정으로 진리를 깨달은 사람은 육도(六途) 사생(四生)을 마음대로 드나들 수 있는 겁니다. 우리가 수행을 통하여 바로 이러한 경지에 이르렀을 때 비로소 평상심(平常心)과 부동심(不動心)을 얻었다고 할 수 있습니다."

"그럼 부동심을 얻은 사람은 지옥이나 천당에도 가지 않는가요?"

"지옥이니 천당이니 하는 것도 시공과 생사가 지배하는 현상계의 얘기입니다. 생사일여(生死一如)를 깨달은 사람에겐 아상(我相)이 이미 사라져 버렸으므로 지옥도 천당도 없습니다. 그런 사람에겐 생사가 없는 것처럼 지옥도 천당도 없다는 얘기입니다."

"참으로 어렵군요. 무언가 조금 알 것 같기도 하고 모를 것 같기도 하고 참으로 알쏭달쏭합니다."

"그 알쏭달쏭을 벗어나기 위해서는 열심히 공부하여 구해탈을 이루는 길밖에는 없습니다."

천부삼인(天符三印)은 무엇인가?

"선생님, 천부삼인이란 무엇입니까?"

우창석 씨가 물었다.

"일연(一然)의 『삼국유사(三國遺事)』에 보면 '환웅이 환인으로부터 천부인 세 개와 3천의 무리를 인수하여 태백산에 내려와 신시에 도읍하고 나라를 열었다'고 기록되어 있습니다. 그런가 하면 안함로(安含老)의 『삼성기전(三聖紀全)』 상편(上篇)에 보면 '환웅씨가... 천부인을 지니고 다섯 가지 일을 주관하였으며 세상에 머무르면서 인간을 교화하고 크게 이롭게 했다'고 기록하고 있습니다.

이러한 천부삼인 또는 천부인에 대해서는 지금까지 수많은 학자들이 해석을 시도해 왔습니다. 식민사학의 대부였던 이병도 씨는 '천부인 세 개는 풍백(風伯), 우사(雨師), 운사(雲師)를 거느린다는 의미의 세 개의 인수(印綬)가 아닐까'하고 말했습니다.

그런가 하면 임기중(林基中) 교수는 동대신문(東大新聞)에서 천부삼인(天符三印)에 대하여 다음과 같이 다섯 가지를 말했습니다.

첫째, 왕권표상, 통치력 표상의 상징물.

둘째, 풍백, 우사, 운사.

셋째, 곡식(穀食), 명(命), 병(病), 형(刑), 선악(善惡)을 다스리는 360

197

여 가지의 재세이와(在世理化).

넷째, 한국적 주보관념(呪寶觀念)이 농경 민족의 의식에서 발아된 발상으로 외래적 용어를 동원해서 표현된 것이다.

다섯째, 주몽(朱蒙)의 위궁(葦弓), 역마(驛馬), 오곡종(五穀種)과 가장 유사점이 많다.

그런가 하면 한국전통미술인회장 석영(石影) 최광수(崔光守) 화백이 그린 환웅상(桓雄像)에는 환웅천황이 원방각(圓方角)을 각각 하나씩 그린 세 개의 인표를 손에 들고 있습니다. 다 알다시피 원방각은 천지인(天地人) 삼재(三才)를 표시합니다. 천부삼인을 천지인 삼재를 상징한다고 보는 견해도 있습니다.

한편 이맥(李陌)의 「태백일사(太白逸史)」 삼황관경본기에는 다음과 같은 글이 보입니다.

'풍백은『천부경』을 새긴 거울을 들고 나아가고, 우사는 북을 두드리면서 둥글게 춤을 추면서 나아가고, 운사는 백검(佰儉)으로 호위하니 천제가 산에 나아갈 때의 의식은 이처럼 성대하고 엄숙했다.'

이 글에 보면 '풍백은... 『천부경』을 새긴 거울'이라는 구절이 보입니다. 그렇다면 그다음에 나오는 우사의 북에는『삼일신고』를 새겼거나 북 자체가『삼일신고』를 상징한다고 할 수 있고, 그다음에 나오는 운사의 백검에는『참전계경』을 새겼거나 백검 자체가『참전계경』을 상징한 것이 틀림없다고 봅니다.

결론적으로 말해서 천부삼인은 『천부경』, 『삼일신고』, 『참전계경』의 삼대경전을 상징한 것입니다. 환웅천황이 한인천제로부터 삼위태백(三危太白)을 다스리라는 인가를 받고 3천 명의 부하들을 거느리고 이 세상의 주재자로 부임했을 때는 나라를 열고 다스려야 할 이념과 철학이 담긴 경전이 마땅히 있어야 합니다. 그것이 바로 천부삼인으로 상징되는 『천부경』, 『삼일신고』, 『참전계경』의 삼대경전입니다.

삼대경전을 읽어본 사람들은 알겠지만, 그 속에는 고유명사가 하나도 눈에 띄지 않습니다. 우리나라의 식민사학자들은 삼대경전을 자세히 읽어보지도 않고 덮어놓고 구한말에 쓰인 국수주의적인 문서라고 터무니없는 모함을 늘어놓고 있습니다. 식민사학자들은 삼대경전뿐 아니라 『환단고기』, 『단기고사』, 『규원사화』, 『부도지』 같은 선가사서(仙家史書)들의 핵심적인 요소들은 제쳐놓고 극히 지엽적인 결점들을 들추어내어 구한말에 쓰인 위서(僞書)라고 생억지를 쓰고 있습니다.

최근에 교육방송에서 노자의 『도덕경』 강의로 인기를 끌었던 동양철학자 도올 김용옥 씨도 이러한 식민사학자들의 억지 주장을 검토도 해 보지 않고 그대로 복창하고 있었습니다. 선가사서들을 그런 식으로 매도해 버린다는 것은 불경, 신구약성경, 사서삼경, 사마천의 『사기』 등을 19세기 말에 쓰인 위서라고 우기는 것과 같습니다.

그러나 이 경전을 유심히 읽어보면 지구상에 현존하는 그 어떠한 고급 종교의 경전보다도 훨씬 더 보편타당성이 강할 뿐만 아니라 모든 경전들의 원천이 된다는 것을 발견하고 놀라지 않을 수 없게 될 것입니다. 삼대경전은 절대로 어느 특정 민족이나 지역 주민의 이익을 위해서 쓰인 글이 아니라는 것을 금방 알 수 있습니다. 그런데도 어떤 몰지각한 학자는 『천부경』이 무슨 국수주의를 부추긴 것처럼 대중이 모인 자리에서 떠벌이고 있으니 실로 한심하기 짝이 없는 일이 아닐 수 없습니다.

삼대경전의 핵심은 이렇습니다. 뜻있는 사람들은 이 경전으로 수행을 하여 지감(止感) 조식(調息) 금촉(禁觸) 즉 마음공부, 기공부, 몸공부를 통하여 진리의 큰 뜻을 행동에 옮기어 허망을 돌이켜 진리를 깨달아 신령스러운 기틀을 크게 발현하게 됩니다. 이것이 바로 성통공완입니다.

삼대경전에는 유교, 불교, 도교, 기독교의 가르침의 요체가 전부 다 들어 있습니다. 이러한 크나큰 이상과 이념과 철학과 수행 지침이 담겨 있는 것이 『천부경』, 『삼일신고』, 『참전계경』입니다. 천부삼인 또는 천부인은 바로 이 삼대경전을 상징한 것입니다.

홍익인간(弘益人間) 재세이화(在世理化)의 뿌리가 되는 것이 바로 이 삼대경전입니다. 이러한 홍익인간의 이념과 철학은 7세 3301년간 지속된 환국(桓國)연방 시대부터 있었고 이것이 환웅천황 18대의 배달국 1565년과 단군천제 47대 2096년의 단군조선 시대를 지나 삼국 시대와 고려 이씨조선 왕조를 거쳐 오늘의 우리에게까지 전수된 것입니다.

성통공완자(性通功完者)는 어떤 즐거움이 있는가?

"선생님, 저는 색다른 질문을 하나 하겠습니다. 괜찮겠습니까?"

대학 3년생인 인광훈이라는 수련생이 말했다.

"좋습니다. 어서 말해 보세요."

"성통공완한 사람은 어떤 즐거움이 있습니까?"

"성통공완자에게는 즐거움 같은 것은 없습니다."

"그럼 뭐가 있습니까?"

"있긴 뭐가 있습니까?"

"그럼 아무것도 없다는 말씀입니까?"

"그렇고말고요. 그의 중심엔 아무것도 없으면서도 모든 것을 다 갖고 있습니다."

"아무리 그렇다 해도 뭔가 뚜렷한 게 있을 거 아닙니까?"

"구태여 뭐가 있다면 평상심(平常心)과 부동심(不動心)이 있을 뿐입니다. 만약에 성통공완자에게 어떤 즐거움이 있다면 그 사람은 이미 성통공완자가 아닙니다."

"왜요?"

"성통공완자는 진리를 깨달아 밝아진 사람 즉 『삼일신고』에서 말하는 철인(哲人)입니다. 철인은 이미 즐거움과 고통을 초월한 사람이기 때문입니다."

"네엣, 그게 무슨 뜻입니까?"

"다시 말해서 고락(苦樂)에서 떠난 사람이란 말입니다. 그러니까 괴로움과 즐거움 사이에서 왔다갔다하는 유치한 일은 있을 수 없습니다. 만약에 그 사람이 즐거움과 괴로움 사이를 오락가락한다면 그 사람은 아직 진리를 깨달은 사람이라고 볼 수 없습니다. 진리를 깨닫지 못한 사람은 성통공완자라고 할 수 없습니다."

"선생님, 저는 무슨 말씀인지 감이 잡히지 않는데요."

"그럴 겁니다. 인광훈 군이 직접 선통공완자가 되어 보지 않고는 성통공완자가 어떤 즐거움이 있는지 없는지 판단하기 어려울 겁니다. 유치원생이 박사 학위 과정을 밟고 있는 사람을 보고 공부가 재미있느냐고 묻는 것과 같습니다. 박사 과정을 밟는 사람쯤 되면 공부에 즐거움이나 괴로움을 느끼는 단계는 이미 지났다고 보아야 합니다. 그와 마찬가지로 성통공완자도 생사고락 따위에서는 이미 벗어나 있습니다."

"성통(性通)이란 무엇입니까?"

"성(性)은 진리를 말하니까 진리를 통했다는 말입니다. 바꾸어 말해서 우주 생명의 핵심을 꿰뚫었다는 뜻이고 우주와 내가 한몸이 되었다는 뜻입니다."

"선생님 어떻게 해야 우주 생명과 내가 한몸이 될 수 있습니까?"

"아상(我相)을 떠나야 합니다."

"아상이란 무엇인데요?"

"바다로 말하면 파도칠 때 일어나는 거품과 같은 것입니다. 거품이 거품임을 계속 고집하는 한 언제까지나 거품에서 벗어날 수 없습니다. 그러나 거품이 거품이 아님을 깨닫고 그가 거품이라는 아상에서 벗어나는 순간 그 거품은 사라지고 광활한 바닷물로 되돌아갑니다. 여기서 말하는 바닷물을 우주 생명체라고 보면 됩니다."

"성통공완자는 어떤 사람입니까?"

"나보다 남을 먼저 생각하는 이타인간(利他人間)입니다. 여기서 말하는 남이란 우주 전체를 말합니다. 그래서 이타인간을 선행인간(善行人間)이라고도 합니다. 그런가 하면 만물을 유익하게 하는 사람이라고 해서 홍익인간(弘益人間)이라고도 말합니다. 이타인간, 선행인간, 홍익인간을 일컬어 성통공완자(性通功完者)라고도 하고 견성해탈자(見性解脫者)라고도 하고 마음이 밝아진 사람인 철인(哲人) 또는 깨달은 사람인 각자(覺者)라고도 합니다."

"홍익인간은 인간을 널리 유익하게 한다는 뜻이 아닙니까?"

"홍익을 '인간을 널리 유익하게 한다'는 의미의 동사로 쓸 때는 그렇습니다. 그러나 홍익인간의 홍익을 '만물을 유익하게 하는' 인간이라는 수식어로 쓸 때는 성통공완자, 견성해탈자, 이타인간, 선행인간, 철인 또는 각자와 같은 뜻이 됩니다."

영원히 사는 길

"선생님, 어떻게 하면 영원히 살 수 있습니까?"

우창석 씨가 질문했다.

"아상(我相)을 떠나면 영원히 살 수 있습니다."

"아상이 무엇인데요?"

"탐욕(貪慾)이 바로 아상입니다. 탐욕과 같이 사는 사람은 순간순간이 다 죽음의 연속이니까요."

"왜 그렇죠?"

"탐욕은 고통을 낳고 고통은 곧 죽음을 낳으니까요."

"탐욕은 죽음을 낳는다니 무슨 뜻인지 알아듣지 못하겠습니다. 그렇다면 무욕(無慾)은 삶을 낳는다는 말입니까?"

"바로 맞혔습니다."

"그럼 탐욕과 같이 사는 사람은 순간순간이 죽음의 연속이라면 무욕과 함께 사는 사람은 순간순간이 삶의 연속이라는 말씀입니까?"

"삶의 연속이라기보다 불사불멸(不死不滅)의 연속이라는 말이 더 정확하겠군요."

"그럼 죽음은 무엇입니까?"

"죽음은 이를테면 물거품과 같습니다."

"그럼 삶은 무엇입니까?"

"삶은 물과 같습니다. 물거품은 배가 지나갈 때나 바람이 일 때, 파도가 칠 때 일어나는 일시적인 포말 현상입니다. 그래서 물거품은 상황의 변화에 따라 수시로 생겨났다가 스러집니다. 생사란 바로 이 거품과 같이 무상하고 속절없는 것일 수밖에 없습니다. 따라서 영원히 사는 길은 어떠한 상황에도 생사에 시달리지 않는 불생불멸의 경지에 도달하는 겁니다. 이게 바로 영원히 사는 길입니다."

"사람으로서 불생불멸의 경지에 든 실례가 있습니까?"

"있습니다."

"어떤 사람인데요?"

"생사에 흔들리지 않는 사람입니다."

"그런 사람이 실제로 우리 주변에 있습니까?"

"그야 있을 수도 있고 없을 수도 있죠."

"석가나 예수 같은 사람을 말합니까?"

"그렇습니다. 그분들은 진리를 가르친 스승으로서 크게 이름이 나 있지만 우리 주변에는 뜻밖에도 그런 사람들이 많이 있습니다. 이름 없는 숨은 성인(聖人)들입니다."

"그럼 영원히 사는 길은 무엇입니까?"

"탐욕을 버리고 나보다 남을 먼저 생각하는 이타행을 꾸준히 생활화하는 겁니다. 이런 사람을 보고 우리는 인생의 고삐를 확실히 거머쥔 사람이라고 합니다."

"인생의 고삐를 확실히 거머쥔다는 것은 무엇을 말합니까?"

"외부의 허망한 유혹에 넘어가지 않는 사람입니다. 그리고 생사고락에도 전연 흔들리지 않습니다."

집단적인 깨달음은 없다

"종교인들은 하느님을 믿어야 영원히 산다고 하는데 선생님께서는 어떻게 생각하십니까?"

"그 말에도 확실히 일리가 있습니다."

"아니 그럼 탐욕을 버리는 것과 하느님을 믿는 것은 같다는 뜻입니까?"

"같을 수도 있고 같지 않을 수도 있습니다."

"어떤 경우에 같고 어떤 경우에 같지 않습니까?"

"진리라고 하는 고지에 도달하는 데 제 발로 걸어가는 사람도 있고 남의 등에 업혀 가는 사람도 있습니다만 두 사람 다 진리에 도달하는 것은 마찬가지입니다. 이런 의미에서 목표는 같다고 할 수 있습니다.

그러나 같은 목표에 도달하는 데 어떤 사람은 제 힘으로 걸어가고 어떤 사람은 남의 등에 업혀서 갑니다. 제 힘으로 걸어가는 것하고 남의 등에 업혀 가는 것은 목표는 비록 똑같다고 해도 그곳에 도달하는 방법은 같지 않습니다. 이런 의미에서 같지 않다고 하는 겁니다."

"선생님께서는 제 발로 가는 것하고 남의 등에 업혀 가는 것 어느 쪽이 더 낫다고 생각하십니까?"

"그거야 각자의 취향과 기질에 따라 다른 길을 택하고 있으니까 어느 쪽이 꼭 좋다고 일률적으로 말할 수는 없습니다. 자력(自力)을 좋아하는 사람은 자력 수행 쪽을 택할 것이고 타력(他力)을 좋아하는 사람은 타력 신앙 쪽으로 갈 것입니다. 사람은 백인백색(百人百色)이요 천태만상(千態萬象)이니까 각기 자기 취향에 따라 선택하면 됩니다.

불교는 같은 종교인데도 미륵부처나 지장보살이나 관음보살의 가피력(加被力)을 믿는 타력 신앙에 의존하는 불자가 있는가 하면, 살불살조(殺佛殺祖)하고 오직 자력에만 의존하여 불립문자(不立文字), 교외별전(敎外別傳), 직지인심(直指人心), 견성성불(見性成佛)하려는 참선(參禪)에만 전력투구하는 구도자도 있습니다.

그런가 하면 사찰 경내에는 조상숭배나 환인 환웅 단군을 믿는 삼신

신앙까지도 허용되고 있습니다. 어떻게 보면 불교란 일단 어느 한 나라에 정착하면 그 나라의 기존 신앙에 대하여 배타적인 태도를 취하기 않고 전부 다 수용하는 포용성을 구사하고 있습니다. 자기네 신앙 이외에는 일체 배척하는 기독교와는 지극히 대조적입니다. 불교의 선종(禪宗)을 빼놓고 모든 종교는 기본적으로 타력 신앙을 근간으로 하고 있습니다."

"선생님은 자력 쪽입니까? 타력 쪽입니까?"

"선도는 처음부터 자력 수행 체제입니다. 참선과 가장 유사하다고 할 수 있습니다."

"선생님께서는 왜 자력 쪽을 택하셨습니까?"

"일체의 구속을 싫어하기 때문입니다. 나처럼 남의 구속을 선천적으로 싫어하는 사람은 자력 쪽을 택하는 것이 좋습니다. 그러나 남의 힘에 의존하기를 좋아하는 사람은 타력 종교를 택하는 쪽이 좋습니다. 그러나 나처럼 무소뿔처럼 혼자서 가기를 좋아하는 사람은 제 발로 당당히 걸어가는 것이 훨씬 더 낫습니다.

아무리 타력을 좋아하고 조직 속에 구속당하기를 좋아하는 사람도 성통공완하고 견성 해탈하는 것은 혼자서 하는 것이지 집단으로 하는 것은 아닙니다. 불교를 창설한 석가모니도 기독교를 창시한 예수 그리스도도 혼자서 진리를 깨달았지 하나의 조직이나 집단 단위로 한꺼번에 깨달음을 성취한 것은 아닙니다."

"그건 왜 그렇습니까?"

"이 세상에 똑같은 것은 없기 때문입니다. 수행의 진도, 성심의 비중,

열의의 정도는 사람마다 다 제각각이기 때문입니다. 따라서 구도자는 우주 생명체인 진리와는 일대일의 고유한 관계를 유지하고 있습니다."

"수행은 그렇다고 쳐도 신앙으로 얻는 영혼의 구원은 어떻습니까?"

"영혼의 구원 역시 각자가 믿는 대상과의 일대일의 관계이지 휴거(携擧)니 떠들림이니 하는 것과 같은 집단적인 구원 같은 것은 있을 수 없습니다. 그래서 기도를 해도 은밀한 곳에서 혼자서 하라고 예수도 가르치고 있습니다.

그 때문에 자선을 할 때도 왼손이 하는 것을 오른손이 모르게 은밀히 하라고 했습니다. 만약에 기도와 자선을 남이 보는 데서 공개적으로 하게 되면 신앙의 대상과의 보이지 않는 관계는 뒷전으로 물러나고 남에게 자기의 공덕을 과시하기 위한 세속적인 전시 효과가 전면에 등장하게 될 것입니다."

진리를 깨닫는 데 보통 몇 년이나 걸리나?

"선생님, 진리를 깨닫는 데는 보통 몇 년이나 걸립니까?"

우창석 씨가 뜬금없이 물었다.

"진리를 깨닫는 데는 시간제한 같은 것은 없습니다."

"그럼 무슨 제한이 있습니까?"

"아무 제한도 있을 수 없습니다. 따라서 시간제한도 있을 수 없습니다."

"왜 그렇습니까?"

"진리를 깨닫는 것은 마음이지 몸이 아니지 때문입니다."

"그게 무슨 말씀입니까?"

"마음은 아무 제한도 받지 않는다는 말입니다. 우창석 씨는 자기 마음을 내 앞에 꺼내 보일 수 있습니까?"

"그럴 수는 없죠."

"그것 보세요. 마음은 한정된 물건이 아닙니다. 그러므로 시간과 공간의 제한 따위도 받지 않습니다. 깨달은 마음은 우주와 하나가 됩니다. 우주와 하나가 된 상태를 보고 깨달았다고 합니다. 이러한 깨달음에 도달하는 데는 마음의 상태에 따라 한순간이면 될 수도 있고 영원히 안 될 수도 있습니다."

"그럼 마음이 진리를 깨달았느냐의 여부를 객관적으로 어떻게 알 수 있습니까?"

"외부 충격에 마음이 흔들리느냐의 여부로 알 수 있습니다."

"외부 충격이란 무엇입니까?"

"세속적인 희로애락(喜怒哀樂)입니다. 진리를 깨달은 사람은 세속적인 희로애락에 일희일비하지 하지 않습니다. 아들을 낳았다고 환희작약(歡喜雀躍)하거나 딸을 낳았다고 낙심천만(落心千萬)하지 않습니다. 누가 죽었다고 비통해하거나 죽을 뻔했던 사람이 살아났다고 해서 기뻐 날뛰지도 않습니다."

"왜 그렇죠?"

"생사는 원래 하나이기 때문입니다. 희노애락(喜怒哀樂)도 희구애노탐염(喜懼哀怒貪厭)도 원래 하나이기 때문입니다."

"그래도 아내가 자꾸만 딸만 낳으면 핏줄의 대(代)가 끊어지지 않습니까?"

"구도자는 모든 현상이 몽환포영로전(夢幻泡影露電)이라는 것을 알고 있습니다. 따라서 핏줄 역시 몽환포영로전에 지나지 않습니다. 상(相) 속에서 무상(無相)을 보아야 여래를 볼 수 있습니다.

석가와 예수는 그들의 핏줄의 대는 끊어졌지만 그들의 도맥은 면면히 이어지고 있지 않습니까? 구도자에게 중요한 것은 핏줄이 아니라 진리를 깨달아 우주와 하나가 되는 겁니다. 허황된 망상에 집착해서는 안 됩니다. 한 단계 낮추어 생각해 보아도 우주 안에 인간이 존재하는 한, 대(代)가 끊어지는 일 같은 것은 일은 있을 수 없습니다."

"그건 왜 그렇습니까?"

"우주 안에 생존하는 인간은 원래 하나의 뿌리에서 나왔으니까요.

한 뿌리에서 나온 갈래가 비록 한때 여러 갈래로 나뉘어진다고 해도 결국은 하나로 합쳐지게 되어 있습니다. 그렇다면 핏줄 따위에 무슨 의미가 있겠습니까?"

"그래도 현실적으로 아들을 기대했었는데 딸만 자꾸 낳게 되면 섭섭한 것은 사실이 아닙니까?"

"그거야말로 속물들의 사고방식입니다. 그리고 아이는 아내 혼자서 만드는 것이 아닙니다. 또 핏줄은 아들에게만 전수되는 것은 아닙니다. 딸에 의해서도 전수됩니다. 그리고 핏줄은 직계로만 전수되는 것도 아닙니다. 방계(傍系)로도 얼마든지 이어지게 되어 있습니다. 또 직계나 방계가 아니라도 지구상에 인간이 존재하는 한 모든 사람들의 핏줄은 모든 사람에게 이어지게 되어 있습니다."

"왜 그렇죠?"

"방금 전에도 말했지만 아득한 옛날 인간의 조상은 하나에서 출발했으니까요. 그래서 인간은 원래 하나입니다. 인간만 하나인 것이 아니라 우주의 삼라만상 역시 알고 보면 전부 다 하나입니다. 이러한 진리를 깨닫는 것이 중요한 것이지 핏줄 잇기가 중요한 것이 아닙니다.

그런데도 속물들은 아들만이 핏줄을 전해주는 것으로 착각을 하고 있습니다. 사해동포(四海同胞)라는 말은 절대로 헛말이 아닙니다. 그런 의미에서 딸 하나만 갖든가 딸만을 둘을 낳고도 아들 같은 것을 원하지 않고 아무렇지 않게 살아가는 부부들이야말로 숨은 성인들이라고 할 수 있습니다, 딸만 낳고도 더이상 아들 욕심을 부리지 않는 부부들은 이러한 섭리를 깨달은 숨은 도인들입니다."

"어떻게 하면 그런 도인들이 될 수 있겠습니까?"

"탐욕에서 벗어나 우주와 한몸이 되면 누구나 그렇게 될 수 있습니다. 우주와 한몸이 될 때 부질없는 남아선호 사상도 초월할 수 있습니다."

"어떻게 하면 우주와 한몸이 될 수 있을까요?"

"진리를 깨닫고 그 진리를 일상생활화 하면 누구나 다 그렇게 될 수 있습니다."

"그렇다면 진리를 깨닫는다는 것은 무엇을 말합니까?"

"삶과 죽음은 알고 보면 하나라는 것을 깨닫는 겁니다. 즉 생사일여 (生死一如)를 깨닫는 것을 말합니다. 하나는 전체고 전체는 하나이며 처음도 끝도 없습니다. 없는 것은 있는 것이고 있는 것은 없는 겁니다. 생사는 겉으로 보면 있는 것 같지만 그 안을 자세히 드려다보면 생사 같은 것은 애당초 존재하지 않습니다. 삶은 죽음의 시작이고 죽음은 삶의 시작입니다. 생즉사(生卽死)요 사즉생(死卽生)입니다."

"어떻게 하면 생사일여를 알 수 있습니까?"

"사물을 일일이 빠뜨리지 않고 자세히 살펴보면 알 수 있습니다."

"관(觀)을 말합니까?"

"그렇습니다. 사물을 겉으로만 보지 말고 앞뒤, 왼쪽 오른쪽, 위아래, 겉과 안을 입체적으로 그리고 전체적으로 살펴보는 습관을 일찍부터 들여놓으면 그러한 진리는 멀지 않아 터득하게 됩니다."

『천부경』엔 보편성이 없는가?

"일전에 교육방송에서 내보낸 김용옥 교수의 노자의 『도덕경』 강의를 시청하고 있노라니까 기독교의 보편성에 대하여 언급하는 자리에서 단군과 『천부경』엔 보편성이 없는 것처럼 심하게 모멸적인 발언을 하는 것을 들었는데 선생님도 혹 아십니까?"

우창석 씨가 말했다.

"네, 나도 들었습니다."

"그걸 어떻게 생각하십니까?"

"우리나라의 식민사학자들과 극소수의 일부 기독교 사대주의자들은 단군과 『천부경』 소리만 나와도 과민반응을 일으키고 그것을 국수주의(國粹主義)를 부추기는 단어처럼 생각하고 있는데, 김용옥 씨도 바로 그들의 잘못된 인식을 그대로 앵무새처럼 복창하고 있습니다. 그런데 그들에게 단군이 백성들에게 가르친 『천부경』, 『삼일신고』, 『참전계경』에 대해서 물어보면 한마디도 대답을 못합니다."

"왜 그렇죠?"

"삼대경전에 대해서 전연 공부를 하지 않기 때문입니다. 만약에 어떤 사람이라도 삼대경전을 진지하게 읽어본 사람이라면 그 속에서 단 한마디의 고유명사도 발견할 수 없다는데 경탄을 금치 못할 것입니다."

"단 한마디의 고유명사도 없다는 것은 무엇을 뜻합니까?"

"고유명사가 단 한마디도 없다는 것은 그 경전이 그만큼 어느 특정 지역이나 국가나 특정 민족에 관한 경전이 아니라는 증거입니다. 따라서 국수주의와는 아무런 관련도 없다는 것을 말해줍니다.

김용옥 씨가 보편성을 강조하는 기독교 성경은 에덴 동산, 아담과 이브로부터 예수와 베드로에 이르기까지 시종일관 고유명사로 수없이 점철되어 있습니다. 또 공(空) 사상과 보편성을 자랑하는 불경인『금강경』이나『반야심경』같은 경전도 기원정사니 수보리니 관자재보살이니 석존이니 하는 고유명사 투성이입니다.

이것은 무엇을 말하는고 하니 이들 종교들이 처음에는 어느 특정 지역과 주민들을 위해서 씌어졌다는 것을 말합니다. 내가 알기로는 삼대경전 이외에 유일하게 고유명사가 한마디도 들어 있지 않는 경전은 노자의『도덕경』이 있을 뿐입니다.

고유명사가 없다는 것은 그 경전이 어느 지역이나 국가나 주민의 범주를 벗어나 우주의 보편적인 진리를 농축한 원리를 압축해서 간략하게 표현했다는 것을 의미합니다. 삼대경전이야 말로 그러한 경전의 표본입니다.

읽어보지도 않고 혹 읽어보아도 모화사대주의와 식민사관이라는 편견으로 가득찬 아둔한 머리로는 이해가 안 된다고 하여 무조건 무시해버리는 불성실한 태도로는 삼대경전을 도저히 소화해낼 수 없습니다. 일단 이 경전들을 진지하게 읽어 본 사람들은 이 경전의 내용들이 절대로 세속인의 머리에서는 나올 수 없는 엄청난 진리를 내포하고 있다는 것을 알게 될 것입니다. 내가 보기에는 삼대경전은 '무우' 대륙이 건재했던 전대(前代) 문명의 성인(聖人)의 저술이 아닌가 하는 생각이 듭니다."

"왜 그렇게 보십니까?"

"『환단고기』에 따르면 삼대경전은 이미 지금으로 근 1만 년 전에 있었던 환국연방 시대부터 있었으니까요. 삼대경전을 읽어보고 나서 불경, 사서삼경과 노장(老莊), 신구약성경, 『우파니샤드』, 『바가바드기타』 같은 경전들을 읽어보면 묘한 생각에 사로잡히게 됩니다."

"어떤 생각 말입니까?"

"이들 경전들의 품격으로 보나 내용으로 보나 삼대경전은 여타 경전들의 원형(元型)이며 원전(原典)이 아닌가 생각됩니다. 삼대경전이 총론(總論)이라면 다른 잡다한 경전들은 각론(各論)에 지나지 않는다는 것을 알 수 있습니다.

김부식의 『삼국사기』 편찬 이래 이 땅에 뿌리내린 모화사대사관(慕華事大史觀)과 왜정 때 일본 제국주의자들이 한국인의 민족혼(民族魂)을 말살하기 위해서 날조해 놓은 식민사관(植民史觀)의 대롱으로는 삼대경전을 아무리 드려다보아도 그 진상을 파악할 수 없게 되어 있습니다."

"그렇다면 김용옥 교수는 모화사대사관과 식민사관에서 아직도 벗어나지 못했다는 말씀입니까?"

"그렇습니다."

"확실한 증거라도 있습니까?"

"있구말구요."

"그게 뭐죠?"

"김용옥 씨가 쓴 『노자철학 이것이다』라는 저서에 보면 '우리의 2000년 역사가 중국 선진(先秦) 문명의 압도적 영향 하에서 이루어져 내려온 문화 활동임을 부인할 수 없을진대...'(같은 책 69쪽)라는 구절이 보입니다.

우리의 상고사를 조금만 공부해 보아도 중국의 선진(先秦) 문명은 바로 동이족(東夷族)의 문명임을 알 수 있습니다. 이 사실은 중국학자들이 더 열심히 주장하고 있는 실정입니다. 그런데도 김용옥 씨는 구태의연한 사대모화사관을 그대로 되뇌고 있습니다. 공부를 안 하니까 김부식이 855년 전에 빠졌던 사대모화의 함정에서 헤어 나오지 못하고 아직도 그 함정 속에서 허위적대고 있음을 드러내고 있는 것입니다.

도교와 유교의 바탕은 환단(桓檀) 문화

공자는 자기의 학문이 요순(堯舜)의 도(道)를 술이부작(述而不作)했다고 했습니다. 그럼 요순은 누군가? '요(堯)는 황제(黃帝)의 직계 오세손(五世孫)'이라고 사마천(司馬遷)의 『사기(史記)』에도 나와 있습니다. 순(舜)은 그럼 누구인가? 『맹자』 이루장구하에 보면 '순은 저풍(諸馮)에서 태어나 부하(負夏)라는 땅에서 살다가 명조(鳴條)에 돌아가시니 곧 동이인(東夷人)이었다'고 밝혀 놓았습니다. 동이(東夷)는 그 당시 배달국과 단군조선을 말합니다. 요도 순도 동이인이라면 유교의 뿌리는 상고 시대의 우리나라인 것입니다.

그럼 황제는 어디 사람인가? 사마천의 『사기』에 보면 '황제는 백민(白民, 백의민족)에서 나왔고 동이족에 속한 사람이다'(사기 제계[史記帝繫])라고 분명히 밝혀 놓았습니다. 『사기(史記)』는 도교(道教)를 황노지학(黃老之學)이라고 밝혀놓음으로써 그 뿌리가 황제에게서 유래되었음을 명백히 했습니다.

「태백일사(太白逸史)」에 따르면 황제는 배달국의 대학자인 자부선인(紫府仙人)에게서 학문을 전수받았다고 했습니다. 세계 의학의 비조(鼻祖)인 저 유명한 『황제내경(黃帝內經)』 역시 이때 전수해 간 것입니다. 결국 도교와 유교의 연원(淵源)이 배달국과 단군조선이었다는 것을 알 수 있습니다."

"그것은 그렇다 치고 한국의 시조는 보통 단군이라고 하고 좀더 자세히 말하면 환인 환웅 단군의 삼황천제(三皇天帝)라 하지만 중국의 시조는 어떻게 됩니까?"

"중국의 시조는 삼황오제(三皇五帝)라고 합니다. 한국 문화의 뿌리가 삼황천제라면 중국 문화의 뿌리는 삼황오제입니다. 공자는 분명 자기의 학문은 요순(堯舜)의 도(道)를 술이부작(述而不作)했다고 밝혔습니다."

"술이부작이란 무슨 뜻입니까?"

"진술만 했을 뿐 창작한 것은 아니라는 뜻입니다. 그런데 이 요와 순은 오제(五帝) 중의 두 사람입니다. 요순은 삼황에 뿌리를 두었으므로 우리는 이들 삼황의 뿌리만 우선 밝혀내어도 중국 문화의 뿌리를 알 수 있습니다.

여기서 주목을 끄는 것은 한국의 시조인 환인은 그 뿌리를 거슬러 올라가면 환인 이전 약 5만 4천 년 전쯤의 『부도지(符都誌)』의 마고(麻姑)에서 시작되어 궁희(穹嬉), 황궁(黃穹), 청궁(靑穹), 유인(有因)의 대를 이어서 환인이 나오고 그가 세운 환국(桓國)이 3301년 계속되고, 환국에 뒤이어 환웅의 배달국의 1565년 역사와 2096년간의 단군조선으로 이어지고 있는데, 중국의 소위 삼황이란 환웅의 배달국이 세워진 이후에 나타났다는 것입니다."

"한국의 삼황천제는 환인 환웅 단군인데 그럼 중국의 삼황오제는 누구누구를 말합니까?"

삼황오제(三皇五帝)의 선조는 동이족

"삼황은 태호복희(太昊伏羲), 염제신농(炎帝神農), 황제헌원(黃帝軒轅)을 말하고 오제는 소호금천(少昊金天), 전욱고양(顓頊高陽), 제곡고신(帝嚳高辛), 제요도당(帝堯陶唐, 요임금), 제순유우(帝舜有虞, 순임금)입니다. 순임금의 뒤를 이어 하, 은, 주(夏, 殷, 周) 삼대가 이어진 것입니다."

"방금 전에는 선생님께서 사마천의 『사기』와 『맹자』와 같은 중국 측 기록과 「태백일사」(『환단고기』의 일부)를 인용하여 중국의 도교와 유교의 뿌리가 한 문화에서 유래되었을 입증해 보이셨는데 그렇다면 삼황오제의 뿌리는 어디서 시작되었습니까?"

"삼황오제의 뿌리 역시 동이족입니다. 나는 이 사실을 내 저서인 『소설 한단고기』에서 이미 밝혀놓은 바 있지만 최근에 이를 더욱더 많은 자료를 발굴하여 입증해낸 저서가 나왔습니다."

"그 책 이름이 뭐죠?"

"이일봉 지음, 정신세계사 발간으로 되어 있는데 책 이름은 『실증 한단고기』입니다. 나는 『소설 한단고기』를 쓰면서 앞으로 젊은 후배들 가운데서 유능한 사학자들이 나와 우리 상고사의 보고(寶庫)인 『환단고기』를 집중적으로 연구할 수 있기를 은근히 고대했었는데, 이 책을 접하고는 그러한 내 기대가 어느 정도 충족된 것 같은 기쁨을 느꼈습니다. 앞으로도 묵묵히 연구에 몰두하는 이러한 연구자들이 계속 나타나기를 충심으로 기원합니다.

나의 기존 주장과 함께 이 책을 참고해 가면서 삼황오제의 뿌리가

우리에게서 뻗어나갔음을 밝혀 보고자 합니다. 『고사변(古史辯)』이라
는 책이 있는데 전 7권으로 된 방대한 문헌으로서 현대 중국의 사학자
들이 공동으로 편찬한 저서입니다. 바로 이 책에 다음과 같은 대목이
보입니다.

동이(東夷)는 은(殷)나라 사람과 동족(同族)이며, 그 신화 역시 근원
이 같다. 태호(太昊), 제준(帝俊, 은나라에서 섬기던 동방의 상제[上
帝]), 제곡(帝嚳, 제곡고신), 제순(帝舜, 순임금), 소호(少昊, 소호금천),
그리고 설(契, 은나라의 조상) 등이 다 동이족이라고 하는 것은 근래의
사람들이 이미 명확히 증명한 바다.'
사마천의 『사기』에도 같은 말이 나옵니다.

'황제(黃帝)로부터 순, 우(禹, 하[夏]의 시조)에 이르기까지 모두가 같
은 성(姓)이며 그들이 세운 나라들의 호칭만 다를 뿐이다.'

이러한 중국 측 기록들만 종합해 보아도 배달국과 단군조선 시대의
우리 조상인 동이족들이 중원으로 넘어가 큰 세력을 형상하는 과정에
서 중국의 역사가 시작되었다는 것을 우리 측과 중국 측의 옛 기록들
은 다 같이 입증하고 있습니다. 이와 관련하여 중국의 유명한 학자인
서량지(徐亮之)는 그의 저서 『중국사전사(中國史前史)』에서 다음과 같
이 말했습니다.

'이전부터 은나라와 주나라에 이르기까지 동이족의 활동 범위는 실로 포괄적임을 알 수 있다. 이는 지금의 산동성 전부와 발해 연안, 하남의 서북, 안휘성의 중북부 지역, 호북성의 동쪽 그리고 요동반도(요녕성)와 조선반도 등 광대한 구역이며, 산동반도(산동성)가 그 중심지다.'

중국 대륙의 거의 대부분을 동이족이 차지하고 살았으며 자기들의 시조인 삼황오제가 동이족이었다는 것은 중국학자들 자신들이 수집한 수많은 자료와 문헌, 유물들을 검토한 끝에 내린 결론입니다. 그들이 아무런 근거도 없이 자신들의 뿌리를 뒤엎는 이런 혁명적인 주장을 할 리가 있겠습니까?

결국 중국의 고대 역사는 동이족의 여러 지류들이 중원으로 넘어가 얽히고설키는 과정에서 성립된 왕조들의 역사에 지나지 않습니다. 지금도 저 광활한 중국 대륙에 산재하고 있는 56개의 소수민족의 실체들이 그 잔영(殘影)임을 알 수 있습니다.

지금까지 수많은 중국의 사서들이 자신들에게 절대적인 영향을 끼친 배달국과 단군조선의 실체를 무시하고 동이족을 한낱 동쪽 오랑캐 정도로 깎아내려 역사를 왜곡하고 있는 것도 알고 보면 저들의 문화의 뿌리가 한국이라는 사실에 대한 열등의식을 감추기 위한 발버둥에 지나지 않는다는 것을 알 수 있습니다. 이것은 마치 일본이 자기네 문화가 한국 고대 문화의 복사판이라는 사실을 감추기 위해서 지금까지도 역사 교과서에 있지도 않았던 임나일본부(任那日本府)를 왜곡 날조해 가면서 우리를 깎아내리려고 혈안이 되어 있는 것과 같은 심리입니다.

제4대 환웅의 12번째 아들 태호복희

그러면 이제부터 고대사의 자료들을 통하여 삼황오제의 뿌리가 한국이라는 것을 보다 구체적으로 알아봅시다. 태호복희는 삼황오제 중에서 첫 번째로 등장하는 제왕입니다. 그가 동이족이었다는 것은 방금전에 『고사변(古史辯)』에서도 말했지만 「태백일사(太白逸史)」에서는 태호복희에 대하여 다음과 같이 소상하게 말하고 있습니다.

'거발한 환웅천황에서 5대를 전하여 태우의(太虞儀) 환웅이 있었다... 아들을 12명 두었는데 장자는 다의발(多儀發) 환웅(제6대)이라 하고, 막내는 태호라 하니 복희(伏羲)라고도 한다.'

태호복희는 제5대 환웅의 막내로 태어나 우사(雨師)라는 관직에 있다가 중원으로 넘어갔던 것입니다. 「태백일사」는 태호복희의 그 후 동정을 다음과 같이 자세히 밝히고 있습니다.

'〈삼성밀기(三聖密記, 「태백일사」에 인용된 환단 시대의 역사를 기록한 문헌이지만 지금은 전하지 않는다)〉에 따르면 복희는 신시에서 태어나 우사의 직을 세습하다가 뒤에 청구(靑丘)와 낙랑(樂浪, 지금의 평양 근처가 아니고 중원의 산서성, 하북성, 산동성 일대를 말한다)을 거쳐 진(陳, 하남성 회양)으로 옮겨갔다. 그의 후예들이 풍산(風山)에서 나누어 살았으므로 풍씨(風氏)로 성을 삼았다... 지금의 산서성 제수(濟水)에 희족(羲族)의 옛 거처가 남아 있다.'

'〈대변경(大辯經, 역시 환단 시대의 역사를 기록한 문헌으로 「태백일
사」에 인용되었지만 지금은 전하지 않는다)〉에 따르면 복희는 신시로
부터 나와 우사가 되었다. 신룡(神龍, 날씨나 기후)의 변화를 보고 괘
도(掛圖)를 만들고 신시의 계해(癸亥)로 시작되는 역법(易法)을 갑자
(甲子)로 시작되는 것으로 바꾸었다... 복희의 무덤은 지금 산동성 어
대현(漁臺縣) 부산(鳧山) 남쪽에 있다.'

위에 나온 기록대로 태호복희의 무덤은 최근까지 보존되고 있었는
데 1960년대 홍위병 난동 때에 애석하게도 파헤쳐졌다고 합니다. 무지
막지한 홍위병의 행패가 얼마나 심했던가를 알 수 있습니다. 복희는
배달국의 제5대 환웅천황의 열두 아들 중 막내아들로 태어나 신시에서
우사라는 벼슬을 살다가 역(易)을 만들었는데 이것이 환역(桓易)입니
다. 환역은 『천부경』에서 유래되었고, 주역(周易)은 환역에 그 뿌리를
두고 있습니다. 후대에 내려오면서 이를 복희팔괘(伏羲八卦) 혹은 선
천(先天) 팔괘라고 부르게 되었습니다.

모든 역법은 음양오행을 기본으로 하고 있습니다. 따라서 음양오행
의 이치는 태호복희에서 시작된 것을 알 수 있습니다. 이러한 사실은
중국의 모든 옛 기록들이 한결같이 전하고 있습니다. 그런데도 불구하
고 대부분의 한국의 역학자들은 우리나라 상고사에 무지할 뿐만 아니
라 아직도 모화사대주의 사관에 빠져서 태호복희를 중국인으로 잘못
알고 있습니다. 태호복희 시대에는 중국이라는 이름조차 생겨나기 전
이었습니다.

이에 대하여 중국의 서량지 교수도 『중국사전사화(中國史前史話)』
에서 다음과 말하고 있습니다.

'역법(曆法)은 사실 동이(東夷)가 창시자이며, 소호 이전에 이미 발
명되었다.'

또한 중국의 학자 필장복(畢長樸)은 자신의 저서 『중국인종북래설
[中國人種北來說]』에서 다음과 같이 말하고 있습니다.

'동방 인종의 오행 관념은 원래 동북아에서 창시된 것을 계승한 것이다.'

이것은 음양오행이 원래 동이족의 문화였다는 것을 말해 주는 것입
니다. 한편 복희의 성이 풍씨(風氏)라고 했는데, 사마천의 『사기』에도
복희는 풍씨라고 되어 있습니다. 중원 대륙에 퍼져나간 동이족은 아홉
갈래인데 그중의 한 갈래가 풍이(風夷)입니다. 복희는 바로 이 풍이에
속해 있었던 것을 알 수 있습니다. 이로써 태호복희가 배달국 사람이
었다는 것은 의심의 여지가 없습니다.

배달국 출신인 염제신농(炎帝神農)

태호복희에 뒤이어 등장한 염제신농 역시 그 뿌리를 배달국에 두고
있습니다. 이 사실은 「태백일사」에 자세히 기록되어 있습니다.

'웅씨(熊氏)에게서 갈라져 나간 사람 중에 소전(少典)이라는 사람이 있었다. 안부련(安夫連, 제8대) 환웅 말기에 강수(姜水, 중국 섬서성 기산(岐山)에 있는 기수[岐水])에서 병사들을 감독하고 있었는데 그의 아들 신농은 여러 가지 풀을 혀로 맛보아 약을 만들었다. 그는 뒤에 열산(列山, 안휘성 호북성에 있는 옛 지명)으로 옮겨갔다.'

여기서 웅씨는 배달국에 귀속한 종족의 이름입니다. 배달국 사람 웅씨에게서 갈라져 나간 소전이라는 사람의 아들이 바로 염제신농이라는 얘기입니다. 「태백일사」의 신시본기에 보면 다음과 같은 기록이 보입니다.

'신농은 열산(列山)에서 일어났는데, 열산은 열수(列水)가 흘러나오는 곳이다. 신농은 소전의 아들이며 소호와 함께 고시씨(高矢氏)의 방계 지류이다.'

고시씨는 배달국에서 대대로 우가(牛加)의 직책에 있으면서 곡식, 즉 농사를 관장하고 있었습니다. 그런데 여기서 주목되는 것을 신농의 아버지 소전이 이 고시씨의 먼 후손이라는 점입니다. 소전이 고시씨의 방계 지류라면 결국 염제신농 역시 고시씨의 집안이 됩니다.

염제신농의 아버지 소전은 그러한 고시씨의 먼 후손으로서 그의 아들인 염제 역시 고시씨의 영향을 받았던 것입니다. 이처럼 신농이 중국에서 농사의 시조로 불리게 된 것은 곡식을 관장하는 고시씨의 집안

내력과 깊은 관련이 있음을 알 수 있습니다.

배달국의 고시씨를 뿌리로 하여 태어난 염제신농에 대하여 〈중국 고대 신화〉에는 다음과 같은 이야기가 있습니다.

'신농이 백성들에게 오곡 심는 방법을 가르쳐주고 있을 때 갑자기 하늘에서 수많은 곡식이 쏟아져 내렸다. 그는 이 종자들을 주어서 밭을 갈고 심었는데, 그때부터 인간들은 오곡을 먹을 수 있게 되었다.'

염제신농은 배달국에서 태어나 중원의 서남방으로 진출하여 그곳에서 농사짓는 법을 가르쳤습니다. 그 과정에서 농사의 기술이나 종자는 배달국의 도움을 받지 않을 수 없었는데, 신화에서는 이것을 하늘에서 수많은 곡식이 떨어졌다고 표현한 것입니다.

배달족의 후손 황제헌원(黃帝軒轅)

황제헌원은(서기전 2692~2592)은 삼황오제 중의 한 사람으로서 특히 중국에서는 자신들의 문화와 사상의 뿌리로서 가장 큰 비중을 두고 있습니다. 그리하여 사마천의 『사기』에도 첫 번째로 등장하고 있습니다. 그 이후의 제왕들은 모두가 그 연원을 황제헌원과 연결시키고 있을 정도입니다. 황제에 대하여 「태백일사」는 다음과 같이 말하고 있습니다.

'소전(少典)의 다른 지파(支派)를 공손(公孫)이라 하는데 짐승을 잘 기르지 못해서 헌구(軒丘)로 유배당했다. 헌원의 무리는 모두 그의 후

손이다.'

영국 본토에서 죄를 짓고 오스트레일리아로 유배당했던 죄수들처럼, 소전의 한 지파인 공손은 가축 기르는 일을 잘못한 죄로 헌구라는 곳으로 유배당했는데 헌원은 바로 그들의 후손이라는 얘기입니다. 사마천의 『사기』에도 이와 비슷한 기록이 나옵니다.

'황제는 소전의 자손이고, 성은 공손이며 이름은 헌원이다.'

앞에서 말한 대로 소전은 배달국에서 갈라져 나간 사람으로서, 바로 염제신농의 아버지입니다. 소전에서 다시 갈라져 나간 후손 중의 한 사람이 공손이고, 그 공손씨의 후손이 바로 황제헌원이라는 것입니다.

이러한 황제헌원과 배달국 제14대 환웅인 치우천황 사이에는 여러 차례 전쟁이 있었다는 것은 우리 측과 중국 측 기록에도 상세히 나와 있습니다. 필자가 쓴『소설 한단고기』배달국편에도 이에 대하여 아주 상세히 적어 놓았습니다.

『환단고기』중「삼성기」의 기록을 보면 배달국 제14대 치우천황은 철을 캐내어 갑옷과 여러 가지 무기를 만들었습니다. 치우천황의 투구와 갑옷을 처음 본 서토인들은 이를 몹시 두려워하여 '구리로 된 머리에 쇠로 된 이마'를 가진 무시무시한 괴물로 묘사하고 있습니다. 동두철액(銅頭鐵額)은 이것을 말합니다.

치우천황이 이끄는 배달국 군대와 헌원이 인솔하는 군대는 여러 차레 전쟁을 벌였지만 헌원군이 연전연패를 거듭했습니다. 치우군은 철제 무기로 무장한 반면에 헌원군은 석기로 무장하고 있었으니 싸움의 상대가 되지 않았습니다.

그런데도 불구하고 중국 측 기록에는 헌원군이 이긴 것처럼 조작해 놓았습니다. 그때부터 그들은 이미 역사를 왜곡날조하기 시작했던 것입니다. 그러나 이러한 주장이 담긴 사마천의 『사기』를 자세히 읽어 보면 헌원군이 치우군에게 얼마나 쫓겨 다녔나 하는 것을 알 수 있습니다.

'무리를 이끌고 이리저리 옮겨 다니면서 일정한 거처가 없었으며, 늘 병사들로 하여금 병영을 호위케 했다.'

헌원군이 이렇게 쫓겨 다니는 것과는 대조적으로 치우천황군은 승승장구하여 중원 대륙에서는 그로부터 2천 6백 년 이상이나 먼 훗날인 한(漢)나라 대까지도 '전쟁의 신(神)'으로 추앙받는 제사가 끊이지 않았을 만큼 위세를 떨쳤습니다.

그러나 이것도 알고 보면 같은 배달족 간의 싸움이었습니다. 이때 치우천황은 중원을 개척하여 국토를 넓힌 후에 나라 이름을 청구국(靑邱國)이라 하고 서울을 산동성에 두었습니다. 이것은 중국의 서량지 교수가 그의 저서 『중국사전사화』에서 동이족의 중심지를 산동성이라고 한 말과도 일치합니다.

그러니까 이때의 중원 천지는 배달민족들의 독무대나 다름없었습니다. 어찌 이때뿐이겠습니까? 그러한 시대는 하 은 주(夏殷周) 삼대, 춘추전국, 진(秦), 한(漢), 당(唐) 대까지도 계속됩니다. 그리고 과거 배달국과 단군조선이 3천 6백여 년간만 대륙을 지배했던 것이 아니고 고구려, 신라, 백제도 배달국과 단군 조선의 뒤를 이어 그 대부분의 영토를 분할 영유하고 있었습니다. 이들 삼국은 대륙에서 나라의 기반을 닦은 후에 한반도로 영토를 넓혔습니다.

이 모든 역사적 사실은 『환단고기』는 말할 것도 없고 김부식의 『삼국사기』와 일연의 『삼국유사』, 그리고 중국의 『이십오사(二十五史)』에도 상세히 기록되어있습니다. 일본의 고대사가 한국 역사의 한 갈래였던 것과 마찬가지로 중국의 고대사 역시 한국사의 한 지사(支史)에 지나지 않는다는 것이 역사의 진실입니다.

그것은 진(秦) 나라가 국명을 지을 때 진조선(眞朝鮮) 또는 진한(辰韓)을 본따 발음이 같은 첫 자인 진(秦)을 취하고, 한(漢) 역시 환(桓), 한(汗) 또는 한(韓)과 발음이 같은 한(漢)을 채택한 것만 보아도 알 수 있는 일입니다.

헌원은 치우천황과의 싸움에서 두 번이나 포로가 되었다가 충성을 맹세하고 놓여난 후에도 번번이 배신하고 재도전했다가 세 번째로 포로가 된 후에는 완전히 치우천황에게 귀의했습니다. 그 후 그는 당시 배달국의 대학자이며 신선인 자부선인에게서 『삼황내문경(三皇內文經)』 즉 삼대경전에서 유래된 신선도(神仙道)와 내경(內經)을 전수받게 됩니다.

내경은 후에 『황제내경(黃帝內經)』이 되어 지금도 전해지고 있고,

신선도는 노자와 장자에게까지 전수되어 도교(道敎)의 뿌리가 되었습니다. 도교를 황제(黃帝)와 노자(老子)의 첫자를 따서 황노지학(黃老之學)이라고 하는 것도 이 때문입니다. 이 같은 기록은 『환단고기』에는 말할 것도 없고 진(晉) 나라 때의 도인 갈홍(葛弘)이 쓴 『포박자(抱朴子)』에도 나와 있습니다.

배달민족의 후예인 김용옥 씨가 노자의 『도덕경』 강의를 교육방송에서 56회나 하면서도 이 얘기는 마땅히 언급할 만한데도 끝끝내 말하지 않았습니다. 아직도 화이(華夷) 사상에 사로잡혀 있거나 아니면 이 사실을 몰랐거나 둘 중의 하나였을 것입니다.

중국의 시조인 삼황오제 중에서 삼황은 이상에서 말한 바와 같이 전부 다 배달족의 후손들임이 입증되었습니다. 그리고 황제헌원의 뒤를 이은 오제(五帝)인 소호금천, 전욱고양, 제곡고신, 요임금, 순임금은 모두 다 이들 삼황의 직계 자손들입니다. 그리고 소호금천(少昊金天)씨는 현재 우리나라 성씨 중에서 제일 다수를 차지하고 있는 김해 김씨와 경주의 신라 김씨의 공동 조상이기도 합니다.

오제 중에서 요임금(서기전 2357-2258) 대에 이르러 배달국(일명 청구국)은 18대 1565년의 역사의 막을 내리고 47대 2096년간의 단군조선 시대가 열리게 됩니다. 황제헌원의 직계 오손(五孫)인 요임금과 그다음 임금인 순임금의 도(道)가 공자가 말한 대로 유교의 바탕이 되었다는 것은 이미 말했습니다. 이쯤 되면 중국 문화의 시원(始原)인 도교와 유교가 다 같이 배달국에서 시작되었다는 것은 더이상 부인할래야 부인할 도리가 없게 되어 있습니다.

청산 안 된 사대모화주의와 식민사관

이처럼 삼황오제가 전부 배달국 사람이건만 지금 우리나라 식자들 중에 이 사실을 제대로 아는 사람은 극소수에 지나지 않습니다. 이 모두가 지금부터 855년 전, 서기 1145년에 김부식에 의해 편찬된『삼국사기』이래 이 땅에 체계적으로 그리고 조직적으로 뿌리내린 사대모화사상(事大慕華思想)과 일제 강점기에 강압적으로 부식된 일본제국주의자들이 날조한 식민사관(植民史觀)이 청산되지 않고 아직도 끈질기게 그 맹위를 떨치고 있기 때문입니다.

80년대 이후 실로 오랫동안 지하에 잠적해 있던 우리 상고사의 보고(寶庫)인『환단고기』와『단기고사』그리고『규원사화』같은 우리의 귀중한 기록들이 햇빛을 봄으로써 삼국 시대 이전의 환단 시대의 소상한 역사가 밝혀지기는 했지만, 아직도 우리의 상고사에 대해 관심이 없는 학자들과 지식인들은 학교에서 배운 식민사관을 지금도 그대로 복창하고 있습니다.

우리의 상고사에 대한 이러한 무지를 조장해 온 장본인들은 두말할 것도 없이 한국의 대학과 각급 학교의 역사 교육 현장을 주름잡고 있는 식민사학자들입니다. 이들 식민사학자들은 일제가 우리를 영원히 자기네 노예로 길들이려고 한국혼(韓國魂)을 말살하기 위해서 날조해 낸 식민사학을 일제 어용사학자들로부터 전수받은 이래 그것을 면면히 계승하여 지금까지 완강하게 고집함으로써 우리의 상고사의 진실을 애써 감추려 하고 있습니다.

그들은 지금으로부터 약 2천 년쯤 전에 한제국(漢帝國)의 한반도 침략으로 인하여 세워진 위만조선을 시발점으로 하여 한국 역사가 시작된 것으로 지금도 가르치고 있습니다. 재야 사학자들의 열화 같은 항의 때문에 단군이 교과서에 등장하기는 했지만 한갓 신화로 취급되어 한국민족을 난데없이 곰의 자식으로 둔갑시켜 놓고 있습니다.

우리나라의 상고사의 첫 단추를 이렇게 잘못 끼우고는 앞으로 무한경쟁 시대에 살아남기 어렵습니다. 일본이나 중국처럼 자기네 국익을 위해 이웃 나라인 우리의 역사를 처음부터 외국의 지배를 받은 것처럼 왜곡하고 날조하는 것과 같은 범죄 행위는 우리의 자존심과 민족적 양심이 허락하지 않는 일이지만 적어도 역사적 진실만은 있었던 그대로 우리 힘으로 복원시켜 놓아야 하지 않겠습니까?

우리나라가 한때 국력이 쇠약하여 화이(華夷) 사상과 식민사관을 어쩔 수 없이 강요당했었다고 해도 지금은 그러한 시대가 아니지 않습니까? 그런데도 불구하고 왜 그들은 지금까지도 우리 민족을 앉은뱅이로 만드는 그 잘못된 사관에서 벗어나지 못하고 있어야 합니까? 우리가 처음부터 외국의 지배만을 내내 받아왔다는 식의 잘못된 역시 인식을 갖고는 앞으로 창의력이 존중되는 무한경쟁 시대에 힘차고 과감하게 그리고 창의적으로 힘차게 뻗어 나가기 어렵습니다.

심신이 건장한 멀쩡한 사람을 보고 옆에서 누가 바보 병신 멍텅구리라고 자꾸만 주문 외우듯 하면 자기도 모르는 사이에 그 주문에 최면당하여 진짜 바보 병신 멍텅구리가 되고 만다는 것은 현대 심리학이 입증하고 있습니다.

히틀러의 선전상 괴벨스는 말했습니다. '흰 것을 보고 검다고 하면 처음에는 누구도 믿지 않는다. 그러나 두 번 세 번 네 번...... 백 번 천 번 무한히 계속하면 결국은 누구든지 흰 것을 검다고 믿게 된다.' 이 말은 아무리 천재라고 해도 옆에서 누가 '너는 바보'라고 계속 외어대면 결국은 그 말에 최면 당하여 바보가 되어 버리고 만다는 뜻입니다.

모화사대주의, 화이사상, 반도사관, 식민사관은 남 못지않게 우수한 우리 민족을 보고 처음부터 남의 나라의 종살이나 해 온 열등 민족이라고 자꾸만 최면시키고 세뇌시키고 있습니다. 그것도 모르고 우리나라 강단 사학자들은 지금도 식민사관을 신주 모시듯 하는 '권위 있는 스승'에게서 배웠다고 해서 이러한 망국적인 사관을 아무런 반성도 없이 자꾸만 제자들에게 가르치고 있습니다. 이거야말로 국민을 바보 멍텅구리로 만드는 나라 망치는 짓이 아닐 수 없습니다.

그렇다면 왜 그들은 그런 행위를 고집할까요? 그들이 지금까지 배워 온 반도사관, 식민사관을 탈피하여 사실 그대로의 대륙사관(大陸史觀)으로 바꿀 경우 지금까지 그들이 쌓아온 학문의 금자탑이 무위로 돌아가 졸지에 밥줄이 끊어질 우려가 있다고 생각하기 때문입니다.

그들의 딱한 처지에 동정이 안 가는 것도 아니지만 우리가 일제의 쇠사슬에서 벗어난 지 벌써 55년이나 되었다는 것을 알아야 합니다. 55년이라면 적지 않은 세월입니다. 그동안에 뼈를 깎는 자정(自淨) 노력이 있었어야 했습니다.

그러나 지금까지 이렇다 할 노력이 눈에 뜨이지 않습니다. 그들은 지금도 왜정 때와 마찬가지로 단군 얘기만 나오면 두 눈을 부라리고 미친놈 취급을 하는가 하면 정신 나간 국수주의자로 몰아붙입니다. 그리고는 계속 반도사관과 식민사관 속에만 안주하려고 끈질기게 갈망하고 있는 실정입니다. 이 무서운 최면의 장벽을 깨어버리지 않고는 우리는 우리가 가진 본래의 민족의 저력과 잠재력을 충분히 발휘할 수도 없고 국제 경쟁력에서도 살아남기도 힘들 것입니다.

김용옥 씨는 그의 『도덕경』 강의 중에 우리 민족이 서구에서 적어도 2백 년, 일본이 명치유신 이후 1백 년 동안에 이룩한 경제 발전을 겨우 30년 만에 이룩했고, 더구나 아직 일본도 성취하지 못한 선거를 통한 민주적인 정권 교체를 아시아에서는 처음 이룩한 것을 무척 감격스러워했습니다. 화이사상과 식민사관에서 깨어나지 못한 그에게는 이거야말로 기적이요 경이가 아닐 수 없었을 것입니다.

그러나 우리의 상고사를 제대로 알고 있는 사람에게는 이상할 게 하나도 없습니다. 우리 선조가 적어도 3301년간 동서 2만 리 남북 5만 리의 유라시아 대륙을 지배했던 거대한 유라시아 연방국인 환국(桓國)의 주인공이었고, 적어도 환단 시대 6960년간 대륙을 영유했었을 뿐만 아니라 중국 문화의 뿌리인 삼황오제가 전부 다 배달민족 출신이고 따라서 동양 문화의 원류가 바로 우리 민족이라는 역사적 사실을 알고 나면 왜 우리 민족이 그처럼 짧은 시간 안에 그렇게도 엄청난 성과를 올릴 정도로 역동적이고 정력적이고 창의적인 저력을 구사할 수 있었는지 알 수 있습니다.

제아무리 유명한 세계적인 동양철학자라고 해도 무식하면 청중들에게서 창피를 당하고 조롱을 받게 되어 있습니다. 그래서 부지런히 공부해야 합니다. 나이 들어 한의과 대학에 들어가 4년간 공부한 그 열의로 도올 김용옥 씨는 한철학과 한국의 상고사 공부를 지금부터라도 다시 해야 할 것입니다.

한국 상고사에 관한 한 일제에 아부하여 조선총독부 산하 조선사편수회 수사관보(修史官補)를 지냈고 해방 후에도 그가 일제에서 물려받은 식민사관을 서울대학에서 그대로 제자들에게 가르쳐 왔던 식민사학의 대부(代父)였던 이병도 씨한테서는 별로 배울 것이 없고, 일제의 한국 병탄(倂呑)에 끝까지 저항한 단재 신채호, 위당 정인보 선생의 대륙 민족사관과 이들의 학문을 계승한 문정상, 임승국 같은 재야 사학자들과 이들의 학문을 이어받은 젊은 신진 재야 사학자들의 저서를 구해서 읽어보아야 합니다.

그렇게 하는 것이 56회의 『도덕경』 강의를 끝내면서 발표한 도올 눌함에서 그가 밝힌 바와 같이 '케케묵는 가치관을 털어내고 뉴 페러다임 창출을 위해 목 터지게 외쳤다'는 그 자신에게 걸맞은 처사일 것입니다. 이러한 진지한 자세로 한국 상고사 공부를 한다면 반드시 눈앞에 열리는 신천지를 보게 될 것입니다. 그때 가서는 노자의 『도덕경』 강의를 다시 하고 싶은 욕망이 불현듯 치솟게 될 것입니다."

마음이란 무엇인가?

"평상심과 부동심이란 무엇입니까?"

우창석 씨가 물었다.

"우주와 하나가 된 마음을 말합니다."

"우주심(宇宙心)하고는 어떻게 다릅니까?"

"우주심과 평상심 그리고 부동심은 같은 뜻입니다."

"우주심과 천심(天心)은 어떻게 다릅니까?"

"다르지 않습니다."

"천심은 무엇입니까?"

"하늘의 마음, 우주의 마음, 하나님 또는 하나님의 마음입니다."

"그럼 그 모든 삼라만상이 같다는 말씀입니까?"

"그렇습니다."

"부동심을 갖게 되면 사람이 어떻게 됩니까?"

"자기의 마음이 우주와 하나가 되어 있으므로 마치 차륜의 차축이 바퀴가 굴러도 움직이지 않는 것처럼 무슨 일이 있어도 흔들림이 없습니다. 우주심이란 우주의 축입니다. 그래서 흔들리지 않는 마음을 부동심(不動心)이라고 하는 겁니다."

"'무슨 일이 있어도'란 무슨 뜻입니까?"

"이 세상을 살아가는 사람에게 가장 큰일은 무엇입니까?"

"이 세상에 태어나는 일과 일단 태어난 이상 한평생을 이럭저럭 살다가 숨을 거두고 죽는 일이라고 생각합니다."

"바로 맞추셨습니다. 부동심을 가진 사람은 사람이 태어나고 죽는 일에도 마음이 흔들리지 않습니다. 사람은 누구나 자기가 태어나는 것은 감지하지 못하지만 죽는 것은 알게 됩니다. 죽음 앞에서도 마음이 평온할 수 있으면 부동심을 얻었다고 할 수 있습니다. 사람이 나고 죽는 것은 이 무한한 대우주에게는 물거품이 일었다가 사라지는 것 이상의 의미밖에는 없습니다. 그래서 이런 옛말이 있습니다.

생야일편부운(生也一片浮雲)이요
사야일편부운멸(死也一片浮雲滅)이라.

사람이 태어난다는 것은 한 조각구름이 일어나는 것이고
죽는다는 것은 한 조각구름이 사라지는 것이다.

그러니까 생사에 집착하지 말라는 뜻입니다. 생사에 집착할 때 마음은 무한히 괴로워지는 겁니다. 그것이 바로 생로병사의 윤회에 말려드는 겁니다. 그렇게 되지 않기 위해서는 우리 마음을 우주와 하나로 만드는 도리밖에 없습니다."

"그럼 모든 수행은 부동심을 얻기 위한 과정이겠군요."

"그렇습니다."

"진리를 깨닫는다는 것도 역시 부동심을 터득하는 겁니까?"

"그렇습니다."

"그렇다면 수행의 성패는 결국은 마음을 어떻게 먹고 다스리느냐에 달려 있다고 할 수 있겠군요."

"그렇습니다."

"그럼 마음이란 어떤 겁니까?"

"마음은 누구에게나 있는 것인데 눈에는 보이지 않지만 있는 것은 틀림없습니다. 그렇게 보이지 않으면서도 우리 인생의 일체에 대하여 결정권을 행사하는 것이 바로 마음입니다. 이 마음이야말로 모든 것의 주인이고 창조주입니다."

"그럼 그 마음을 다스리는 주체는 누구입니까?"

"우리들 각자입니다. 그런데 여기서 특히 유의해야 할 사항은 이 마음을 다스릴 줄 아느냐 아니면 자기 마음이 남에게 다스림을 당하느냐에 따라 우리 인간은 크게 두 가지 부류로 나뉘고 있다는 것입니다."

"두 가지 부류라면 무엇을 말합니까?"

중생(衆生)과 성인(聖人)

"보통 사람과 성인을 말합니다. 여기서 보통 사람이란 선도에서 말하는 무리 즉 군생(群生)을 말하고 불교에서 말하는 중생(衆生)이고, 성인(聖人)이란 진리를 깨달은 도인(道人) 또는 철인(哲人)을 말합니다."

"중생과 성인을 무엇으로 구별할 수 있습니까?"

"중생은 남에게 마음이 휘둘리는 사람을 말하고 성인이란 바로 자기 마음을 스스로 휘어잡아 다스릴 줄 아는 사람입니다."

"마음을 다스릴 줄 안다는 것은 무엇을 말합니까?"

"마음을 완전히 비운 사람을 말합니다. 마음을 비운 사람은 자기 마음을 자기 마음대로 움직이고 다스리고 조종할 수 있습니다. 그런 사람은 자기 마음을 완전히 자기 통제 하에 두고 있으므로 그는 자기 의사에 반해서 자기 마음을 절대로 남에게 내어주지 않습니다. 그러나 보통 사람들은 누가 물질적인 이득을 앞세워 설득을 하면 곧 그 이득에 눈이 어두워 마음을 허락합니다. 남에게 쉽게 마음을 빼앗기기 잘하는 것을 보고 감언이설에 속기 잘한다고 합니다.

마음이란 남에게 강제로 빼앗기는 일은 좀처럼 없어도 욕심에 현혹되어 속기는 잘합니다. 그래서 백만의 군대를 가지고도 필부의 마음을 빼앗을 수는 없어도 한 사람의 감언이설이 백만 인을 속일 수는 있습니다.

일제는 안중근 의사의 육체는 빼앗을 수 있었어도 그의 애국심만은 추호도 회유할 수 없었을 뿐만 아니라 오히려 그의 의기에 설복당했습니다. 그러나 사욕이 가득찬 사람은 사기를 잘 당합니다. 그래서 장영자 같은 산전수전 다 겪은 노련한 큰손도 사기꾼의 농간에 놀아나 21억 원이나 되는 거금을 감쪽같이 사기당했고 그 사기당한 돈은 행방을 감추었다고 합니다.

그러나 이권이나 세속적인 부귀영화의 욕심 따위에 흔들리지 않는 사람은 그렇게 호락호락 사기나 당하고 있지는 않습니다. 아니 이기심이 없으니까 사기를 당할래야 당할 꼬투리가 없습니다. 욕심이 없는 사람의 눈에는 사기꾼의 도둑놈 심보가 훤히 드러다보이니까 사기 따위에 휘말리지 않습니다.

그래서 육체나 물건은 강제로 빼앗을 수 있지만 마음은 결코 함부로 빼앗을 수 없습니다. 그런데 이 보이지 않으면서도 존재하는 마음이야말로 만물의 주인입니다. 그래서 일체유심조(一切唯心造)라는 말이 생겨난 것입니다. 다시 말해서 이 세상 만물은 마음이 만들어낸다는 뜻입니다."

"사람의 마음이 어떻게 만물을 만들어 낼 수 있습니까?"

"우리들 각자의 마음은 애초부처 우주심의 중심축과 연결되어 있기 때문입니다. 그러한 마음은 눈에 보이지 않는다고 해서 무(無)라고도 합니다. 그러나 이 마음은 작심만 하면 만물을 만들어 낼 수 있다고 하여 마음이 만들어 내는 눈에 보이는 모든 것을 유(有)라고 합니다.

물론 여기서 지금 말하고 있는 마음은 우주심(宇宙心)과 하나가 된 마음을 말합니다. 사람의 마음은 원래부터 우주심 그 자체니까요. 그리고 마음은 비어 있다고 하여 공(空)이라고도 합니다. 그러나 이 공은 삼라만상을 만들어 낼 수 있습니다. 마음이 만들어 낸 물건을 우리는 색(色)이라고도 합니다. 마음은 물건만 만들어 내는 것이 아니라 시간과 공간도 만들어 냅니다. 왜냐하면 물질이란 알고 보면 시간과 공간 속의 산물이기 때문입니다. 삶과 죽음 역시 사람의 마음의 산물입니다. 따라서 생사에서 벗어난다는 것은 시간과 공간을 뛰어넘는 것을 의미합니다."

선생님은 무엇입니까?

"그럼 선생님 도대체 마음이란 무엇입니까?"

"아무것도 아닙니다."

"아무것도 아니라뇨. 그게 무슨 말씀입니까?"

"아무것도 것도 아니면서 모든 것일 수 있는 것이 바로 마음입니다. 영어로 말하면 'Mind is nothing, but everything'입니다."

"그렇다면 선생님은 무엇입니까?"

"나요?"

"네."

"나 역시 아무것도 아닙니다."

"그럼 지금 제 눈앞에 비치는 선생님 모습은 무엇입니까?"

"그것은 내 마음의 그림자일 뿐입니다. 그러므로 이제라도 숨만 멎으면 미구에 한줌 재나 흙으로 변해버릴 아무것도 아닌 실체 없는 허상일 뿐입니다. 그러니까 우창석 씨가 진정한 나를 보고 싶다면 내 모습 속에서 무상(無相)을 보아야 합니다."

"무상(無相)이라뇨?"

"아무것도 아닌 비어 있는 것 말입니다."

"공(空) 말입니까?"

"그렇습니다. 아무것도 아니면서 모든 것일 수 있는 진상(眞相)이며 무상(無相)을 보아야 진정한 나를 보았다고 할 수 있습니다. 다시 말해서 허상(虛像)에서 실상(實像)을 보아야 진정한 나를 보았다고 할 수 있습니다.

내가 이렇게 말했다고 해서 나만 유독 그런가 하면 절대로 그렇지는 않습니다. 모든 사람이 나와 똑같습니다. 사람은 누구나 다 똑같으니까요. 다시 말해서 사람은 태어나면서부터 이미 그 마음은 우주의 중심축과 하나로 연결되어 있습니다. 다만 차이가 있다면 어떤 사람은 그 사실을 알고 있고 어떤 사람은 그것을 모르고 있다는 차이가 있을 뿐입니다."

"선생님, 저 자신이 우주의 중심축과 하나라는 것을 깨닫는 지름길은 무엇입니까?"

"마음을 비우는 길밖에는 없습니다."

"마음을 비운다는 것은 무엇을 말합니까?"

"모든 집착에서 떠나는 겁니다."

"집착이 무엇입니까?"

"이기심을 고집하는 마음을 집착이라고 합니다. 모든 이기심을 버리면 전체를 차지할 수 있습니다."

"전체가 무엇입니까?"

"우주 전체입니다."

"그럼 우주 전체가 자기 것이 된다는 말씀입니까?"

"그렇습니다. 우주를 자기 것으로 삼은 사람에게는 아쉬울 것도 부러울 것도 있을 수 없습니다."

"왜 그렇습니까?"

"이 우주 속에는 생사도 시간도 공간도 유도 무도 물질도 비물질도 전부 다 들어 있기 때문입니다."

수련이 잘되었다 안 되었다 하는 이유

"선생님 저는 어떤 때는 수련이 아주 잘되다가도 어떤 때는 도무지 수련이 되지 않는 때가 있습니다. 제가 선생님 서재에 출입하는 수련 생들을 한 3년 동안 주의 깊게 살펴보고 그들과 대화를 나누어 본 결과에 따르면 하나의 공통점을 발견하게 됩니다."

하고 박상철이라는 젊은 수련생이 말했다.

"그 하나의 공통점이 무엇입니까?"

"수련이 잘될 때는 선생님 서재의 문턱이 닳도록 열심히 드나들다가도 일단 수련이 잘 안된다 싶으면 미련 없이 그만두는 겁니다."

"고진감래(苦盡甘來)요 오르막이 있으면 반드시 내리막이 있다는 이치를 모르는 사람들이군요. 공부란 그렇게 달면 삼키고 쓰면 뱉어버리는 식으로 하면 평생을 해 보았자 단 한 치의 진척도 이루기 어렵습니다. 그래서 수행은 인내력과 지구력 싸움이라고 합니다. 자기 자신과의 싸움이죠."

"이렇게 수련이 잘되었다가 안 되었다가 하는 이유가 어디에 있습니까?"

"수련은 일 년 농사와 비슷합니다. 수련이 제일 잘될 때는 추수기와 같습니다. '더도 말고 덜도 말고 팔월 한가위만 같아라' 하는 말이 있습니다. 봄에 밭갈이하고 씨 뿌리고 여름에 땡볕 아래서 구슬땀 흘려가며 김매고 가꾸어 드디어 가을에 그 열매를 거두어들이게 됩니다. 추

수가 끝나면 휴식기인 겨울에 들어가게 됩니다. 이처럼 사계절의 순환
이 해마다 되풀이됩니다.

　제아무리 열심히 수행에 전념한다 해도 수행이 본궤도에 오르기 전
에는 이러한 굴곡은 계속되게 되어 있습니다. 선도수련 시에 수련이
잘된다는 것은 우주의 기운이 막힘없이 잘 들어오는 것을 말합니다.
그런데 그렇지 않고 잘 들어오던 기운이 막히든가 부진한 이유는 남한
테 있는 것이 아니라 어디까지나 수련자 자신한테 있습니다."

　"수련자 자신한테 있다뇨?"

　"이 우주 안에는 어느 곳을 막론하고 항상 좋은 기운이 충만해 있습
니다. 그것은 마치 한낮에 지구상에 어느 곳을 막론하고 햇볕이 충만
해 있는 것과 같습니다. 햇볕은 만물에게 차별 없이 골고루 비치건만
그늘이나 동굴 속이나 집안에서는 햇볕을 쪼일 수 없습니다.

　햇볕을 쪼일 수 없는 것은 태양 탓이 아니고 햇볕을 피하는 사람에
게 달려 있는 것과 같습니다. 햇볕을 쪼이고 싶은 사람은 밖에 나가서
햇볕을 가리는 일체의 가리개만 치워버리면 됩니다. 우주의 기운도 마
찬가지입니다. 기운을 받아들일 자세가 되어 있는 사람은 언제 어디서
나 받아들일 수 있습니다."

　"기운을 받아들일 자세가 되어 있다는 것은 무엇을 말합니까?"

　"마음이 활짝 열린 것을 말합니다."

　"마음이 활짝 열린다는 것은 무엇을 뜻합니까?"

　"마음을 완전히 비우는 것을 말합니다."

　"무엇을 보고 마음을 비운다고 말합니까?"

"마음속에 한 점 부끄러움도 집착도 없고 사심도 욕심도 없는 것을 말합니다. 마음이 비었을 때 우주의 기운은 거침없이 잘 들어오고 마음속에 집착이 있을 때 들어오던 기운은 막혀버립니다. 이러한 이치를 터득하면 수행이 잘되었다 안 되었다가 하는 것은 보통 사람에겐 지극히 당연한 일입니다. 이 우주 안에는 기운만 가득차 있는 것이 아닙니다. 기운뿐만 아니라 진리의 말씀도 이 우주 안에는 어디에나 가득차 있습니다. 그래서 예수는 '들을 귀 있는 자들은 들을지어다' 하고 청중들에게 늘 말했습니다.

세상에서 무슨 일이든지 처음부터 일직선으로 상승곡선만 긋는 일은 있을 수 없습니다. 올라갔다 내려갔다 하면서 꾸준히 조금씩 조금씩 상승하는 것이 오리려 정상입니다. 이 이치를 알고 나면 수련이 잘된다고 해서 너무 좋아할 것도 없고 잘 안된다고 해서 실망할 것도 없습니다. 잘되는 것이 있어야 잘 안되는 것도 있게 마련입니다. 선이 있어야 악도 있고 정의가 있어야 불의도 있게 마련입니다. 음이 있어야 양이 있고 양이 있어야 음이 있는 것과 같습니다.

만약에 수련이 잘되기만 해야 한다면 잘 안된다는 것은 있을 수 없습니다. 그러니까 잘되는 것과 잘 안되는 것, 있는 것과 없는 것은 알고 보면 동전의 앞뒤 면과 같아서 결국은 하나입니다. 이 이치를 일단 알고 나면 잘되고 안 되는 것 따위에 그렇게 집착할 것이 아니라 마음을 비우는 공부에 전념해야 합니다.

이 밖에도 수련이 잘된다는 것은 마음이 열려 운기가 잘되어 승유지기(乘遊至氣)의 상태에 들어가는 것을 말합니다. 승유지기가 이루어지

245

면 매 순간순간 우리 몸이 우주와 하나가 되는 것을 실감할 수 있게 됩니다. 기공부를 통하여 우주의 진기(眞氣)가 내 몸속에 흘러 들어오면 그것이 바로 수련이 잘되는 징후입니다. 하루하루의 생활이 신바람 나고 일상적으로 하는 동작 하나하나에 힘이 실리게 됩니다.

하단전은 괄게 피어난 화로처럼 훈훈하고 비록 백회가 아직 열리지는 않았다 해도 전신의 중요 경혈 예컨대 양 잠심과 양 용천, 인당과 명문으로도 기분 좋게 기운이 들어오는 것을 감지하게 됩니다. 직장에서 휴가를 얻어 다만 며칠간이라도 수련에만 전념할 수 있게 된다면 이보다 더 희한한 경험을 쌓을 수도 있습니다."

"어떤 경험 말입니까?"

"가령 해 뜰 무렵에 가부좌 틀고 일단 명상에 들어가서 무아지경에 빠져들면 시간이 어떻게 흘러가는지 모르게 됩니다. 한번 명상에 들었다가 깨어나면 어느덧 해가 서산에 걸려 있습니다. 열두 시간이 한순간에 지나간 것입니다. 그러니까 승유지기의 상태에 일단 들어가면 시간과 공간을 완전히 벗어나게 됩니다. 이러한 일이 계속 쌓이고 쌓이는 동안에 마침내 큰 깨달음에 도달하게 됩니다."

"언제쯤 되어야 수련이 잘되었다 안 되었다는 하는 일이 없어집니까?"

"기공부가 진행되어 소주천, 연정화기(煉精化氣), 대주천, 삼합진공, 연기화신(煉氣化神)을 이루고 마음을 완전히 비워 부동심을 얻은 후에는 백회가 하루 24시간 풀가동되어 단전은 언제나 따뜻하게 달아오르게 됩니다. 이때쯤 되면 수련에 기복이나 굴곡 같은 것은 거의 없어지게 됩니다."

수련이 한창 잘될 때의 주의 사항

"선생님 어떤 때는 수련이 아주 잘될 때가 있습니다. 그런 때는 기분이 좋아서 하늘을 날 것 같습니다. 마치 우주 전체가 나를 위해 존재하는 것과 같은 황홀함을 느낄 때가 있습니다. 이런 때 주의할 사항은 무엇입니까?"

"수련을 하다가 보면 누구나 그런 때를 경험하게 됩니다. 그러나 사실은 이때가 제일 위험한 고비라는 것을 알아야 합니다. 특히 초보자는 극도로 조심해야 합니다. 살인과 도둑질은 현행범이므로 대부분의 구도자가 피하게 되어 있습니다.

그러나 술, 색, 마약, 도박, 거짓말의 유혹은 항상 대기 상태에 있습니다. '예수의 심장과 석가의 머리를 가진 희대의 성자'임을 자부했던 라즈니쉬도 사실은 색과 마약의 유혹을 끝내 물리치지 못하고 타락의 길을 걸었습니다.

술, 색, 마약, 도박 중에서도 구도자들에게 제일 인내하기 어려운 것이 색입니다. 초보자는 운기가 잘되면 남근이 계속 발기 상태를 유지하는 일이 있습니다. 참으로 넘기 힘든 난관입니다. 그러나 연정화기를 성취하여 이 위기를 넘겨야 합니다. 그런데 십중팔구는 여기에서 좌절해 버리고 맙니다."

"그런 경우 실제로 어떻게 해야 합니까?"

"도고일척(道高一尺)에 마고일장(魔高一丈)이라는 것을 항상 유념하고 우선 성욕을 자극하는 일체의 것, 예컨데 음란 영화, 포르노 비디오, 만화, 음담패설 따위를 일체 피해야 합니다."

"그 말씀은 결국 성행위를 일체 피해야 한다는 말씀입니까?"

"그렇습니다. 성행위로 인한 사정(射精)뿐만 아니라 자위행위로 인한 사정까지도 피해야 합니다. 수련이 잘될 때는 한 번의 사정량(射精量)이 보통 때의 서너 배는 됩니다. 까딱 잘못하면 한 번의 사정으로 몇 달 동안 축기한 기운이 빠져나가게 됩니다. 이때 심한 손기(損氣)로 수행이 교착 상태에 빠지기도 합니다."

"미혼자나 독신자는 이성이나 성적인 자극물을 피하면 되지만 부부생활을 하는 기혼자는 어떻게 해야 합니까?"

"수련이 한창 잘되어 강한 성욕을 느낄 때는 치마 두른 여자는 모두 다 미인으로 보입니다. 이런 때는 특별히 조심해야 합니다. 성욕이 가라앉을 동안 배우자에게 사전에 충분한 양해를 구해야 합니다."

"그러나 가령 아내가 남편의 수련 자체를 반대하는 경우에는 어떻게 하죠?"

"그런 경우도 있습니다. 나를 찾는 수련자들 중에도 그런 사람이 한 사람 있었습니다. 남편이 수련한답시고 부부관계를 피한다고 그 사람의 아내가 나한테 직접 찾아와서 항의한 일도 있었습니다. 나는 기혼 수련생들에게 명시적으로 금욕을 요구한 적은 없다고 했더니 그 여자는『선도체험기』에 꼭 그렇게 해야 한다고 써 있지는 않지만 이 책을 읽은 사람이라면 누구나 그렇게 하지 않을 수 없게 되어 있다고 했습니다.

그렇게 말하면서 자기 남편을 다시는 이곳에 오지 못하게 해 달라고 당당하게 요구했습니다. 그야 그 사람의 자유이지 내가 어떻게 오라 말라 할 수 있느냐고 하니까. 그렇다면 법적으로 대응하겠다고 했습니다. 자기 오빠가 검사 부장으로 있다면서 가정 파괴범으로 나를 검찰에 고소하겠다고 으름장을 놓았습니다."

"그래 선생님께서는 뭐라고 하셨습니까?"

"맘대로 하라고 했죠. 뭐. 나한테 죄가 있으면 달게 받겠다고 했습니다."

"그래 실제로 검찰에 고소했습니까?"

"아뇨. 그 후에 아무 일도 없었습니다. 그게 뭐 검찰에 고소할 거리가 되어야죠."

"그럼 그 수련생은 어떻게 됐습니까?"

"자기 아내가 나한테 찾아온 사실을 알고는 미안하니까 아예 발을 끊었습니다."

"기혼자에게 그런 때 무슨 묘안이 없겠습니까?"

접이불루법

"교접시에 접이불루법(接而不漏法)을 써야 합니다."

"그러나 그게 말이 쉽지 막상 해 보면 잘 안되더라구요."

우창석 씨가 말했다.

"그건 요령을 잘 모르기 때문입니다."

"그 요령을 좀 말씀해 주시겠습니까?"

"우선 행위 전에 남편은 아내에게 접이불루법의 요령에 대하여 충분히 설명하고 전적인 협조를 얻어야 합니다. 그리고 무엇보다도 서로 사랑하는 가운데 평온하고 안정된 분위기를 확보하는 것이 중요합니다. 한쪽이 너무 성급하게 나온다든가 스트레스가 잔뜩 쌓여 있는 상태에서는 올바른 기운의 교류가 이루어질 수 없습니다.

더구나 남성은 행위 전에 자기의 남근이 완전히 돌덩이처럼 단단하게 발기되어 있어야 합니다. 의욕이 부족하거나 근심 걱정이 있을 때는 흔히 완전 발기가 안 됩니다. 이럴 때 억지로 성행위를 하게 되면 거의 다 조루로 끝나게 됩니다. 이건 부부에게 다 같이 불행한 일이므로 피해야 합니다. 남근이 완전 발기된 상태에서라야 남자는 사정을 어느 정도 조절할 수 있는 능력을 갖게 됩니다."

"어떻게 말입니까?"

"신혼부부가 아닌 이상 남자는 절정에 도달하여 사정 직전에 동작을 일시 중단함으로써 사정을 일시 유보할 수 있는 여유를 가질 수 있다는 말입니다. 그러나 보통 남자들은 일단 교접을 시작했다 하면 상대의 형편이나 상호 협조는 일체 외면한 채 처음부터 끝까지 일방적으로 마치 백 미터 단거리 선수처럼 정신없이 돌진하여 마침내 혼자서만 사정을 끝냄으로써 동작을 끝내 버리고 맙니다.

성행위의 목적이 전적으로 사정에만 있는 것처럼 말입니다. 일단 사정을 하고 나면 남성은 허탈감과 피로감으로 다시 맥을 못 추고 잠에 골아떨어지게 됩니다. 이런 식으로 섹스를 끝내버리는 한 접이불루는 절대로 불가능한 합니다."

"그럼 어떻게 해야 할까요?"

"우선 일방적인 동작을 지양하고 부창부수(夫唱婦隨)라는 말 그대로 처음부터 끝까지 상호 협조 하에 모든 절차를 조금도 차질 없이 진행시켜야 합니다. 남근이 완전 발기되지 않으면 일을 시작하지 말아야 합니다. 완전 발기되었으면 교접을 시작하되 남성은 사정이 임박해 왔다는 느낌이 왔을 때 남근이 삽입된 상태에서 일시 동작을 중단해야 합니다.

이때 배우자는 충분히 이해하고 호응해 주어야 합니다. 동작을 일시 중단하는 것은 사정(射精)을 막기 위해서입니다. 이때 사정하려다가 전립선 부위에 멈춰있는 정액을 의식으로 회음혈 쪽으로 보냅니다. 이것을 그대로 방치해 두면 통증을 유발하든가 비뇨기과 전문의 말대로 염증이 될 수 있기 때문입니다.

단전은 강력한 용광로와 같아서 액체를 기체로 바꿀 수 있습니다.

이렇게 하여 기운을 회음과 장강 쪽으로 해서 미려를 거쳐 명문, 신도, 대추혈, 백회로하여 임맥으로 내려보내어 임독을 한 바퀴 돌려 소주천이 되도록 합니다. 이때만은 자연의 기의 흐름과는 달리 역방향으로 기를 돌립니다."

"그렇게 기를 거꾸로 돌리는 이유는 어디에 있습니까?"

"임맥 쪽으로 뻗어있는 발기된 성기는 임맥 쪽으로 사정하기 좋게 구조가 되어 있습니다. 그러나 우리는 단전의 기를 거꾸로 돌림으로써 사정을 방지하고 정(精)을 기(氣)로 바꾸어 수련용 에너지로 전환할 수 있습니다."

"정액을 그렇게 기체로 바꿀 수 있을까요?"

"그렇고말고요. 물이 열을 받으면 기체로 바뀌듯이 정액도 단전의 열기로 간단히 기체로 바뀌어 독맥과 임맥으로 흐르게 되어 있습니다. 물론 그 전제 조건으로 기문이 열려 운기를 할 수 있는 정도의 수련이 되어있어야 합니다. 기운이 일단 독맥과 임맥으로 흘러도 사정이 되지 않고 있는 이상 교접중인 남근은 그대로 발기된 상태를 유지하게 됩니다.

기운이 독맥과 임맥으로 흐르기 시작하면 자연 사정 욕구도 사라지게 됩니다. 그렇게 하여 사정 욕구가 완전히 사라지면 다시 동작을 시작합니다. 대체로 15분 내지 20분쯤 후에 다시 사정 직전 상태에 도달하게 됩니다. 그러면 다시 동작을 멈추고 기운을 아까처럼 독맥 쪽으로 돌립니다. 이러한 과정을 되풀이합니다.

이 모든 과정에서 부부가 합심 협력하여 상부상조하게 되면 성행위는 한 시간, 두 시간을 계속해도 남근의 발기력은 그대로 유지되면서도 허탈감도 피로감도 전연 느끼지 않게 될 뿐만 아니라 각자가 자기 자신보다 상대를 더 배려해 주는 한 무아지경 속에서 기운은 오히려 싱싱하게 되살아납니다.

이기심은 기운을 자꾸만 소모시키지만 이타심은 기운을 끊임없이 재생시켜 줍니다. 무아지경일 때 우리는 우주와 한몸이 될 수 있고 우주로부터 무한한 에너지를 공급받을 수 있습니다. 어찌 남녀관계에서만 그렇겠습니까? 사업을 하든 수련을 하든, 공부를 하든 연구를 하든 다 마찬가지입니다.

그동안에 여성은 두 번, 세 번, 네 번.... 얼마든지 멀티오르가즘에 도달하게 됩니다. 이것은 접이불루의 초기 단계입니다. 이 단계를 졸업하면 남성은 사정 욕구를 느끼지 않게 되므로 중간에 동작을 중단하는 일없이 여성이 절정에 도달할 때마다 보통 사정 때와는 비교도 안되는 아주 진한 황홀경을 체험하게 됩니다. 이러한 과정이 일상화되면 다음 단계로 연정화기(煉精化氣)를 성취하게 됩니다."

"선생님께서는 평소에 늘 단전호흡으로 축기만 할 뿐 기를 돌리지는 말라고 하시지 않았습니까? 그런데도 기를 거꾸로 돌려도 괜찮을까요?"

"접이불루 때만 그렇게 합니다. 그렇게 하지 않으면 사정을 중단함으로써 전립선 부위에 갇혀 있는 정액이 통증이나 염증을 유발할 수 있기 때문입니다."

"연정화기란 무엇을 말합니까?"

"연정화기(煉精化氣)란 글자 그대로 정액을 연단(煉鍛)하여 기로 바꾸는 것을 말합니다."

"그렇다면 연정화기는 접이불루를 통해서만 달성될 수 있습니까?"

"전연 그렇지 않습니다. 독신 수행자라도 단전에 충분한 축기가 되면 단(丹)이 형성되어 스스로 알아서 대맥을 뚫고 소주천 유통을 하게 됩니다. 소주천이 완성된 후에는 의식만 걸면 정은 기로 바뀝니다. 전립선 부위에 정체되어 있는 정액이 기로 바뀌어 수련 에너지화 하는 것을 일컬어 연정화기라고 합니다.

정력이 왕성한 총각이나 독신자들은 성욕을 참으면 항상 전립선 부위가 무지근한 통증을 느끼게 됩니다. 그러나 일단 소주천이 완성된 수행자는 전립선 부위에 뭉쳐 있는 정액을 단전에 보낸다는 의식만 걸어도 금방 통증이 해소됩니다.

이러한 과정이 일단 입력되면 그다음부터는 전립선에 정액이 정체되자마자 자동적으로 단전에 보내져 곧바로 기화(氣化)됩니다. 이것이 연정화기의 전 과정입니다. 선도 수행자는 적어도 이 정도의 경지는 되어야 선인(仙人)의 반열에 올랐다고 할 수 있습니다."

"접이불루법을 쓰는 부부는 임신도 안 되겠군요."

"특별한 경우를 빼놓고는 그렇다고 볼 수 있습니다."

"특별한 경우란 어떤 것을 말합니까?"

"정관(精管)에 붙어 있던 정자가 자궁 속에 유입되어 수정이 되는 경우입니다만 그런 확률은 지극히 희귀합니다."

"접이불루법을 쓰던 부부가 아이를 갖고 싶을 때는 어떻게 합니까?"

"그건 아주 간단합니다."

"어떻게 하면 됩니까?"

"접이불루를 해제한다는 의식만 걸면 곧 원상복귀가 되어 사정을 할 수 있습니다. 컴퓨터 자판의 취소키(esc)를 누르는 것과 같습니다."

"그렇군요. 연정화기를 성취하면 어떻게 됩니까?"

"그때에는 성욕 따위에 지배당하는 일이 없어지게 됩니다. 평생 금욕생활을 해야 하는 진정한 의미의 비구, 비구니, 신부, 수사, 수녀가 되려면 적어도 이 정도의 수련은 되어 있어야 합니다. 다시 말해서 이성(異性)이나 성욕에 흔들리지 않게 된다는 말입니다. 명실상부한 성직자 대우를 받으려면 최소한 이러한 경지에는 도달해 있어야 합니다. 색에서 완전히 자유로울 수 있어야 비로소 한 사람의 구도자의 자격을 갖추었다고 할 수 있습니다."

"연정화기가 되면 남근은 어떠한 경우에도 발기가 안 됩니까?"

"그렇지는 않습니다. 발기는 하되 성욕을 다스릴 수 있는 능력을 갖게 되는 것이죠. 기혼자가 결혼의 의무를 원만히 수행하면서도 얼마든지 수행에 전념할 수 있는 단계이기도 합니다.

연정화기가 성취되면 비로소 한 사람의 도인이 탄생했다고 할 수 있습니다. 더이상 이성이나 성욕 때문에 결혼을 하거나 부적절한 성관계를 가져야 하는 골치 아프고 번거로운 세상사에서도 홀가분하게 벗어날 수 있으니까요."

"왜 그렇죠?"

"승유지기(乘遊至氣)의 환희만으로도 남녀 성합의 즐거움을 충분히 보상하고도 남으니까요. 그 경지에 들면 성합은 어린애 소꿉장난 정도로 밖에는 여겨지지 않습니다. 대학원생이 유치원생의 숨바꼭질을 바

255

라보는 심정과 비슷합니다.

성을 상품화하고 있는 요즘 세상에서는 섹스가 마치 인생의 전부인
양 선전되고 있지만 여자는 갱년기를 넘으면 이미 성은 무용지물이 됩
니다. 섹스는 영원한 것 같지만 기껏 가임 기간인 10대 후반에서 40대
후반까지 겨우 30년 동안이 고작입니다. 남자라고 해서 여자와 크게
다를 것이 없습니다. 남녀를 불문하고 노화는 신로심불로(身老心不老)
를 절감케 할 것입니다. 생자필멸(生者必滅)의 이치를 거스를 자는 동
서고금 아무도 없었습니다.

운우지정(雲雨之情)이라는 것도 고작 종족 보존을 위한 유인책일 뿐
입니다. 따라서 섹스에서 인생의 목적을 찾으려는 어리석음에서는 가
능한 한 빨리 벗어나야 합니다. 성합의 즐거움보다 몇 배, 몇백 배 아
니 무한 배 더한 승유지기의 환희가 구도의 과정에 얼마든지 널려 있
다는 것을 알아야 합니다. 이러한 환희를 아는 구도자는 결혼 같은 것
은 애당초 하지 않습니다."

연기화신(煉氣化神)과 연신환허(煉神換虛)

"연정화기에서 한 단계 더 진화하면 어떻게 됩니까?"

"연기화신(煉氣化神)의 경지에 들어가게 됩니다."

"연기화신은 연정화기와는 어떻게 다릅니까?"

"연정화기가 정을 연단하여 기로 바꾸는 것이라면 연기화신은 기를
연마하여 신으로 바꾸는 것을 말합니다. 다시 말해서 정을 연마하여
기를 바꾸듯이 기를 다시 고도로 정제하여 신으로 전환시키는 것을 말

약편 선도체험기 11권

합니다. 수련 단계가 연정화기보다 한 단계 더 높아진 것을 말합니다."

"연기화신보다 더 높은 단계도 있습니까?"

"있습니다."

"그게 뭡니까?"

"연신환허(煉神換虛)의 단계로서 기공부로서는 마지막 깨달음의 단계입니다."

"저는 연기화신이 마지막 단계인줄 알았는데, 그럼 연기화신과 연신환허는 어떻게 다릅니까?"

"연기화신이 태극의 단계요 명(命)의 단계라면, 연신환허는 무극의 단계요 성(性)의 단계입니다."

"신(神)과 허(虛)는 어떻게 다릅니까?"

"신까지는 아직도 현상계(現象界)지만 허는 무극(無極)이며 무상계(無相界)입니다. 무상계란 석가가 말한 피안의 세계요 흔히 말하는 니르바나의 세계입니다."

"무엇을 현상계라고 합니까?"

"현상계는 시간과 공간, 물질과 비물질, 생과 사, 유와 무가 상존하는 유위(有爲)의 세계이고 무상계는 그러한 것이 일체 없는 무위(無爲)의 세계입니다. 무상계는 공허하면서도 삼라만상이 전부 다 그 안에서 발생하는 세계입니다."

"연기화신의 단계에 도달한 사람도 남근이 발기합니까?"

"보통 사람들 즉 범부, 중생 또는 민초들은 남자 나이가 70이 되든 80이 되든 백 살이 훨씬 넘든 간에 문지방을 기어서 넘을 수 있는 기력

257

만 있으면 얼마든지 젊은 여자를 품을 수 있다고 예부터 전해져 내려
오는 말이 있습니다. 그러나 연기화신의 경지에 들어가면 수행자는 아
직 젊은이처럼 건강하여 암벽을 타고 달리기를 할 수 있을 만큼 기운
이 있어도 성욕과는 완전히 담을 쌓게 됩니다. 제아무리 양귀비나 클
레오파트라나 황진이나 마릴린 먼로 같은 요염한 미인이 유혹을 한다
고 해도 남근이 발기하지 않게 됩니다. 성욕에서는 완전히 해방된 상
태라고 말할 수 있습니다.

내가 잘 아는 한 구도자는 나이 70에 이 경지에 도달하자 '나는 이제
겁날 것이 아무것도 없다'고 큰소리쳤습니다. 인간에게 식욕 이외에 종
족 보존 본능인 성욕만큼 강하고 끈질긴 것은 없습니다. 우리 인간은
먹지 못하면 죽을 수밖에 없지만 성행위를 못 했다고 해서 죽는 일은
없습니다. 그러나 성욕에서 완전히 벗어난다는 것은 구도자로서 넘어
야 할 최후의 난관을 통과한 것이기도 합니다. 구도자가 이 난관을 통
과했을 때 그는 진정한 의미의 성자라고 말할 수 있을 것입니다.

그런데 추하게 늙는 범부들은 늙어서 발기가 안 되면 인생을 다 산
것처럼 오두방정을 다 떠는가 하면 강장제를 먹는다, 비아그라를 먹는
다, 남근에 보강제를 삽입한다하여 발기력을 회복하려고 안간힘을 쓰
다가 그나마 얼마 남지 않은 명을 재촉합니다. 왜곡된 성문화가 낳은
비극이 아닐 수 없습니다."

"연기화신의 경지에 도달한 구도자는 어떻게 하면 알아볼 수 있습니까?"

"그런 사람의 주변에만 가도 기문이 열린 사람은 기감으로 충분히
그 정체를 알아볼 수 있습니다."

"어떤 기감을 느낄 수 있습니까?"

"그런 사람에게서 발산하는 기는 포근하게 감싸주는 듯하고 편안하고 따뜻하고 깃털처럼 가볍습니다. 기를 느끼고 기문만 열린 사람은 그 옆에 가서 앉아 있기만 해도 막혔던 경혈들이 하나씩 하나씩 열리는 것을 뚜렷이 감지하게 될 것입니다. 비록 기문이 열리지 않은 사람이라도 해도 그 옆에 앉아 있으면 마음이 편안하게 가라앉게 될 것입니다."

"실제로 그런 사람이 존재합니까?"

"그렇고말고요. 과거에도 있었고 현재에도 있고 미래에도 존재하게 될 것입니다."

"어떤 사람들인데요?"

"성자(聖者), 현자(賢者), 부처. 조사(祖師), 큰 스승, 선사(禪師), 숨은 진인(眞人)들 중에 간혹 그런 사람이 있습니다. 극도의 공포심에 떠는 사람, 근심 걱정으로 머리가 아픈 사람, 스트레스로 만사가 귀찮아진 사람도 그런 사람 옆에 가 앉기만 해도 이상하게도 금방 마음이 편안해지고 악성 불면증에 시달리던 사람은 자기도 모르게 오래간만에 어미 품에 포근하게 안긴 아이처럼 졸음이 몰려옵니다."

"왜 그렇죠?"

"이완(弛緩)과 휴식이 찾아왔기 때문입니다."

"왜 그런 현상이 일어납니까?"

"불안한 뇌파가 지극히 안정된 강력한 뇌파에 압도당하여 동조되기 때문입니다. 어떤 사람은 그런 고수(高手) 앞에 가 앉기만 해도 갑자기 부들부들 몸을 떨면서 강한 진동을 일으키는 수가 있습니다."

"그건 왜 그렇습니까?"

"저수(底手)의 본성이 고수(高手)의 본성에 감화됨으로써 그의 뇌파가 고수의 뇌파에 갑자기 동조현상을 일으키기 때문입니다. 시골길을 터벅터벅 걸어가던 사람이 버스에 올라탔을 때 처음엔 차체의 요동으로 심하게 흔들립니다. 그러나 조금 있으면 곧 익숙해져서 중심을 잡게 될 것입니다. 그와 유사한 경우입니다.

보행자에게 있어서 버스는 구도자에게는 스승과 같은 존재입니다. 구도자가 진동을 일으킬 만한 스승을 만난다는 것은 큰 축복입니다. 그러나 간혹가다가 격심한 진동을 감당할 수 없어서 스승한테 가고 싶어도 못 가는 사람을 본 일이 있습니다. 우리집에 오던 사람 중에도 그런 사람이 있었습니다."

"어떤 사람인데요?"

"40세 가까이 된 중국 동포 기공 수련자였습니다. 그 여자는 중국에서 이름난 기공사는 다 찾아다니면서 무려 15년 동안이나 기공 수련을 해 왔다고 했습니다. 한국에는 어떻게 오게 되었느냐니까 한국의 수련자들에게 기공 수련을 시켜주고 목돈을 벌려고 왔다고 했습니다. 브로커를 통해서 5만 위안(9백20만 원)이나 들여서 위장결혼을 하여 한국 국적을 얻었다고 했습니다.

그런데 그 여자는 내 앞에 앉자마자 마치 신 내린 무당처럼 부들부들 떨기 시작했습니다. 한 시간 동안 앉아 있었는데 내내 하도 진동이 심해서 더이상 앉아 있으려고 해도 앉아있을 수가 없었습니다. 자기는 기공한 지 15년 동안 중국의 이름 난 고수들은 모조리 다 찾아가서 공부를 했지만 이렇게 심한 진동을 느껴보기는 처음이라고 했습니다.

진동 때문에 한 시간을 버티지 못하고 내일 다시 오겠다면서 돌아갔습니다. 그런데 돌아간 지 일주일이 넘도록 그녀는 아무 소식도 없다가 8일째가 되어서야 얼굴이 반쪽이 되어 다시 나타났습니다. 처음 찾아온 다음날 오려고 했었는데 하도 기몸살이 심해서 일주일 동안 내내 심하게 앓았다고 했습니다."

"왜 그런 일이 일어납니까?"

"차멀미나 뱃멀미나 비행기 멀미를 유달리 심하게 타는 사람과 같습니다. 결국 그 여자는 서너 번 더 찾아오다가 발을 끊었습니다. 진동을 감당할 자신이 없다고 했습니다. 나와는 인연이 그것밖에는 안 되었던 겁니다."

잘 들어오던 기운이 막히는 이유

"기운이 아주 신나게 잘 들어오다가 막히는 수가 가끔 있는데 그 이유가 어디에 있습니까?"

우창석 씨가 물었다.

"수련이 아주 잘되다가 갑자기 안 되든가, 잘 들어오던 기운이 갑자기 막혀 버리든가 하는 이유를 수련자들은 흔히들 외부 요인에서 찾으려고 하는데, 사실은 그렇지 않습니다."

"그럼 그 이유가 어디에 있습니까?"

"이유는 밖에 있는 게 아니라 안에 있습니다."

"그럼 수련자 자신에게 있다는 말씀입니까?"

"그렇습니다. 그럴 때 대부분의 수련자들은 기운을 많이 보내달라고 하늘에 기도를 합니다. 그래도 효험이 없으면 간청을 하고 그래도 안되면 애원을 하면서 하늘에 매달립니다. 그러나 그런다고 해서 하늘이 기운을 보내주느냐 하면 전연 그렇지 않습니다."

"그럼 그런 때는 어떻게 해야 합니까?"

"기운이 막히는 이유를 무조건 내 탓으로 돌리고 허심탄회하게 마음을 비워야 합니다."

"저도 그렇게 해보려고 해도 그게 잘 안되더라구요."

"그건 인과응보의 이치가 생활화되지 않았기 때문입니다."

"인과응보보다는 빙의령 때문이 아닙니까?"

"물론 빙의령 때문에 들어오던 기운이 막히는 경우가 대부분입니다. 그러나 그 빙의령 역시 인과 때문이라는 것을 알아야 합니다. 빙의령이 들어오게 한 원인 제공자는 원초적으로 그 당사자 자신이기 때문입니다."

"그럼 빙의령이 들어오게 하지 않으려면 어떻게 해야 합니까?"

"지난 일은 돌이킬 수 없다고 쳐도 앞으로 다시는 빙의령이 들어오지 못하게 할 수 있는 방법을 강구해야 합니다."

"어떻게요?"

"그렇게 하자면 지금 이 순간부터라도 남에게 원한을 살만한 짓은 일체 하지 말아야 합니다."

"어떻게 해야 남의 원한을 사지 않을 수 있겠습니까?"

"남의 원한을 산 원인이 어디에 있었는가를 알아내면 해결책은 자연히 나오게 되어 있습니다. 잘 생각해 보세요. 무엇 때문에 남의 원망을 샀겠습니까?"

"남의 이익보다는 내 잇속을 먼저 챙겼기 때문이 아니겠습니까?"

"그렇습니다. 바로 맞추셨군요."

"그럼 내 잇속 때문에 남의 이익을 짓밟는 짓은 하지 않으면 되겠군요."

"그렇습니다. 남에게 폐를 끼치지 않는 것도 중요하지만 거기서 한 걸음 더 나아가서 나보다는 남을 먼저 생각하는 생활이 정착되면 과거의 업장도 빨리 해소될 것입니다. 이처럼 나보다는 남을 먼저 생각하는 사람을 보고 마음을 비웠다고 합니다. 기운이 안 들어온다고 해서 하늘에 대고 기운을 많이 보내달라고 애원만 할 것이 아니라 나보다 못한 불행한 이웃에게 하루에 단 한가지씩이라도 착한 일을 하는 사람에게 하늘은 축복을 내려줍니다.

깊은 산속 못가에 가서 금도끼를 달라고 애원하는 욕심 많은 나무꾼에게 산신령은 쇠도끼를 던져 주었지만 아무것도 요구하지 않는 착한 나무꾼에게는 금도끼를 주지 않았습니까? 사람들은 흔히 보채는 자에게 떡 하나 더 준다고 하지만 하늘은 워낙 공평무사하므로 성가시게 군다고 해서 애라 떡 하나 먹어라 하고 던져 주는 일은 결코 없습니다.

묵묵히 착하고 바른 일 하는 것이 자기 욕심에 매달리기보다는 훨씬 더 슬기로운 일입니다. 인과응보의 이치는 그물처럼 이 우주의 구석구석을 뒤덮고 있습니다. 그래서 천망회회소이불누실(天網恢恢疎而不漏失)이라고 했습니다. 하늘의 그물은 크게 성긴 것 같지만 죄인은 영락없이 걸러낸다는 말입니다.

마음을 텅 비우기만 하면 물속의 빈병 속에 물이 스스로 채워지듯 기운은 자동적으로 채워지게 되어 있습니다. 이게 바로 우주의 이치, 하늘의 이치입니다. 바르고 착하고 슬기로운 생활이 정착되어 새로운 업장만 쌓지 않는다면 앞으로 빙의령으로 인해 고생하는 일을 없어질 것입니다."

우주의 중심은 어딘가?

"선생님 우주의 중심은 어딥니까?"

우창석 씨가 물었다.

"우리들 각자의 마음의 중심입니다."

"헤로도토스 성단이 아닙니까?"

"물질적인 우주의 중심이 헤로도토스 성단인지는 몰라도 진리인 우주심의 중심은 우리들 각자의 마음입니다."

"그런데 어떤 분이 말하기를 태양계의 중심은 태양이고, 태양계가 포함된 소우주의 중심은 북두칠성이고, 대우주 중심은 헤로도토스라고 하던데요."

"천체물리학상으로는 그렇게 말할 수 있을지 몰라도 마음공부를 하는 구도자는 그런 식으로 천체물리학자의 흉내를 내면 안 됩니다. 천체물리학자와 구도자의 위치를 혼돈해서는 안 된다는 말입니다."

"이 대우주 안에는 지구와 같은 문명을 이루고 사는 인간들이 부지기수라고 하는데 그렇다면 그 많은 사람들의 마음이 다 우주의 중심이 된다는 말씀인가요?"

"그렇습니다."

"그렇다면 우주의 중심이 수없이 많다는 말씀인가요?"

"그렇습니다."

"우주의 중심은 하나가 아닙니까?"

"아니긴요. 우주의 중심은 분명 하나입니다."

"그렇다면 앞뒤가 서로 모순되는데요. 우주의 중심은 하나인데 어떻게 우주 내의 무수한 인간의 마음이 다 같이 우주의 중심이 될 수 있다는 말씀입니까?"

"그 하나는 시작도 끝도 없는 수없이 많은 하나이기도 합니다."

"무슨 말씀인지 저는 도저히 이해를 할 수 없는데요."

"하나는 전체이고 전체는 하나이기 때문입니다."

"저는 아무래도 무슨 말씀인지 모르겠습니다."

"그걸 알려면 지식이나 논리의 힘으로는 안 됩니다. 우주와 나는 한몸이라는 것을 깨달아야 합니다."

"우아일체(宇我一體) 말입니까?"

"그렇습니다."

"어떻게 해야 우아일체를 깨달을 수 있을까요?"

"오대양을 우주라고 볼 때 물방울이 되지 말고 대양이 되어야 합니다."

"무슨 뜻입니까?"

"대기를 떠도는 미세한 물방울은 자기 자신이 물방울임을 고집하는 한 언제든지 소멸의 위험을 감수해야 합니다. 소멸의 위험이 사라지지 않는 한 그 물방울은 언제까지나 죽음의 공포에서 벗어날 수 없을 것이고 성주괴공(成住壞空)의 고통을 감수하지 않을 수 없습니다."

"성주괴공이 뭡니까?"

"인간으로 말하면 생로병사(生老病死)입니다. 그러나 그 물방울이 장기간 수행을 계속하다가 어느 한순간에 물방울은 알고 보니 질적으로 대양의 물과 똑같다는 것을 알게 됩니다. 이것이 말하자면 물방울과 대양은 둘이 아니라 결국은 한몸이라는 것을 깨닫는 겁니다. 이것이 구도자들이 말하는 우아일체요 견성 해탈입니다.

물방울이 아상(我相)을 버리고 대양과 하나임을 깨닫는 것은 인간이 이기심을 버리고 우주와 한몸이라는 것을 깨닫는 것과 같습니다. 물방울이 대양과 한몸이 될 때 대양 그 자체가 되어 대양의 막강한 위력을 발휘할 수 있듯이, 구도자도 아상에서 떠나 우주와 하나가 되는 순간 우주 그 자체가 되어 우주의 큰 덕과 큰 지혜와 큰 힘을 구사할 수 있게 됩니다.

구도자가 우아일체를 깨닫게 되면 그의 마음의 중심이 곧 우주의 중심이 되는 겁니다. 다시 말해서 우리 눈에 보이는 물질적인 우주의 중심은 헤로도토스 성단이 될 수 있을지 몰라도 우주심의 중심은 우리들 각자의 마음일 수밖에 없습니다."

"우아일체를 깨달은 사람의 마음만이 우주의 중심이 되는 것이 아닙니까?"

"그렇지 않습니다. 물방울이 깨달았든 깨닫지 못했든 물방울 자체임은 틀림이 없고 그 물방울은 대양의 물과 같듯이, 사람도 진리를 깨달았든 깨닫지 못했든 상관없이 근본 성질은 우주의 한 부분인 것만은 틀림이 없습니다. 깨닫고 깨닫지 못하는 것은 순전히 마음의 문제이지 실상(實相)의 문제는 아니라는 것을 알아야 합니다."

"실상이란 무엇입니까?"

267

"우주자연의 있는 그대로 모습입니다."

"그렇다면 깨달은 사람과 깨닫지 못한 사람과는 어떤 차이가 있습니까?"

"깨달은 사람은 우주 자연에 거스르는 일이 없이 그 자체와 하나가 되어 있으므로 근심 걱정이 있을 수 없습니다."

"깨달은 사람도 세상 살아가는 생활인임엔 틀림이 없는데 어떻게 걱정 근심이 없을 수 있을까요?"

"민초들은 세상을 살아갈 때 어떻게 하면 남보다 더 잘살아 볼까 또 어떻게 하면 남보다 더 고귀해지고 남보다 더 높은 명예를 얻을 수 있을까 또 어떻게 하면 늙지도 않지도 않고 오래 살 수 있을까 하고 궁리에 궁리를 거듭하건만 그게 어디 마음대로 되는 일입니까? 마음대로 안 되니까 항상 마음속에 근심 걱정이 떠날 날이 없습니다. 그러나 깨달은 사람은 이러한 모든 근심 걱정에서 벗어나 있습니다."

"어떻게요?"

"보통 사람들처럼 처음부터 부귀영화나 생로병사 따위에 마음을 쓰지 않기 때문입니다. 그러므로 근심 걱정거리가 있을래야 있을 수 없습니다."

"부귀영화는 모든 사람들이 다 같이 추구하는 것이고 생로병사는 그 누구도 거역할 수 없는 것이 아닙니까?"

"그렇지 않습니다. 진리를 깨닫고 보면 부귀영화나 생로병사라는 것은 원래 우주자연의 본질과 실상 속에는 존재한 일조차 없습니다."

"그렇다면 우리가 알고 있는 부귀영화와 생로병사는 무엇입니까?"

"그건 알고 보면 다 허상입니다."

"허상이라뇨?"

"실상이 아니라는 말입니다."

"실상이 아니면 무엇입니까?"

"사람들이 빗나간 마음이 만들어 낸 신기루와 같은 환상일 뿐입니다. 우리 눈에 보이는 일체가 다 뜬구름이요 물거품에 지나지 않는다는 것을 알기 때문에 이 세상에 집착할 일이 아무것도 없습니다. 그러므로 항상 고요하고 흔들림 없는 부동심을 유지할 수 있습니다."

"생에 대한 애착도 없다는 말입니까?"

"생사가 원래 없는데 어떻게 생에 대한 애착을 가질 수 있겠습니까?"

"그럼 깨달은 사람들의 삶의 목적은 무엇입니까?"

"진리를 먼저 깨달았으니까 아직도 부귀영화와 생로병사의 수렁 속에서 허덕이는 이웃들에게도 깨달음의 혜택을 나누어주는 일에 전력을 기울이는 일입니다. 이런 사람을 일컬어 남들을 널리 유익하게 해주는 사람이라고 해서 우리 국조님들은 홍익인간이라고 했습니다. 그런가 하면 먼저 깨달았으니까 뒤에 오는 사람들도 깨닫게 해 주어야 한다고 해서 상구보리(上求菩提) 하화중생(下化衆生)이라고 했습니다.

한마디로 요약하면 깨달은 사람이 최우선적으로 할 일은 영계(靈界)나 선계(仙界)나 신계(神界)나, 극락이나 천당이나, 북두칠성이나 헤로도토스 성단에 사는 존재들이 어떻게 살고 있는가를 알려주는 것이 아니라 아직도 진리를 깨닫지 못하고 있는 이웃에 사는 보통 사람들을 깨우쳐 주어 그들로 하여금 자신의 실상을 알게 해주는 일입니다.

그렇게 함으로써 고해(苦海) 속에서 허덕이는 중생들을 한 사람이라도 빨리 건져 주는 것이 더 중요한 것이지 그들에게 신계나 선계 얘기나 해 주는 것이 중요한 것이 아닙니다. 자기집에 불이 났는데도 그것도 모르고 집안에서 장난질만 치고 있는 아이들을 일초라도 빨리 화마(火魔)에서 구해내는 것이 중요한 일이지 그 아이들에게 하늘나라 이야기나 해 주는 것이 중요한 게 아닙니다."

"그 우주의 실상이라는 게 무엇인데요?"

"우주와 삼라만상은 자기중심 속에 있지 바깥에 있는 게 아니라는 겁니다. 밖에서 구하는 것은 모두가 허상이지만 안에서 구하는 것이야말로 실상이요 진리라는 겁니다."

"무엇 때문에 자기 안에서 구하는 것만이 실상이라고 말할 수 있습니까?"

"인간은 누구나 알고 보면 우주 그 자체임과 동시에 우주의 주재자이며 신이요, 하나님이요 조물주 자신이기 때문입니다. 따라서 내 안에 온갖 것이 다 갖추어져 있는데도 불구하고 실제로는 있지도 않는 외부에서 구하려고 하니까 헛물만 켜게 되고 그 때문에 온갖 시름과 피로와 고통과 죽음만이 가중되는 것이 아니겠습니까?"

영원히 사는 길

"선생님 우리가 어떻게 하면 영원히 살 수 있겠습니까?"

우창석 씨가 물었다.

"영원히 살고 싶으면 영원과 한몸이 되어 영원 그 자체가 되십시오."

"어떻게 하면 그렇게 될 수 있겠습니까?"

"우창석 씨 자신 속에 있는 무한과 그 무한에 반대되고 역행하는 것을 다 함께 초월해버려야 합니다."

"무한과 반대되는 것이 무엇입니까?"

"유한입니다."

"무엇이 유한입니까?"

"허상입니다."

"무엇이 허상입니까?"

"몽환포영로전(夢幻泡影露電)입니다."

"무엇이 몽환포영로전입니까?"

"오감으로 감지되는 모든 것이 다 몽환포영로전입니다."

"오감으로 감지되는 것이란 무엇입니까?"

"유한한 현상계(現象界)입니다."

"어떻게 하면 유한과 무한을 동시에 초월할 수 있을까요?"

"유한은 무한의 구현체(具顯體)라는 것을 깨닫는 겁니다. 따라서 유한과 무한, 유위계와 무위계는 하나라는 것을 머리로만 깨닫는 게 아니라 몸과 마음 전체로 깨닫는 겁니다."

"깨닫는 것이 왜 그렇게 중요합니까?"

"일단 심신으로 동시에 깨닫고 나면 다시는 외물(外物)의 유혹에 넘어가지 않기 때문입니다. 외물은 유한한 존재입니다. 따라서 외물에 빠지면 유한한 존재로 전락하고 맙니다. 신계와 선계를 밖에서 찾으면 유한에 떨어지고 맙니다. 그러나 신계와 선계를 자기 안에서 찾을 때 영원을 사는 존재가 됩니다."

"진리를 깨닫되 머리로만 깨닫는 것과 마음과 몸 전체로 깨닫든 것과는 어떠한 차이가 있습니까?"

"머리로만 깨달아 보았자 몸이 따라 주지 않으면 반쪽밖에 깨닫지 못한 것이 됩니다. 진리를 머리로만 깨닫는 것을 혜해탈(慧解脫)이라 하고 마음과 동시에 몸까지도 깨닫는 것을 보고 구해탈(俱解脫)이라고 합니다.

혜해탈한 사람은 입으로는 진리를 청산유수처럼 잘 설파하여 듣는 사람을 제법 감동시킬 수도 있지만, 성적인 순결을 지켜야 하는 성직에 있으면서도 내연의 처를 거느리는가 하면 슬쩍슬쩍 주색잡기를 즐기기도 합니다. 그러나 구해탈을 한 사람은 내연의 처 따위를 거느리는 일도 없을 뿐만 아니라 주색잡기 근처에도 가지 않습니다."

"쉽게 말해서 혜해탈한 사람은 반쪽 도인이고 구해탈한 사람은 온전한 진짜 도인이군요?"

"그렇습니다."

"왜 그런 반쪽 도인이 생겨나는 것일까요?"

"진리를 머리로만 깨달았지 몸으로는 깨닫지 못했기 때문입니다. 다시 말해서 마음공부만 했지 몸공부는 되어 있지 않기 때문입니다."

"몸공부라는 게 무엇입니까?"

"불교에서는 혜해탈을 초견성이라고도 합니다. 초견성을 한 뒤에 반드시 보림을 해야 합니다. 그런데 사실은 이 보림이라는 것이 선도에서 말하는 몸공부입니다. 보림 기간이 초견성 기간보다 더 오래 걸리는 수가 많습니다.

선도에서는 몸공부를 할 때 반드시 기공부를 병행하게 되어 있으므로 무리 없이 체계적으로 수행을 할 수 있습니다. 이때 소주천과 연정화기는 필수적인데 불교나 기독교에서는 그런 과정이 없습니다. 그래서 혜해탈하는 경우는 많지만 구해탈까지 성취하는 경우는 극히 드문 편입니다.

원효 대사는 혜해탈만 이루었지 구해탈은 성취하지 못했으므로 요석 공주와 합방을 하여 설총을 낳았고, 그 일을 참회하여 소성 거사가 되어 스스로 불문을 떠나 밑바닥 중생들과 함께 생활하는 거지가 되어 처음부터 수행을 다시 쌓았습니다.

또 근세의 어떤 고승은 결혼하여 가정을 이루고 살다가 일단 출가를 단행했지만 대(代)만이라도 잇게 해달라는 어머니의 간청에 못 이겨 전처와 단 한 번의 성합으로 아이를 낳게 됐습니다. 이것을 참회하는 뜻에서 그는 평생 동안 아무리 추운 엄동설한에도 양말을 신지 않고 맨발로 지냈다고 합니다.

이 두 스님의 경우는 자기 잘못을 뉘우치고 그 사실을 천하에 밝히고 고행함으로써 그 대가를 치렀지만, 비구와 신부 중에서는 내연의 처를 거느리고 있으면서도 겉으로는 아무렇지도 않게 대중 앞에서 뻔뻔스럽게도 설문을 하고 설교를 합니다.

이들은 구도자가 아니고 성직을 하나의 생계 수단으로만 여기고 있는 후안무치한 사기꾼들입니다. 그렇게 비루하게 살 바에는 차라리 환속하여 생계 수단으로 기술을 배우든지 그것도 여의치 않으면 막노동이라도 하여 여우 같은 마누라에 토끼 같은 아들딸 거느리고 떳떳하게 가정을 이루고 살아가는 것이 백번 더 낫지 않겠습니까?

하나님은 그처럼 당당하게 살아나가는 사람들에게 축복을 내려줍니다. 몸과 마음은 푹 썩고 겨우 입만 살아서 나불대는 성직자들은 죽으면 지옥의 열탕 속에 떨어져서 입술만 동동 떠오른다고 합니다. 단 하루를 살더라도 음침하고 비굴하게 살기보다 떳떳하고 당당하게 어깨펴고 살기 바랍니다. 한 점 구김살 없이 바르고 착하고 슬기롭게 살아야 합니다. 하늘을 우러르고 땅을 굽어보아도 한 점 양심에 부끄럽지 않는 당당한 삶을 살아나가는 것이야말로 진정한 해탈이고 영원히 사는 길입니다."

"선생님, 해탈이란 무엇입니까?"

우청석 씨가 또 느닷없는 질문을 했다.

"자기 자신보다 남을 위해서 사는 것을 해탈이라고 합니다."

"왜 그렇죠?"

"남을 위하는 것이 결국은 자기를 위하는 길이면서 전체를 위한 길이니까요. 그것이 결국은 영원히 사는 길입니다."

"선생님께서는 조금 전에 우주의 실상을 깨닫는 것이 영원히 사는 길이라고 말씀하시지 않았습니까?"

"우주의 실상이란 바로 나보다는 남을 위하는 삶을 사는 겁니다."

"그럼 이타행 속에 진리가 숨어 있다는 말씀인가요?"

"그렇습니다."

"왜 그렇습니까?"

"깨닫고 나면 너와 나의 구별이 없으니까요."

왜 하필이면 접니까?

"선생님, 왜 하필이면 접니까?"

숱한 고민 끝에 내뱉는 듯한 여자의 질문이라기보다 항변이었다.

어느 화창한 봄날 오후 3시쯤 내 서재에서 일어난 일이었다. 그날도 여느 때와 같이 6명의 수련생이 좌선을 하고 있는데 젊은 남녀가 나타났다. 두 사람 다 175센티 이상의 훤칠한 키에 늘씬한 몸매를 한 준수하게 생긴 멋쟁이 젊은 부부 한 쌍이었다.

친지의 소개로 생식을 구입하기 위해서 찾아왔다고 하지만 그것은 통과 의례고 사실은 자신들의 인생 문제를 상담하려는 것이 주목적인 것 같았다. 남자는 미국에서 박사 학위를 딴 생명공학 전공자로서 모 대기업에서 높은 보수를 받고 일하는 34세의 엘리트 학자이고, 여자는 31세의 재색을 겸비한, 국문학을 전공한 신예 소설가이며 잘 나가는 출판사의 부장직을 맡고 있다고 한다.

겉보기에는 누구나 부러워할 만한 고수익의 맞벌이부부였다. 그런데 그들에게는 남모르는 고민이 있었다. 이름을 변진곤이라고 하는 남자는 말하기를 자기는 지금까지 원하는 일이면 무엇이든지 다 성취하는 성공 일변도의 생활을 해 왔다는 것이다.

초등, 중·고등학교에서는 항상 전교 수석을 놓친 일이 없었고, 일류 대학을 무난히 졸업하고 출신 대학의 추천을 받아 미국의 유수한 대학에서 원하던 박사 학위를 땄고, 귀국해서는 대기업체에서 높은 연봉을 받는 촉망받는 생명공학자이다. 게다가 자기가 원했던 사랑하는 여자와 결혼까지 했다는 것이다. 거기까지는 남부러울 것이 없었다.

그런데 그렇게도 모든 것이 뜻대로 성공가도만 줄기차게 달려오던 그의 인생에 뜻밖에 브레이크가 걸렸던 것이다. 그는 결혼만 하면 적어도 1년 안에 아내가 임신을 하리라고 철석같이 믿었었는데 1년은커녕 3년이 지났는데도 아직 아내는 임신을 못 했다는 것이다.

5대 독자인 그는 마땅히 대를 이을 책임이 있는데도 아직 아내가 임신을 못 해서 여자가 산부인과에 알아보았더니 그녀에게는 아무 이상이 없단다. 남자 쪽도 검사를 받아 보아야 한다기에 병원에 가 보았더니 문제는 자기에게 있다고 하더란다.

정상적인 성행위로는 임신이 어렵고 인공수정을 해야 임신을 할 수 있다고 한다. 보통의 경우 배란기에 맞추어 세 번쯤 인공수정 시술을 하면 성공을 한다는데 벌써 여섯 번이나 시술을 했건만 번번이 임신에 실패했다.

그들이 나를 찾은 이유는 물론 의학적인 문제 때문은 아니었다. 그들 부부가 처음 산부인과 의사로부터 그런 선언을 듣고 나서 받은 충격은 이만저만이 아니었다. 그러나 인공수정이라는 첨단 의학의 방편이 있기에 불행 중 다행이라고 생각했었는데 그것도 여섯 번이나 실패하고 나서는 그야말로 그들은 심각한 고뇌에 빠지지 않을 수 없었다.

아내인 한영미의 한결같은 의문은 왜 하필이면 지구상의 60억 인구 중에서 자기네가 이런 일을 당해야 하느냐 하는 것이었다. 아이를 갖고 싶다는 소망은 남자보다는 여자 쪽이 오히려 더 강렬했다. 아이를 안고 길거리를 지나가는 사람만 눈에 들어와도 그녀는 그 부러움 때문에 몸이 자지러드는 것 같고 울화가 치밀어서 못 견디겠다고 했다.

"왜 그렇게 되었는지 그 이유를 좀더 신중히 생각해 보시면 틀림없이 해답이 나올 것입니다."

내가 그녀의 질문에 이렇게 대꾸하자 그녀는 기다렸다는 듯이 말했다.

"저는 아무리 생각해 보아도 지금까지 30여 년의 인생을 살아오면서 남에게 모진 일을 한 일도 없고, 도둑질을 한 일도 사기를 친 일도 없습니다. 더구나 남의 가슴에 못을 박거나 원한을 산 일은 추호도 저지른 일이 없습니다. 그런데 남들은 다 멀쩡한데 왜 하필이면 저만이 이런 불행을 당해야 합니까?"

"물론 금생에는 남에게 모진 일을 한 일이 없었겠죠. 그런데도 이런 불행이 닥쳐왔다면 그 원인은 다른 데서 찾아야 합니다."

"어디서 그 원인을 찾아야 한다는 말씀입니까?"

"그 원인이 어디에 있든지 간에 그 책임은 한영미 씨 자신에게 있는 것만은 틀림이 없습니다. 그러니까 그 원인은 반드시 찾으셔야 합니다."

"아니, 원인 제공자는 분명 제 남편인데 아이 못 낳는 책임이 왜 저한테 있다고 하십니까?

"그렇게 책임을 남에게 돌리시면 고뇌와 울화의 골은 점점 더 깊어만 갑니다."

"그럼 어떻게 해야 합니까?"

"그러한 남편을 선택한 것은 한영미 씨의 책임이 아닐까요?"

"바로 그겁니다. 왜 하필이면 제가 그런 선택을 해야 했는지 그 이유를 알 수 없습니다."

"그렇다면 그 이유를 탐구해 보십시오."

"탐구하면 해답이 나올까요?"

"나오구말구요."

"허지만 저는 벌써 1년 이상을 생각해 왔지만 그 이유를 도저히 알 수 없습니다. 제가 다니는 교회의 담임 목사한테 물어봐도 인간의 생사길흉화복을 주관하시는 하나님의 깊고 오묘한 뜻으로 알고 하나님을 믿기만 하면 복이 온다고 말합니다.

인생의 선배나 은사한테 물어봐도 속시원한 해답은 얻을 수 없었습니다. 인생이란 반드시 굴곡이 있게 마련이니 참고 견디다가 보면, 오르막이 있으면 내리막이 있듯이, 액운은 지나가게 마련이라고 합니다. 허지만 그 정도로는 왜 하필이면 나만 이런 일을 당해야 하는지 그 의문이 풀리지 않습니다."

"그렇다면 내가 한영미 씨에게 한 가지만 묻겠습니다."

"좋습니다. 물어보시죠."

"한영미 씨는 이 세상에 원인 없는 결과가 있을 수 있다고 생각합니까?"

"우연이라는 것도 간혹 있을 수 있겠지만 대체로 결과가 있으면 반드시 원인이 있다고 봅니다."

"변진곤 씨는 과학자니까 다시 물어보겠는데 어떻게 생각합니까. 원인 없는 결과가 있을 수 있다고 보십니까?"

"저는 그렇게 보지 않습니다. 어떤 결과가 있으면 반드시 원인이 있

278

다고 봅니다. 우리가 흔히 우연이라고 생각하는 것도 단지 밝혀지지만 않았을 뿐이지 원인은 틀림없이 있습니다."

"그렇습니다. 역시 과학을 전공하신 분이라 다르시군요. 이 우주 안에는 원인 없는 결과는 절대로 있을 수 없습니다."

"선생님 그럼 제가 저 사람을 남편으로 선택한 것도 다 그만한 원인이 있었다는 말씀인가요?"

"물론입니다."

"허지만 저는 아까도 말씀드렸다시피 제가 이런 불행을 당할 만한 죄를 저지른 일은 절대로 없거든요."

"그건 금생에 그랬다는 것이지 전생에도 그랬다는 것은 아니지 않습니까?"

"허지만 우리 크리스천들은 전생 같은 것은 믿지 않거든요."

"전생이란 누가 믿고 믿지 않는 것과는 상관이 없습니다. 지구는 기독교인들이 돌아간다고 믿든지 믿지 않든지 상관없이 여전히 돌아가는 것과 같습니다."

"그렇다면 기독교에선 믿지도 않는 전생이 사실은 있다는 말씀인가요?"

"믿음과 실상은 반드시 구별해야 합니다. 어제 없는 오늘이 있을 수 있다고 보십니까?"

"아뇨."

"어제가 있기 때문에 오늘이 있는 겁니다. 어제가 없다면 오늘이 있을 수 없습니다. 또 오늘이 없으면 어제가 있을 수 없습니다. 이것을 부인하는 사람은 없을 것입니다. 그렇다면 전생 없는 금생은 있을 수 없지 않겠습니까?"

"그럴까요?"

"한미영 씨는 금생의 자기 인생만 놓고 볼 때는 분명 남에게 몹쓸 짓을 하지 않는 것이 틀림없지만 전생에도 그랬다는 보장은 어디에도 없습니다."

"아니, 그럼 제가 전생에 지은 죄 때문에 금생에 이런 고통을 당한다는 말씀인가요?"

"원인 없는 결과는 절대로 있을 수 없다는 것을 알게 되었다면 한미영 씨가 금생에 당하고 있는 고통의 원인은, 금생에 만들지 않은 이상, 전생에 만든 것이 틀림없습니다."

"그럼 도대체 제가 전생에 어떤 잘못을 저질렀기에 금생에 이런 일을 당한다는 말씀입니까?"

"살생을 저질렀습니다."

"살생이라뇨?"

"생명을 함부로 죽이는 일 말입니다."

"아니, 그럼 제가 설마 생명을 함부로 죽였단 말입니까?"

"그렇습니다."

"어떤 살생 말입니까?"

"먹고 살기 위해서 물고기나 가축을 잡는 것이 아니고 단지 취미와 오락으로 사냥이나 낚시질을 즐겼다든가 그런 종류의 살생입니다."

"설마 제가 전생에 그런 짓을 했을까요? 저는 낚시나 사냥에는 별로 취미가 없는데요."

"그것 역시 금생의 얘기지 전생에도 그랬다고는 아무도 보증할 수 없는 일입니다. 낚시와 사냥에 취미가 없다고 하셨는데 그건 살생에 대한 죄책감이 잠재의식에 각인되어 있기 때문입니다."

"저는 그걸 믿을 수가 없습니다."

"믿고 믿지 않는 것은 한영미 씨의 자유입니다. 그러나 확실히 말할 수 있는 것은 그렇다고 전생에 있었던 일이 바뀌는 것도 아니고 그로 인한 업장이 해소되는 것도 아닙니다."

"선생님의 그 말씀을 무엇으로 확인할 수 있습니까?"

"금생의 결과가 확인해 주고 있습니다."

"그럼 저는 앞으로 영원히 아이를 못 낳게 될까요?"

"그렇지는 않습니다. 어떤 부부는 결혼한 지 15년 만에 아내가 40이 다 되어 아이를 낳는 수도 있습니다."

"그건 어떻게 된 겁니까?"

"그 부부는 아이 못 낳는 업장이 해소되는 데 15년이라는 세월이 필요했던 것입니다. 이건 실제로 있었던 내 친지의 얘긴데 그 남편은 삼대독자였다고 합니다. 그러니 그들 부부는 그동안 남들이 아이 낳아 기르는 것을 보면서 얼마나 부러워하고 속상해하고 안타까워해 왔겠습니까? 그것이 그들 부부가 전생에 저지른 죄갚음이 되었던 것입니다."

"그 말씀을 들으니까 남의 일 같지 않습니다."

변진곤 씨가 말했다.

"그러시겠죠. 그러니까 두 분도 아이 못 낳는 것을 가지고 그렇게 고민하거나 초조해할 것이 없습니다. 요즘은 결혼을 하고도 서로 합의하에 아이를 안 낳고 사는 부부도 있지 않습니까? 내가 잘 아는 소설가는 부부가 다 같이 공평하게 임신중절 수술을 한 경우를 보았습니다. 그들의 철학은 '무자식 상팔자'였습니다. 게다가 그들은 아이를 낳지 않음으로써 인구 증가 억제에 기여한다는 자부심까지 가지고 있었습니다."

가문의 대를 잇는 문제

"그러나 제 경우는 5대 독자이니 집안의 대는 이어야 최소한 조상님들에게 면목이 서지 않겠습니까?'

변진곤 씨가 말했다.

"대를 이어야 한다구요?'

"그렇습니다."

"어쩐지 미국서 첨단 과학을 전공한 학자답지 않습니다."

"저도 선생님께서 말씀하신 뜻은 충분히 이해하겠습니다만 제가 이름 있는 가문의 5대 독자이다 보니 현실적으로 대를 잇는 문제는 무시할 수 없습니다."

"그러나 아무리 현실적인 문제라고 해도 의식이 바뀌면 인습도 바뀌게 되어 있다는 것을 알아야 합니다. 가문의 대를 잇는 풍습 역시 한 시대의 역사적 산물에 지나지 않습니다. 그러니까 긴 역사의 안목으로 바라보면 가문의 대를 잇는 문제 역시 부질없는 집착에 지나지 않습니다. 현대에 와서도 가문의 대 잇는 것을 고집한다는 것은 시대착오입니다."

"저에게는 대단히 절실한 현실적 문제인데 선생님께서 부질없는 집착이라고 말씀하십니까?'

"그렇고말고요."

"왜 그렇게 보십니까?"

"가문의 대를 잇는 풍습은 부계 사회와 세습 왕조 시대의 유물입니다. 그러나 지금은 이미 부계 사회도 아니고 세습 왕조 시대도 아닙니다."

"지금이 세습 왕조 시대가 아닌 것은 알겠는데요. 그러나 아직은 부계 사회의 관념이 지배적이 아닙니까?"

"그러나 그 부계 사회의 관념은 앞으로 시간이 흐를수록 점점 더 희박해질 것입니다."

"왜요?"

"부계 사회란 한 가족의 가장의 사회적 지위나 특권을 자식에게 물려주기 위해서 고안된 제도이기 때문입니다. 왕위 세습 역시 부계 사회의 관습에서 유래된 것입니다. 한 번 영의정이나 호조판서를 해먹은 집 자손은 대대로 조상의 뼈를 우려먹으면서 거들먹거렸습니다. 이처럼 양반의 지위는 대대로 계승되어 온갖 병폐의 온상이 되었지만 과거에는 이러한 가문의 대를 잇기 위해서도 아들을 낳아야만 했습니다.

아들 낳기를 바랐는데 딸을 낳으면 아들을 낳을 때까지 딸을 셋 넷 다섯 여섯... 열까지 계속 낳는 바람에 딸부자가 생기는 일이 부지기수였습니다. 끝내 아들을 낳지 못하면 데릴사위를 들이든가 가까운 친척 중에서 양자를 데려오든가, 첩을 들이든가 씨받이를 들이든가 해야 했습니다.

그러나 알다시피 지금은 그러한 시대가 아닙니다. 아버지가 아들에게 세습해야 할 사회적 지위 같은 것은 없습니다. 대통령의 아들이라고 해서 아무 실력도 없는데도 불구하고 덮어놓고 고용해 주는 회사는 없습니다. 재산이 있는 사람은 상속세를 내고 자손에게 재산을 물려줄 수 있을 뿐입니다.

정주영 씨 같은 재벌그룹 명예회장이 자기의 그룹 회장 지위를 맏아들 몽헌 씨에게 넘겨주느냐 다섯째 아들 몽구 씨에게 넘겨주느냐 하고 우리 사회에 일대 파문을 일으켰지만, 그런 케케묵은 부자상속의 유습도 앞으로는 연출되는 일이 없을 것입니다. 주주총회에서 전문경영인이 선출되어야 할 자리에 시대착오적인 세습 왕자식 발상이 일시적으로 역풍처럼 휘몰아쳤을 뿐입니다.

남아선호 사상이 자리잡게 된 이유는 가부장제 이외에도 농경사회에서 힘든 일을 감당할 수 있는 노동력의 필요성 때문이기도 했습니다. 그러나 요즘은 어떠한 힘든 작업도 기계가 대행하고 있습니다. 생리적으로 남자보다 완력이 약한 여성도 지금은 어떠한 기계도 다 조작할 수 있게 되었습니다. 꼭 남자의 완력을 필요로 하는 작업 분야는 점점 줄어들고 있습니다. 능력 위주의 사회에서는 남성의 완력 같은 것은 별 의미가 없어졌습니다.

따라서 이제 아버지의 사회적 지위는 아버지 대에 끝날 뿐입니다. 자녀에게 세습되는 것은 아버지의 성밖에는 아무것도 없습니다. 그러므로 구태여 아들을 낳아야 할 현실적인 이유도 없어졌습니다. 아들이건 딸이건 하나나 둘만 낳아 잘 기르는 것이 지금은 일반적인 풍조가 되었습니다. 이제 아들을 낳기 위해서 무모하게도 계속 딸을 낳는 어리석은 부부는 없습니다."

"그러면 앞으로는 족보 같은 것도 필요 없게 되겠네요."

"족보 역시 부계 사회의 산물이므로 어쩔 수 없이 그렇게 될 수밖에 없게 되어 있습니다. 그러나 앞으로는 호주 상속에도 남녀의 구별이 없어지게 된 이상 남자만이 호주가 되라는 법은 없습니다. 그러니까 호주 상속에 남녀 구별이 없어지게 되면 족보도 그대로 계속 유지될 수 있을 것입니다."

"그러나 아직 우리 사회에서 남녀평등이 명실상부하게 완전히 실시되고 있지 않는 상황에서는 아버지가 아들이 아니라 딸에게 대를 잇게 한다는 것은 아무래도 좀 이상하다고 생각되지 않습니까?"

"그것도 습관화되면 아무렇지도 않게 될 때가 곧 올 겁니다."

"그리고 선생님, 참, 요즘은 딸만 하나나 둘만 낳고 단산해 버리는 가정이 많지 않습니까? 만약에 딸만 둘 낳고 아들은 못 낳았을 때 조상 제사는 도대체 누가 지냅니까?"

"기록에 의하면 고려 시대는 물론이고 주자학의 규범이 우리 사회에 뿌리내리기 전인 이조 시대 전기까지만 해도 아들이 없는 집안에서는 여자가 제사를 받들었다는 기록이 전해 내려오고 있습니다. 제사는 반드시 아들만이 모셔야 한다는 관념이 형성된 것은 기껏해야 4백 년 정도밖에는 되지 않습니다."

"딸이 결혼을 하고도 친정 부모의 제사를 모셨단 말입니까?"

"그렇습니다. 그 대신 부모는 돌아가시기 전에 봉제사할 딸을 정해서 그녀에게 특별히 재산을 물려주었습니다. 그리고 그 딸이 낳은 자녀들 중에서 또 봉제사할 아들이나 딸을 선정해서 그 일을 계승케 했습니다. 그러던 것이 주자학의 남아선호 사상이 기승을 떨면서 그 제도는 사라졌습니다.

적어도 1만 년 이상 지속되어 오는 우리 민족 특유의 숭조 사상이 사라지지 않는 한 족보와 봉제사 제도도 어떻게 하든지 계속 명맥을 이어가게 될 것입니다. 그것은 다음 세대가 맡아서 해결해야 할 과제입니다."

"허지만 가부장제가 사라지는 것은 기정사실이 아닙니까?"

"그건 어쩔 수 없는 추세입니다. 하긴 수천 년간 인류를 지배해 온 가부장제의 습관이 일시에 허물어지는 것은 좀 아쉬운 감도 없지 않겠지만 어차피 이 세상 모든 것은 변하게 되어 있습니다. 이 우주 안에 변하지 않는 것은 아무것도 없습니다. 그것을 일컬어 불경에서는 제행무상(諸行無常)이라고 합니다. 과학자의 눈으로 관찰해도 이 우주 안에 변하지 않는 것이 있다고 보십니까?"

"아뇨."

"그렇습니다. 그러나 삼라만상이 다 변하지만 유일하게 변하지 않는 것이 딱 하나 있습니다. 그게 무엇인지 아십니까?"

"모르겠는데요."

"모든 것은 변한다는 이치만은 변하지 않습니다."

"그렇군요."

"그 이치를 뭐라고 하는지 아십니까?"

"그게 바로 진리가 아닙니까?"

"그렇습니다. 그 변하지 않는 진리를 우리의 먼 조상들은 뭐라고 했는지 아십니까?"

"모르겠는데요."

"우리의 고유 경전인 『천부경』에 보면 그것을 '하나'라고 했습니다. 『천부경』에서는 그 하나를 다음과 같이 말했습니다.

하나가 묘하게 퍼져나가 온갖 것이 오고 온갖 것이 가는도다.
쓰임은 바꾸어도 본바탕은 변하지 않네.
참마음은 참태양일 때 그 밝음을 더해 가느니라.
사람 속에 하늘과 땅이 하나가 되어 들어 있네.
하나는 끝없는 하나로 끝나는 도다.

여기서 하나, 본바탕, 참태양은 표현만 다를 뿐 다 같이 하나인 진리를 말하고 있습니다. 진리인 하나가 변하여 온갖 것이 다 되고 온갖 용도로 다 쓰여도 그 본바탕인 진리 자체는 변하지 않는다는 말입니다. 자동차 바퀴가 아무리 굴러도 그 축대는 움직이지 않는 것과 같습니다.

우주의 삼라만상이 다 변해도 그 본바탕이며 진리인 하나는 변하지 않는다는 말입니다. 그리고 인간의 본성은 우주의 본성과 같아질 때 그 참다운 빛으로 더욱더 밝아집니다. 여기서 우리를 놀라게 하는 것은 사람 속에 하늘과 땅 즉 우주 전체가 몽땅 다 들어 있다는 것입니다. 이것은 구도자가 수행을 하여 깨달음을 얻지 않고는 알 수 없는 말입니다.

그러한 인간은 진리 그 자체인데 그 진리는 원래 시작도 끝도 없다고 했습니다. 따라서 우리가 진리와 우주를 품게 될 때 족보니 봉제사니 하는 것은 어찌 보면 어린애 소꿉장난밖에는 안 된다는 것을 알 수 있습니다."

"그 말씀 명심하겠습니다."

기행(奇行)과 이적(異蹟)

"선생님께서는 기행과 이적에 대해서는 어떻게 생각하십니까?"

"왜 그런 질문을 하게 됐습니까?"

"어떤 종교 단체의 경전을 읽어보았더니 그 내용의 90프로 이상이 교주의 기행과 이적에 대한 기록이었습니다."

"박승기 군이 무슨 경전을 말하는지 알겠습니다. 나도 누가 그 경전을 누가 갖다 주기에 읽어보았습니다.

교주의 말을 안 듣는다고 멀쩡한 사람을 벙어리를 만들었다가 다시 말을 하게 하든가. 사람을 죽였다가 살려내던가, 해의 진행을 멎게 했다가 다시 가게 하든가, 비를 부르고 바람을 불렀다던가 하는 등등의 기행과 이적이 구도자에게 무슨 도움이 되겠습니까? 전연 도움이 되지 않습니다."

"왜 그렇죠?"

"그러한 기행과 이적을 행하는 사람을 보고 놀란 사람들이 그에게 경외감을 느끼고 그의 말에 마지못해 복종하는 척하게 하는 효과는 거둘 수 있을지 몰라도 도를 깨닫게 하는 데는 거의 도움이 되지 않을 것이기 때문입니다."

"그러한 기행과 이적은 성경에도 수없이 등장하지 않습니까?"

"그렇죠. 허지만 예수는 그러한 기행과 이적을 믿음을 일깨우는 한 방편으로 간혹 이용하기는 했지만 성경의 90프로 이상을 기행과 이적으로 채우지는 않았습니다. 성경에는 오히려 이적과 기행보다는 산상수훈이라든가 천국에 대한 비유라든가, 이웃 사랑과 겸손과 온유와 인내, 소망, 믿음 같은 인류의 보편적인 윤리적 가치가 풍부하여 듣는 사람들로 하여금 진리를 일깨우게 하는 말씀들이 더 많이 실려 있습니다.

그러나 그 경전에는 그러한 인류 공통의 가치 있는 어록들이 별로 눈에 뜨이지 않습니다. 따라서 그 책은 성경과는 비교가 되지 않습니다. 사람을 변화시키는 것은 결국 이러한 윤리적 가치이지 기행과 이적은 아닙니다."

"기행과 이적이 구도에는 아무런 보탬이 되지 않는 이유를 말씀해 주시겠습니까?"

"기행과 이적은 보는 사람들의 일시적인 호기심을 부추긴다는 점에서 마술이나 요술과 비슷하고, 공포심과 외경심을 품게 하는 점에서는 폭력과 유사한 점이 있습니다. 그뿐입니다. 구도란 무엇입니까?"

"진리를 스스로 깨달으려는 노력의 과정이 바로 구도입니다."

"그렇습니다. 다른 말로 바꾸면 생사일여(生死一如)를 깨달아 부동심을 갖자는 것이 바로 구도입니다. 그런데 기행과 이적이 생사일여에 무슨 도움이 되겠습니까? 전연 도움이 되지 않습니다. 각자의 중심에서 꽃이 피어나듯 마음의 문이 크게 열림으로써 도는 성취됩니다. 그런데 기행과 이적은 마음의 문을 여는 데 장애가 되었으면 되었지 전연 도움이 되지 않습니다. 있는 것이란 단지 이적과 기행을 행하는 자의 자기도취가 있을 뿐입니다."

"우리 민족이 장차 당해야 할 비극을 피하게 하는 우주 공사에 대해서는 어떻게 생각하십니까?"

"어떤 기인이 장차 지구촌을 사람들이 살기 좋은 천국으로 만드는 역사를 벌인다는 일 역시 시공과 생사와 유무에 갇혀버린 현상계라는 '비닐하우스' 내의 일일 뿐 생사일여를 성취하여 부동심을 갖게 하는 데는 아무런 도움이 되지 않습니다."

"비닐하우스란 무슨 뜻입니까?"

"생로병사의 윤회가 되풀이되는 한정된 유위 세계를 말합니다."

"생사일여를 깨닫게 하는 것이 왜 그렇게도 중요합니까?"

"인간은 죽음의 문제를 해결하지 못하는 한 죽음의 불안에서 영원히 벗어날 길이 없기 때문입니다."

"죽음의 불안에서 벗어날 수 있는 확실한 길이 있기는 있습니까?"

"있습니다."

"그게 뭐죠?"

"생사의 불안에서 벗어날 수 있는 유일한 길은 생사가 없는 경지에 도달하는 겁니다."

"어떻게 해야 그런 경지에 도달할 수 있겠습니까?"

"생사가 없는 경지와 동화되어 버리면 됩니다."

"생사 없는 경지가 무엇이죠?"

"잘 생각해 보세요. 생사가 없는 것이 무엇인지."

"나를 있게 만든 자연이 아닙니까?"

"자연이라구요?"

"네."

"그러나 우리가 눈으로 보는 자연은 사계절의 변화에 따라 끊임없이 성주괴공(成住壞空)의 변화를 거듭합니다."

"그럼 그 변화를 벗어나 있으면서도 변화 자체를 주관하는 주체입니까?"

"그것이 무엇인지 아십니까? 쓰임은 변화무상하면서도 그 뿌리는 변하지 않는 주체입니다."

"그게 무엇일까요?"

"변하면서도 변하지 않는 하나입니다."

"그것을 뭐라고 합니까?"

"진리라고도 하고 우주심이라고도 합니다. 바로 그 우주심과 하나가 되면 죽음에서 벗어날 수 있습니다."

"우아일치(宇我一致) 말입니까?"

"그렇습니다. 대우주 속의 수많은 별들은 제아무리 생멸을 거듭해도 우주심 자체는 생멸에서 벗어나 있습니다. 구도나 수행은 이 우주심과 하나가 되기 위한 과정입니다."

무한 경쟁에서 살아남는 길

"우리 민족이 앞으로 벌어질 무한 경쟁에서 살아남을 길은 무엇입니까?"

우창석 씨가 물었다.

"경쟁 상대에 뒤떨어지지 않기 위해 끊임없는 자기 혁신을 실천하는 겁니다. 그런데 과거의 역사를 살펴보면 어리석은 자는 자기의 경쟁자를 제거합니다. 그렇게 하면 영원히 자기만의 왕국을 건설하여 편안히 독재를 누릴 수 있을 것으로 알지만 그렇지 않습니다. 경쟁자가 제거되는 순간부터 게으름이 싹트게 되어 결국은 자멸하게 됩니다.

가령 갑과 을이 서로 마주 보는 위치에 같은 종류의 점포를 차려놓고 장사를 한다고 칩시다. 둘은 서로 살아남기 위해서 자연스럽게 경쟁이 붙습니다. 서로가 상대에게 지지 않기 위해서 창의력을 발휘하여 새로운 아이디어를 창출하여 고객 유치를 위한 치열한 경쟁을 벌이는 가운데 그들은 서로 발전과 번영을 누리게 됩니다. 여기서 상대에게 지지 않으려고 온갖 아이디어를 고안해내는 일을 이기심의 발동으로 본다면 경쟁 상대의 입장도 존중해 주면서 상대를 불법적으로 해치지 않고 어디까지나 공존공영을 모색하는 것은 이타심의 발동으로 볼 수 있습니다.

이것을 흔히 자리이타(自利利他)라고 합니다. 마치 지구가 자전을 하면서도 태양의 궤도를 한 치의 오차도 없이 공전하는 것과도 같다고 할 수 있습니다. 이때 지구의 자전은 구심력의 작용에 의한 것이고 지구의 공전은 원심력의 작용에 의한 것입니다. 구심력이 이기심이라면 원심력은 이타심입니다. 또한 지구의 자전(自轉)이 이기심에 해당한다면 기구의 공전(公轉)은 이타심에 해당한다고 할 수 있습니다.

이렇게 볼 때 지구는 구심력과 원심력의 절묘한 조화 속에서 자전과 공전을 끊임없이 거듭하고 있습니다. 이처럼 자전과 공전이 조화를 이루는 한 지구가 기존의 궤도를 이탈하여 우주의 미아가 될 우려는 없습니다.

그런데 두 경쟁 상대자 중 갑이 지나친 이기심의 발동으로 을을 비밀리에 살인 청부업자를 동원하여 제거해 버린다면 어떻게 될까요? 경쟁자가 없어지는 그 순간부터 갑은 언제나 신경을 써야 하는 경쟁 상대가 없어진 것을 다행으로 알고 마음을 푹 놓고 게으름을 피우기 시작합니다. 주색, 도박, 사냥, 골프 등에 푹 빠져버립니다.

또 독점적인 상권을 확보했다는 자만심으로 인하여 고객 유치에 별로 신경을 쓰지 않게 됩니다. 값도 마음대로 올려 받습니다. 고객들은 갑의 횡포를 참다못해 좀 멀더라도 다른 곳에 있는 상점을 찾아가게 됩니다. 장사가 안 되는 갑은 결국 부도를 내고 가정은 풍비박산이 되고 나중에는 갑 자신도 자멸해버리고 맙니다.

엉뚱한 이기심의 발동이 경쟁 상대와 자기 자신까지도 파멸로 이끌어버리게 됩니다. 어찌 개인만이 그렇겠습니까? 고구려, 신라, 백제의 삼국 시대를 살펴봅시다. 세 나라가 서로 경쟁 상태에 있을 때의 그 씩

씩하고 발랄한 기상은 신라의 삼국통일 이후 어떻게 됐습니까? 신라는 왕위 쟁탈전으로 날 새는 줄 모르다가 겨우 2백여 년 만에 결국은 새로 일어난 고려에게 투항하고 말았습니다."

"그래도 신라는 통일의 위업을 달성하지 않았습니까?"

"통일이라고 해 봤자 명실상부한 삼국통일이라기보다는 백제와 고구려의 대동강 이남의 극히 작은 부분을 겨우 수복했을 뿐입니다. 그래도 그러한 통일이마나 그것을 새로운 발전과 도전의 계기로 삼고 햇볕 정책이라도 써서 발해와의 통일을 모색하여 실질적인 삼국통일을 달성하고 잃었던 대륙의 영토를 회복하는 계기로 삼았더라면 좋았을 텐데 그렇지 못하고 고작 한다는 짓이 지극히 퇴영적이고 자멸적인 내부 권력 투쟁으로 영일이 없다가 부패하여 스스로 망해버리고 말았습니다.

우리가 역사에서 배워야 할 교훈은 작은 경쟁 상대를 흡수 통일했으면 더 큰 경쟁 상대를 찾아 새로운 도전에 임했어야 한다는 겁니다. 그러나 신라는 그렇지 못하고 당에 대한 사대 정책으로 무사안일만 추구하다가 자멸해 버리고 말았습니다. 참으로 아쉽기 짝이 없는 일입니다. 그때 신라가 자멸하지 않고 계속 발전 번영할 수 있는 길은 강대국 당을 상대로 삼아 경쟁을 벌였어야 했습니다. 이때 신라가 선택할 수 있는 길은 경쟁이냐 자멸이냐 둘 중 하나였습니다. 신라는 어리석게도 사대주의와 소국안주주의(小國安主主義)를 택하여 스스로 망해버렸습니다.

그렇다면 신라의 바통을 이어받은 고려는 어떻게 되었습니까? 건국

이념은 고구려의 국통을 이어받았다 하여 국호도 고구려의 이칭(異稱)
이었던 고려라고 해 놓고선 만주 땅을 회복할 수 있는 기회가 세 번이
나 찾아왔건만 조정의 게으름과 무능과 무기력 때문에 그 아까운 기
회를 다 놓쳐버리고 말았습니다."

"그 세 번의 기회란 언제를 말합니까?"

"그 첫 번째 기회가 서기 1109년에 윤관, 오연농, 임언 등이 17만 대
군을 동원하여 만주의 송화강 깊숙이 선춘령(先春嶺)까지 쳐들어가 아
홉 개의 성까지 쌓았건만 윤관, 오연농 등을 모함하고 시기한 조정의
반대 세력의 책동으로 애써 회복한 귀중한 우리 영토를 여진족에게 되
돌려 줌으로써 훗날 병자호란의 삼전도의 치욕을 자초한 먼 원인이 되
었습니다.

두 번째가 서기 1371년 3월 북원(北元)의 요양성 평장사(遼陽省平章
司) 유익(劉益)과 왕우승(王右承)이 본래부터 고구려 땅인 요양성을 가
지고 고려에 항복해 오겠다고 통보해 온 것을 고려 조정은 우물쭈물
시간을 끌기만 했습니다. 기다리다가 지쳐버린 그들이 명나라에 항복
해버림으로써 그 아까운 국토 회복의 기회를 놓쳐버리고 말았습니다.
서기 926년에 발해가 망한 이래 445년 만에 찾아온, 피 한 방울 안 흘
리고 우리 땅을 되찾을 수 있는 천재일우의 호기였건만 잃었던 국토를
되찾겠다는 마음의 준비가 미처 되어 있지 못했던 당시의 고려 조정은
그 아까운 기회를 놓쳐버렸습니다.

세 번째가 그로부터 불과 17년 뒤, 우왕 14년(서기 1388년) 5월 명나
라를 치려고 압록강의 위화도까지 진출했던 우군통제사 이성계와 좌

군통제사 조민수는 왕명과 팔도도통사 최영의 영을 거역하고 예하부
대를 돌이켜 개경으로 쳐들어가 군사 쿠데타를 일으킴으로써 만주 땅
회복의 그 아까운 기회를 또 한 번 놓쳐버림으로써 민족사에 천추의
한을 심어놓았습니다.

결국 경쟁 상대가 누구인지 모른 데서 빚어진 비극이었습니다. 그리
고 경쟁 상대를 알았다고 해도 경쟁에서 살아남으려면 경쟁 상대를 제
거하겠다는 어리석은 생각을 버려야 합니다. 경쟁 상대를 제거하는 것
은 결국 자기 자신을 죽이는 길이라는 것을 알아야 합니다. 경쟁 상대
를 소중히 여길 줄 아는 사람만이 자기 발전을 꾀할 수 있습니다. 이때
의 자기 발전은 상대의 발전에도 도움이 됩니다. 개인이나 국가나 끊
임없는 도전과 시련과 경쟁 속에서만이 진정한 살길과 발전과 진화의
길이 열리게 마련입니다.

얼핏 보면 천적(天敵)이 없는 동물은 무한히 번영을 누릴 것 같지만
사실은 그렇지 않습니다. 천적을 상실한 호주의 키위라는 새는 결국은
날개가 퇴화되어 지금은 볼품없는 고깃덩어리가 되어버리고 말았습니
다. 그러나 천적도 있고 경쟁 상대도 있는 동물들은 끊임없는 진화를
성취할 수 있습니다. 개인도 회사도 국가도 여기에서 제외될 수 없습
니다.

혜해탈(慧解脫)과 구해탈(俱解脫)

"혜해탈과 구해탈은 어떻게 다릅니까?"

우창석 씨가 물었다.

"혜해탈은 머리와 지혜와 이치로 진리를 깨닫는 것이고 구해탈은 보다 현실적으로 일상생활에서 느낌으로 진리를 파악하는 것을 말합니다."

"실례를 들어 말씀해 주시겠습니까?"

"가령 시각 장애인이 여러 사람들의 말과 갖가지 정황과 분위기로 달(진리)의 존재를 확신하는 것을 혜해탈이라고 한다면, 그 시각 장애인이 천만다행으로 시력을 되찾아 자기 눈으로 직접 달을 확인하는 것을 구혜탈이라고 할 수 있습니다. 그렇다고 해서 진리라는 것은 감각만으로 구해지는 것은 아닙니다."

"그럼 어떻게 해야 구도(求道)를 성취할 수 있습니까?"

"도라는 것은 우리가 찾아 헤맨다고 해서 구해지는 것이 아닙니다."

"그럼 어떻게 해야 도를 구할 수 있습니까?"

"도는 구해지는 것이 아니고 채워지는 겁니다."

"채워지다뇨? 어떻게 채워진다는 말씀입니까?"

"빈병을 물속에 집어넣었을 때 물이 저절로 빈병을 채워주듯 도는 그렇게 마음을 비운 사람에게 채워집니다."

"마음을 비운다는 것은 무엇을 말합니까?"

"마음속에 탐욕과 분노와 어리석음이 깃들지 못하게 끊임없이 비워내는 작업을 말합니다. 그렇게 하여 마음만 비울 수 있다면 진리는 밖에서 기다렸다는 듯이 밀고 들어와 순식간에 그 빈 공간을 채워줍니다."

"어떻게 해야 마음을 가장 효과적으로 비울 수 있겠습니까?"

"인적 없는 새벽길을 가다가 돈뭉치가 든 가방을 주었을 때 즉시 그 가방의 주인을 찾아주는 조치를 취할 수 있는 마음의 자세가 되어 있다면 마음 비우는 일도 그리 어렵지 않습니다. 나 자신의 이익에 앞서 남을 먼저 생각하는 착한 행위가 바로 마음을 비우는 가장 효과적인 방법입니다.

이타행(利他行)도 없이 도를 구하려는 것은 산에 오르지도 않고 고지의 목표지점에 도달하기를 열망하는 것과도 같고, 무지개를 잡으려고 산야를 헤매는 철부지와 같이 어리석은 일이기도 합니다. 무지개는 잡으려고 기를 쓰면 쓸수록 더욱더 멀어져 갈 것입니다."

"결국 역지사지하라는 말씀이군요."

"그렇습니다."

"저는 지금까지 관(觀)이나 참선(參禪)이 마음을 비우는 가장 효과적인 방법이라고 생각했었는데 그렇지 않습니까?"

"그렇지 않습니다. 바르고 착하고 슬기롭지 못한 사람이 도를 구하겠다는 것은 기왓장을 숫돌에 갈아 거울을 만들어 보겠다는 것과 같이 어리석은 일입니다. 관이나 참선은 바름과 착함과 슬기로움의 토대 위에서만 효과를 발휘할 수 있다는 것을 알아야 합니다. 따라서 혜해탈이 초견성이라면 구해탈은 초견성 후에 보림이 끝난 진정한 의미의 해탈을 말합니다."

"구해탈을 얻으면 어떻게 됩니까?"

"무슨 일이 있어도 마음이 흔들리지 않게 됩니다."

"왜요?"

"대우주가 밖에 있는 것이 아니고 자기 안에 있다는 것을 알기 때문입니다. 내가 우주 밖에 동떨어져 있는 것이 아니고 나 자신이 다름 아닌 우주 자체이므로 온갖 것이 다 내 안에 갖추어져 있는데 무엇이 아쉬워서 마음이 흔들리겠습니까."

"선생님 말씀에 어느 정도 수긍은 가는데 아무래도 실감이 나지 않습니다. 왜 그렇습니까?"

"수행이 깊어지면 자연히 실감이 날 때가 오게 되어 있습니다. 정신일도하사불성(精神一到何事不成)이라고 했습니다. 정신만 집중하면 못 할 것이 없습니다. 계속 정진하십시오. 큰 소식이 문밖에서 기다리고 있습니다."

가축과 인간의 관계

"선생님, 저는 축산업에 종사하는 사람입니다. 저는 가축과 인간의 관계에 대하여 늘 생각해 왔습니다만 쉽게 결론이 나지 않습니다. 우연한 기회에 『선도체험기』를 읽게 되면서 저는 많은 것을 깨닫게 되었습니다. 육식은 간접 살생이라는 얘기를 『선도체험기』에 읽고는 한때 축산업에서 손을 뗄까도 생각해 보았습니다만 배운 도둑질이라고 아는 것이 그것뿐이니 쉽사리 생업을 바꿀 수도 없고 해서 많은 고민을 해 왔습니다.

가축과 인간과의 관계는 어떻게 보면 공생공존 관계에 있는 것 같기도 하고 또 어떻게 보면 그렇지 않은 것 같기도 합니다. 사람이 가축을 먹이고 서식처를 마련해 주고 기르는 것은 어찌 보면 가축을 위하는 것 같기도 하지만 다 기른 가축을 도살하여 식육으로 사용하는 것을 생각하면 인간의 이익을 위해서 너무도 잔인한 것 같기도 합니다.

가축을 도살하여 인간에게 식육을 제공하는 것이 가축의 처지에서 보면 잔인한 것 같기도 하지만 인간의 입장에서는 생각하면 가축을 먹이고 번식하게 하고 키웠으니 그만한 대가는 해 주어야 하지 않을까 하는 생각도 듭니다. 가축과 사람은 도대체 어떤 관계라고 보십니까?"

40대 중반의 황유식 씨가 말했다.

"가축과 인간은 적어도 구신석기 시대 이래 수만 년 이상의 역사를 가진, 인간과의 공생공존 관계에 있다고 봅니다. 만약에 사람이 소, 말, 양, 염소, 개, 돼지, 닭 같은 가축을 기르지 않았다면 지금과 같이 안정적으로 종을 번식시킬 수 없었을 것입니다. 만약에 이들 가축들을 사람들이 거두어 기르지 않고 그대로 방치되어 있었다면 지금쯤은 호랑이나 늑대, 산양, 반달곰처럼 희귀 동물이 되었거나 멸종 단계에 있었을지도 모릅니다. 사람들이 양식을 얻기 위해서 이들을 양축했기 때문에 가축과 인간은 안정적인 먹이사슬을 형성할 수 있었습니다."

"선생님께서는 육식은 간접 살생이라고 하셨고 석가모니의 주장대로 채식을 장려하셨습니다. 그런데 가축과 인간이 공생공존 관계에 있다면 육식을 해도 괜찮다는 말씀입니까?"

"나는 채식을 장려하기는 했지만, 육식을 하지 말아야 한다고 단정적으로 말하지는 않았습니다. 왜냐하면 인간은 본래 잡식성 동물이기 때문입니다. 그래서 지금도 견치(犬齒)가 아래위에 두 개씩 네 개나 있습니다. 현대인의 치아 수는 대체로 32개니까 채식과 육식을 8 대 1의 비율로 해야 정상적인 건강을 유지할 수 있다는 것이 자연의 이치입니다.

물론 체질적으로 채식을 선호하는 사람은 채식만 해도 건강에는 이상이 없겠지만 그렇지 않는 보통 사람은 채식만 장기간 하면 영양실조나 빈혈이 올 수도 있습니다. 수행자들 중에 간혹 명상을 하다가 보면 혼침(昏沈)이 자주 온다고 호소하는 사람들이 있습니다."

"혼침이란 무엇을 말합니까?"

"채식을 고집하는 사람이나 선승(禪僧)들 중에 흔히 일어나는 현상입니다. 정신 집중이 안 되고 현기증이 일어나는 현상을 말합니다. 또 육식을 기피하는 사람들 중에 젊었을 때는 아무 일 없었는데 나이가 60줄에 접어들면서 등산을 하다가 보면 갑자기 어질어질하면서 다리에 힘이 빠지는 현상을 호소하는 수련자들도 있습니다. 이건 틀림없이 육식을 기피한 데서 오는 빈혈 현상입니다."

"그렇다면 수행자도 필요할 땐 육식을 해야 한다는 말씀입니까?"

"그렇습니다. 건강을 유지하기 위해서는 필요할 때 육식을 해야 합니다."

"육식은 간접 살생이 되는데도 그렇습니까?"

"인간의 생존 조건이 그러한 이상 어쩔 수 없는 일입니다. 채식만 해도 건강 유지에 아무런 지장이 없다면 얼마든지 그렇게 하는 것이 좋은 일이지만 건강을 해치면서까지 채식만을 고집하는 것은 어리석은 일이라고 봅니다. 간접 살생을 피한다고 해서 채식만을 고집하다가 건강이 무너지면 수행을 포함한 모든 것이 다 무너져버리고 맙니다. 그럴 수는 없는 일이 아니겠습니까?"

"그렇다면 수행자도 건강을 유지할 정도로는 육식을 해야 하겠군요."

"그렇습니다."

"그럼 저 같은 양축업자도 살생을 범한다는 죄의식에서 벗어나도 되겠습니까?"

"사람은 지구상에 일단 태어난 이상 주위의 환경과 조건에 따라 삶을 유지해나가는 것이 일차적인 생존 방식입니다. 살기 위해서 불가피한 일이라면 약간의 살생 역시 불가피한 일입니다. 이러한 의미에서 가축과 인간은 공생공존 관계에 있는 것입니다. 만약에 사람이 가축을 보호해 주지 않는다면 가축들을 다른 야생 맹수들의 먹이가 되어 어쩌면 생존 자체가 불가능했을지도 모릅니다."

"그런데 왜 불경은 육식을 그렇게도 엄격히 금했을까요?"

"그것은 석가모니가 생존했을 당시의 인도의 생활 환경에서 나온 계율이라고 봅니다. 인도는 열대지방으로서 각종 식물이 사시사철 자라고 있을 뿐만 아니라 그 지방 사람들은 오랫동안 채식만으로도 생존에는 아무 이상이 없을 정도로 체질이 바뀌어 있었으므로 구태여 육식을 하지 않아도 건강 유지에 지장이 없었습니다.

따라서 불경의 육식 금지 조항은 인도라는 생활 환경에는 적합한 식사 패턴이었습니다. 그러나 중동이나 동북아시아 주민들에게는 사정이 다릅니다. 신구약 성경이나 사서삼경 어느 구석에도 육식을 금하는 구절은 눈에 띄지 않을 뿐 아니라 지극히 당연시하는 구절들이 여기저기 눈에 뜨입니다.

『논어』와 『맹자』를 읽어보면 효자가 노부모에게 효도하기 위하여 고기를 들게 하는 장면이 자주 나옵니다. 그리고 노인은 고기를 먹지 않으면 배가 차지 않는다고 했습니다. 일반적으로 노년기가 되면 기력이 쇠퇴하므로 이를 보충하려고 자녀들의 효도의 덕목으로 고기반찬이 권장되고 있습니다. 구약 성경에도 돼지고기와 비늘 없는 생선을 못 먹게 했어도 육식을 금하는 규정은 눈에 띄지 않습니다."

"돼지고기나 비늘 없는 생선을 못 먹게 하는 것은 무엇 때문일까요?"

"아마도 중동에서는 그 지방 기후의 특성상 예부터 돼지고기는 쉽게 변질이 잘되어 식중독을 일으키는 사고가 빈발하여 그런 금기가 생긴 것 같습니다. 비늘 없는 생선 역시 돼지고기와 마찬가지로 어떤 현실적인 필요성 때문이 그런 금기 사항이 생겼을 것입니다.

중동이나 동북아시아 주민들은 본래 유목, 어렵(漁獵) 또는 수렵 민족이었습니다. 특히 농사가 안 되는 티베트 같은 산악지방에서는 일반 주민은 물론이고 승려들에게도 양고기가 주식입니다. 따라서 인도 문화의 소산인 불경의 육식 금지 조항을 동북아 사람들에게 일률적으로 적용하려는 것은 무리입니다. 그래서 신라의 화랑오계에는 살생금지가 아니라 살생유택(殺生有擇)으로 현지 실정에 알맞게 변용되고 있었습니다."

"아무리 그렇다고는 해도 역시 육식을 하면 살생을 한다는 죄의식에서 완전히 벗어날 수 없는 것이 아닐까요?"

"그 말은 틀림없습니다. 그런 의미에서 우리는 생존을 위해 그리고 건강 유지를 위해 가축에게 빚을 지고 있는 것은 사실입니다. 어찌 가축뿐이겠습니까? 사실 따지고 보면 우리가 늘 마시는 물 한 방울 속에도 수십만 마리의 미생물이 득실대고 있습니다.

생존이라는 것은 어찌 보면 먹이 사슬을 형성한 살생의 연속입니다. 따라서 인간은 생존과 건강 유지를 위해서 최소한의 살생은 불가피하게 되어 있다는 것을 알 수 있습니다. 그러므로 우리는 우리의 먹이가 되고 있는 모든 생물들에게 숙명적으로 빚을 지고 살아가고 있습니다. 이 빚을 갚기 위해서라도 우리는 수행을 더욱 열심히 하여 지금보다 더욱더 바르고 착하고 슬기로운 사람이 되어야 할 것입니다. 바르고 착하고 슬기로운 사람은 자신과 이웃의 온갖 업장을 녹여서 진리의 순금을 만드는 용광로와도 같은 존재입니다.

시궁창 속의 연꽃이 되라

시궁창에서 연꽃이 피어나듯 우리는 온갖 악덕을 녹여서 진리의 연꽃을 피워야 합니다. 우리의 속담에 '개처럼 벌어서 정승처럼 써라'는 말이 있습니다. 비록 인간에게 죽임을 당하는 원한을 품고 죽어간 가축의 고기를 우리가 먹는다고 해도 그 원한을 녹여서 진리를 밝히는 좋은 에너지로 바꾸어 쓸 수만 있다면 그 가축의 원혼은 우리와 함께 환골탈태의 기적을 경험하게 될 것이고 그로 인해 다음 생은 기필코 한층 더 진화된 존재로 환생되어 있을 것입니다.

이러한 정보가 가축들 사이에 은연중에 퍼져나간다면 가축의 영들은 이왕이면 다홍치마라고 그 마음 바르고 착하고 슬기로운 수련자에 먹힘을 당하는 것을 오히려 영광으로 여기고 모여들게 될 것입니다.

채식만 하면서도 제 욕심만 채우는 사람보다는 육식을 좀 하더라도 착한 일을 많이 하는 사람이 더 빨리 진화하게 될 것입니다. 맑은 물에서 독초를 키우는 것보다는 시궁창에서라도 진리의 연꽃을 피우는 것이 훨씬 더 값진 일이 된다는 얘기입니다. 똑같은 물도 소가 먹으면 우유가 되고 뱀이 먹으면 독이 되는 이치입니다.

예수는 말했습니다. '입으로 들어가는 것은 사람을 더럽히지 않는다. 더럽히는 것은 오히려 입에서 나오는 것이다.'(마태 15 : 11) 베드로가 그 뜻을 풀어달라고 하자, 예수는 다시 말했습니다. '입으로 들어가는 것은 무엇이나 뱃속에 들어갔다가 뒤로 나가지 않느냐? 그런데 입에서 나오는 것은 마음에서 나오는 것인데 바로 그것이 사람을 더럽힌다. 마음에서 나오는 것은 살인, 간음, 도둑질, 거짓 증언, 모독과 같은 여러 가지 악한 생각들이다. 이러한 것들이 사람을 더럽히는 것이지 손을 씻지 않고 먹는 것이 사람을 더럽히는 것은 아니다.'(마태 15 : 17-20)

예수의 말을 요약해서 말하면 입으로 들어가는 음식은 무엇이든 다 깨끗하지만 사람의 마음은 그렇지 않아서 얼마든지 악할 수 있다는 얘기입니다. 그러니까 마음을 바르고 착하게 가지는 것이 중요한 것이지 무엇을 먹느냐가 중요한 것이 아니라는 뜻입니다.

또 예수는 베드로 일행이 갈릴리 호수에서 고기잡이하는 배에 탔을 때 고기가 많이 잡히는 쪽에 그물을 던지라고 충고까지 했습니다. 그런가 하면 물고기 두 마리와 빵 다섯 개로 5천 군중을 먹일 수 있는 식량을 만들어내는 초능력을 구사하기까지 했습니다. 이것은 예수 자신이 육식을 지극히 당연한 것으로 받아들이고 있었다는 증거입니다."

"그럼 채식만 하는 사람과 채식과 육식을 섞어서 하는 사람하고 수련은 어느 쪽이 더 잘된다고 선생님께서는 생각하십니까?"

"내 경험에 의하면 채식만 한다고 해서 잡식(雜食)하는 사람보다 반드시 수련이 잘되는 것은 아닙니다. 수련이 잘되고 안 되는 것은 식사 방식에 있는 것이 아니라 얼마나 마음을 비웠느냐에 달려 있습니다."

"선생님 저는 장례식이나 박물관이나 그밖에 사람이 많이 모이는 곳에 가기만 하면 무수한 사기(邪氣)가 달려들려 보통 힘든 게 아닙니다. 이런 때는 어떻게 해야 합니까?"

"그 사기라는 것이 무엇인지 아십니까?"

"제가 보기에는 그게 아무래도 빙의령들 같습니다."

"그렇다면 빙의령이 들어왔을 때의 요령대로 행동하면 되겠군요."

수련생들 중의 한 사람이 말했다.

"맞습니다."

"내 몸에 들어온 빙의령을 꾸준히 관하는 것 말입니까?"

"그렇습니다."

"그 외에 다른 방법은 없겠습니까?"

"내 얘기를 잘 들어보세요. 그러니까 구도자는 사람들이 많이 모이는 곳에 가지 않습니다. 나는 7년 전까지만 해도 내가 속한 문학 단체나 동창생들의 모임에 빠지지 않고 참가하곤 했었는데 수련이 어느 수준에 도달한 후부터는 그런 모임에 나가지 않게 되었습니다."

"아니 왜요?"

"사기 얻어맞기 싫어서요."

"그렇게 되면 친구들 다 떨어져 나가는 거 아닙니까?"

"나는 이미 옛날 친구는 다 떨어져 나갔습니다. 친구들과 멀어지는 것은 아주 간단합니다. 모임에 나가지 않으면 자연 멀어집니다."

"친구들과 멀어지면 쓸쓸하지 않습니까?"

"친구를 안 만나면 쓸쓸하다면 내가 왜 그들을 만나지 않겠습니까? 전연 그렇지 않기 때문에 만나지 않는 겁니다. 수련이 진행되면 될수록 나는 친구들 만나는 것이 괴로워지기 시작했습니다."

"왜요?"

"전과는 달리 서로의 관심사가 너무나 달라졌으므로 공동의 화제가 없으니까 그렇습니다. 그들의 세계와 내 세계가 너무나 다르기 때문입니다. 문인들 사회에서 친구들을 만난다는 게 결국은 술집에 모여서 술 마시며 잡담하고 기염 토하는 겁니다. 자욱한 담배 연기 속에서 술잔 기울이면서 잡담하는 것이 나에게는 날이 가면 갈수록 참을 수 없는 괴로움이었습니다.

담배연기가 싫고 술 마시기가 싫고 들어봐야 별 알맹이도 없는 횡설수설에 불과한 잡담에 질려버리고 따분해서 술자리가 어느덧 나에게는 고역이었습니다. 차라리 친구를 잃었으면 잃었지 그러한 고통을 감수할 필요를 느끼지 않게 되었습니다.

담배와 술과 횡설수설뿐만이 아닙니다. 나를 정작 괴롭히는 것은 그들로부터 화살처럼 나에게 꽂혀 오는 탁기(濁氣)입니다. 그 탁기로 인해서 겪는 괴로움은 일구난설(一口難說)입니다. 조용히 집안에 앉아서 『선도체험기』나 쓰고 책이나 읽다가 방문객을 만나서 수련 문제를 의논하고 도와주고, 호흡하고 등산하고 달리기나 걷기 운동하고 도인체조하는, 이른바 세 가지 공부를 일상생활화 하는 것이 나에게는 훨씬 더 유익한 하루하루입니다.

텔레비전이나 컴퓨터가 있으면 더욱 좋고 없으면 없는 대로 얼마든지 불출호지천하(不出戶知天下)할 수 있는데 무엇 때문에 귀중한 시간과 비용 들여가면서 그 고생을 일부러 사서 한단 말입니까? 친구라면 만나서 서로 즐겁고 기뻐야 할 텐데 만나 보았자 괴롭기만 하고 한시바삐 그들과의 술자리를 피하고만 싶다면 그건 이미 친구 사이가 아닙니다."

불교와 기독교의 차이

"선생님, 불교와 기독교는 어떤 차이가 있다고 보십니까?"

우창석 씨가 물었다.

"불교에는 신(神)이 없습니다."

"그게 무슨 뜻입니까?"

"불교를 주도하는 주체는 진리를 깨달은 부처들의 끊임없는 반열이지 절대 신성불가침의 신이 아니라는 얘기입니다. 그렇기 때문에 불교에서는 불교의 창시자인 석가모니조차도 신성불가침의 존재는 아닙니다.

그래서 불교가 인도에서 창시된 지 1천여 년이 지난 6세기경에 달마 대사는 중국에 와서 기존 불교와는 완전히 그 성질이 다른 선종(禪宗)을 새로 창시할 수 있었습니다. 이 선종은 중국의 노장 사상과 결합하여 기존 불교를 완전히 뒤엎어버린 선방(禪房)을 만들어 내어 살불살조(殺佛殺祖) 정신을 정착시켰습니다.

그리하여 선방에서는 불상이 추방되었고 불립문자(不立文字) 직지인심(直指人心) 견성성불(見性成佛)의 대원칙을 세움으로써 기존 불교를 일거에 거부해 버렸습니다. 재래식 교종(教宗)과 선종 간에는 다소의 마찰이 없었던 것은 아니지만 신기하게도 기독교의 신구교도처럼 서로 피 흘리는 종교전쟁 같은 것은 치르지 않았습니다.

가톨릭과 개신교처럼 서로 갈라져 딴살림을 차린 것도 아니고 한 울

타리 안에서 사이좋게 공존하고 있습니다. 그리고 불교의 이른바『팔만대장경』속에는 기존 불교를 거부한『육조단경』같은 것도 포함되어 있습니다. 그리고 시대가 변화에 따라 새로운 부처들에 의해 자꾸만 새로운 불경들이 쓰이고 있습니다.

부처는 석가모니만이 될 수 있는 것이 아니라 뜻만 확실히 세우고 꾸준히 수행만 하면 아무나 될 수 있습니다. 그러나 기독교는 이와는 지극히 대조적입니다. 우선 기독교의 창시자인 예수 그리스도는 아무나 수련만 하면 될 수 있는 그러한 보편타당한 존재가 아니고 특별히 조물주로부터 선택받은 조물주의 아들이라는 겁니다.

따라서 예수는 보통 구도자의 눈에는 지나치게 신격화되고 우상화되어 있으므로 일반 신도는 제아무리 견성 해탈한 존재라고 해도 도저히 접근이 불가능한 신성불가침의 존재입니다. 따라서 선종에서 살불(殺佛)하는 식으로 기독교에서 살기독(殺基督)한다는 것은 감히 상상도 할 수 없는 일입니다. 그러니까 기독교에서는 예수에 대한 끊임없는 순종과 경배만 있어야지 감히 예수의 교리를 비난하거나 부인한다는 것은 곧 파문을 의미합니다. 파문이란 중세에는 죽음을 의미했습니다.

그리고 성경은 요한계시록에서 이미 2천 년 전에 끝나 버렸습니다. 불교에서처럼 끊임없이 시대의 변천에 따라 새로 등장하는 부처들에 의해서 그 시대 환경에 적합한 불경이 쓰여지는 것이 아닙니다. 그러니까 불교도적 입장에서 보면 기독교는 요한계시록에서 이미 성서적으로는 사망신고를 한 것과 마찬가지입니다. 요한계시록 이후에는 그 수준을 뛰어넘는 성경들이 전연 쓰이지 않고 있기 때문입니다. 성 어거스틴의 고백록이나 성 프란시스코의 어록도 기존 성경에 대한 순종과 경배만 있지 그것을 뛰어넘거나 거부하는 참신한 것은 아무것도 없습니다.

그러니까 기독교는 변화하는 시대 환경에 제때에 적응하지 못하고 지동설을 주장한 코페르니쿠스와 갈릴레오를 종교재판에 회부했고, 마녀 사냥을 하고 십자군을 일으켜 범죄적 전쟁을 일으켰고, 끔찍하고 잔인한 종교전쟁으로 수많은 인명을 앗아갔습니다. 더구나 기독교는 산업혁명을 등에 업고 권력과 야합하여 제국주의자들의 외국 침략의 선봉장 역할을 하여 아메리칸 인디언들을 짐승처럼 무자비하게 잡아 죽였습니다.

특히 우리나라에 들어와서는 우리 민족 고유의 전통적인 조상 제사를 거부함으로써 숱한 마찰을 빚어내기도 했습니다. 기독교 특유의 배타주의적 독선이 빚은 비극이었습니다. 조상 제사를 반대하다가 조선 왕조 당국에 의해 희생된 신도들이, 엄정한 눈으로 볼 때 가톨릭에서 주장하는 대로 과연 성인의 반열에 든다고 할 수 있을지는 의문입니다."

"그럼 그 희생자들을 뭐라고 해야 할까요?"

"조상 제사 거부는 아무리 생각해도 그 당시 가톨릭의 지나치게 경직된 배타주의적 독선이 만들어낸 맹신자 내지 광신도들의 무분별한 행동이라고 보는 것이 타당하다고 봅니다. 그것을 황사영 백서(黃嗣永帛書)가 증명해 주고 있습니다."

"황사영 백서라는 것이 무엇이죠?"

"황사영 백서란 조선 왕조 순조 원년 1801년 천주교도 황사영이 북경에 있는 프랑스 주교에게 국내 교도들의 박해 전말 보고와 함께 프랑스 함대와 군대를 동원하여 조선 왕조를 타도하고 천주교 낙원을 건설할 것을 건의하는 비단에 적은 밀서입니다. 이러한 밀서를 보낸 황사영에 대해서는 교황청에서조차 황당무계하다고 평했을 정도입니다.

어떠한 종교든지 순종과 경배, 맹종과 광신 이외에는 아무것도 허용되지 않는다면 그 종교는 창시자의 수준을 영원히 뛰어넘지 못하고 맙니다."

"그래도 개신교는 좀 다르지 않습니까?"

"개신교 역시 예배 형식만 다를 뿐이지 교주에게 순종하고 경배하는 점에서는 달라진 게 아무것도 없습니다. 현재 한국의 일부 개신교도들은 국조인 단군상의 목을 자르고 장승을 훼손하거나 뽑아버리는 등 오히려 구교보다 한층 더 배타적이고 독선적입니다. 이처럼 배타적인 경직성 때문에 기독교에서는 육조를 비롯한 선종의 조사들이나 요가난다, 크리슈나 무르티, 마하리쉬 같은 힌두이즘의 생기발랄하고 박력 있는 큰 스승들이 나타나지 않습니다."

"그럼 기독교가 크게 발전할 수 있는 길이 있을까요?"

"예수도 신(神)도, 구세주도 조물주도 결국은 하나의 상(相)에 지나지 않는다는 것을 알아야 합니다. 상의 구현체인 신 역시 생로병사의 윤회를 거듭합니다. 상(相) 속에서 무상(無相)을 보아야 우리는 진여(眞如)를 볼 수 있습니다."

"그렇다면 석가, 소크라테스, 공자, 예수 같은 4대성인 역시 하나의 상에 지나지 않는다는 얘기입니까?"

"그렇고말고요. 모든 상은 진리에 도달하기 위한 하나의 방편에 지나지 않습니다. 아무리 좋은 방편이라고 해도 그것에 구속되거나 매달리면 진리는 영원히 깨달을 수 없습니다. 어차피 방편은 진리를 가리키는 손가락이지 진리 그 자체는 아니기 때문입니다. 알아듣기 쉽게 말해서 기독교인들이 예수의 종으로만 만족하려고 하는 한 예수와 동일한 반열에는 영원히 오를 수 없다는 얘기입니다."

"그건 왜 그렇죠?"

"예수 역시 구도자가 볼 때는 진리 그 자체는 아니고 진리에 도달하기 위한 하나의 방편에 지니지 않기 때문입니다. 방편을 목표로 오인한 데서 기독교의 배타주의적 독선의 비극은 싹트게 된 겁니다. 따라서 기독교가 지금의 침체의 늪에서 빠져나와 크게 도약하기 위해서는 이 배타적 독선의 벽을 과감하게 뛰어넘어야 합니다. 예수는 생시에 제자들에게 자기를 따르라고 했지. 지금의 교회에서처럼 자기 자신을 십자가상 속에 신격화하고 우상화하라고는 말하지 않았습니다."

"그럼 무엇 때문에 기독교회는 예수가 말하지도 않은 신격화와 우상화를 감행하게 되었을까요?"

"교회 조직을 살리기 위한 고육지책입니다. 사도 바울과 같은 초기 교회의 지도자들은 지금과 같이 교회에서 월급 받고 살아가는 직업적인 성직자가 아니었습니다. 바울은 천막 제조업으로 돈을 벌어 포교에 이용했습니다. 그러나 교회 조직이 확대되고 세속화하면서 직업적인 목회자가 등장하고 이들을 먹여 살리기 위해서 교도들로 하여금 11조를 내게 하고 그들을 교회의 명령에 절대 복종시켜야 할 필요성이 생겼습니다.

바로 이 필요성 때문에 교주인 예수를 신격화하고 우상화하지 않을 수 없었습니다. 이처럼 교회 조직은 예수 자신의 뜻과는 엉뚱하게도 다른 쪽으로 그 조직의 세속화 생리에 따라 발전해 나가게 된 겁니다."

"그래서 무교회주의가 생겨났군요."

"그렇습니다. 교회 조직의 거대화와 세속화가 예수의 의도와는 반대로 예수 자신을 신성불가침의 존재로 신격화, 우상화했을 뿐만 아니라 기독교를 변질시키고 타락시킨 원인이 되었습니다."

〈54권〉

언어도단(言語道斷)의 경지

다음은 단기 4333(서기 2000)년 5월 1일부터 같은 해 6월 30일까지 필자가 겪은 선도에 관한 체험을 기록한 것이다.

우창석 씨가 필자에게 물었다.

"선생님, 수행자들은 누구나 다 깨달음을 얻으려고 동서고금을 막론하고 이루 필설로 다할 수 없는 고생을 해 가면서 수련을 하고 있습니다. 무엇 때문에 그 일에 그렇게까지 매달려야 합니까?"

"평안을 얻기 위해서입니다."

"평안이라면 마음의 평안을 말합니까. 아니면 육체의 평안을 말합니까?"

"둘 다입니다."

"마음의 평안을 위해서가 아닙니까?"

"마음이 병들면 몸도 병들게 마련이니까 둘 다라고 말할 수 있습니다."

"평안이란 무엇입니까?"

"좌불안석 불안했던 사람이 심신의 안정을 찾는 것을 말합니다."

"안정이란 무엇인데요?"

"불안이 없는 상태입니다."

"불안이 없는 상태란 구체적으로 무엇을 말합니까?"

"생사와 시비가 없는 경지를 말합니다."

"그러나 세상 사람들은 생사와 시비를 겪으면서도 아무렇지도 않게 다들 잘살아가고 있지 않습니까?"

"그러한 안정은 상대적으로 안정을 느끼고 살아간다는 뜻이지 절대적 안정 또는 진정한 의미의 안정의 경지는 아닙니다."

"그러면 진정한 의미의 안정은 어떤 겁니까?"

"우창석 씨는 어떤 것이 진정한 의미의 안정이라고 보십니까?"

"우선은 의식주에 걱정이 없는 상태가 아닐까요?"

"의식주에 걱정이 없는 사람도 대부분의 경우 죽음 앞에서는 불안해합니다."

"그렇지만 죽음 앞에서 불안하지 않은 사람도 있을까요?"

"있고말고요."

"어떤 사람들입니까?"

"죽음을 잠자는 것 정도의 일상사로 받아들이는 사람입니다."

"어떻게 하면 그렇게 될 수 있습니까?"

"언어도단(言語道斷)의 경지에 든 사람이면 그렇게 될 수 있습니다."

"언어도단이란 무슨 뜻입니까?"

"글자 그대로 상대개념의 언어가 끊어진 상태를 말합니다."

"언어가 끊어진 상태라면 말이 필요 없어진 경지를 말합니까?"

"그렇습니다."

"언어 장애인들의 경우와는 어떻게 다릅니까?"

"언어 장애자들은 말을 하고 싶어도 생리적인 장애 때문에 말을 못할 뿐입니다. 언어도단의 경지는 말을 얼마든지 할 수 있는데도 말이 필요 없어진 경지를 말합니다. 언어 장애자들은 의학의 발달로 언어 장애가 치유된다면 얼마든지 말을 하려고 할 것입니다. 그러므로 그들은 언어도단의 경지에서도 유유자적할 수 있는 사람들은 아닙니다."

"언어도단의 경지에는 어떻게 하면 도달할 수 있습니까?

"티눈 하나 없이 마음을 비운 사람은 누구나 그 경지에 도달할 수 있습니다."

"마음을 완전히 비우는 경지란 어떤 것입니까?"

"분별심, 생각, 관념, 마음을 표현하는 상대개념의 산물인 언어가 끊어지고 나와 너의 구별이 없어진 경지입니다. 이것을 보고 하늘, 공, 무, 허공. 하나라고 합니다. 그러나 사실은 이러한 단어 자체도 생각의 표현이므로 언어도단의 경지를 표현하는 데는 적합하지 않습니다."

"그러면 그 경지를 가장 적합하게 표현할 수 있는 수단이 따로 있습니까?"

"있습니다."

"그게 무엇인데요?"

"임제할(臨濟喝), 덕산방(德山棒), 구지일지두(俱胝一指頭)니 하는 것이 그것입니다. 임제할이란 임제 선사가 언어도단의 경지를 표현하기 위해서 갑자기 '할' 또는 '악' 하고 소리를 지르는 것을 말하고, 덕산방은 덕산 선사가 몽둥이로 갑자기 상대를 때리는 것을 말하고, 구지일지두는 구지 선사가 손가락 하나를 치켜드는 것을 말합니다. 언어도

단의 경지를 말을 쓰지 않고 표현하자니 그럴 수밖에 없었습니다.

그런가 하면 같은 경우 말없이 땅바닥을 치기도 하고 손뼉을 치기도 합니다. 그러나 이것도 남의 흉내나 내는 하나의 유행이 되어 버리면 아무런 의미도 없어지게 됩니다. 문제는 수행자가 진정으로 언어로 표현이 불가능한 이 무언의 경지를 체험했느냐에 달려 있습니다."

"아까 선생님께선 마음을 완전히 비우면 누구나 언어도단의 경지에 들 수 있다고 하셨는데 어떻게 하면 마음을 완전히 비울 수 있겠습니까?"

"여러 가지 방법이 있습니다."

"차례로 설명 좀 해 주시겠습니까?"

"첫째 화두선(話頭禪)이 있습니다. 나는 무엇인가? 이뭐꼬? 무(無), 부모미생전본래면목(父母未生前本來面目), 뜰아래 잣나무, 마삼근(麻三斤), 마른 똥막대기 등등 1천 7백 가지나 되는 화두들 중 하나를 잡고 오직 생각이 끊어지는 경지를 향해 마음을 집중하고 일로매진하는 겁니다. 여기서 화두 자체에 별다른 의미가 있는 것은 아닙니다."

"그럼 화두는 왜 필요합니까?"

"수행 중에 일어나는 잡념과 번뇌와 망상을 털어내고 정신을 하나로 통일하고 발분(發奮)케 하여 큰 의문을 일으켜 깨달음을 향해 일로매진하자는 데 그 목적이 있습니다. 그리하여 상대개념이 끊어진 경지에 도달하면 견성을 하게 됩니다."

"그럼 견성하는 데는 화두선이 제일인가요?"

"그렇지는 않습니다. 다른 방법도 있습니다."

"다른 방법엔 어떤 것이 있습니까?"

　"화두선보다도 사실은 동서고금을 막론하고 더 광범위하게 많은 사람들에 의해 일상생활에서 실천되고 있는 방법이 있습니다."
　"그게 뭐죠?"

최고의 수행법은 이타행

"남을 위하는 것이 바로 나 자신을 위하는 것이라는 것을 알고 남을 나 자신처럼 사랑하는 겁니다. 이웃 사랑 즉 이타행(利他行)이 바로 그 것입니다. 내가 보기에는 사실은 화두선보다는 이타행이 진리를 깨닫는 것보다 고전적이고 보편타당한 방법입니다."

"왜 그렇게 생각하십니까?"

"언어도단의 경지는 사실은 나가 없어진 무아(無我)의 경지를 말합니다. 이 무아의 경지에 도달하려면 무엇보다도 먼저 마음을 열고 욕심을 버려야 합니다. 이처럼 마음을 비우는 데 이타행 이상 가는 기쁨이 수반되는 수행 방법은 다시없습니다.

나보다 남을 먼저 생각하는 사람은 항상 친절과 봉사 정신이 몸에 배어 있어서 그의 얼굴에는 늘 웃음이 떠나지 않고 온화한 빛을 주위에 발산합니다. 소아(小我)를 극복하고 대아(大我)에 이르는 데 이것 이상 가는 수행법은 없습니다. 화두선이 어딘가 인위적이고 공격적인 냄새가 짙게 풍기는 데 반해 이타행이야말로 인간성을 충분히 살린 추호도 꾸밈없는 지극히 자연스러운 수행법이라고 할 수 있습니다.

오른손이 하는 일을 왼손이 모르게 하는 이타행 그 자체가 무아의 경지, 무사무념(無思無念)의 경지 그것입니다. 인위적이고 어딘가 부자연스러운 화두선을 10년 하기보다는 무아의 경지에 자기도 모르게 몰입하는 이타행 1년이 훨씬 더 효과적입니다.

 내가 잘 아는 어떤 부부의 경우를 실례로 들어보겠습니다. 열렬한 연애 끝에 결혼을 한 부부였습니다. 남자는 평범한 회사원이었고 여자는 백화점 점원이었습니다. 결혼한 지 1년 만에 그들은 아들을 낳았습니다. 이때부터 남자는 괴상한 행태를 보이기 시작했습니다. 회사에서 상사에게 꾸중을 듣든가 그밖에 기분 나쁜 일이 있으면 남편은 술 마시고 밤늦게 집에 돌아와 사소한 트집을 잡아 아내에게 손찌검을 하기 시작했습니다.

 세상천지에 남편한테 매맞고 가만히 있을 여자가 요즘 어디 있겠습니까? 아내는 매맞을 때마다 격렬하게 저항을 했지만 남편의 완력을 당할 수 없어서 매번 얻어맞기만 했습니다. 그러고 나서도 이튿날 술이 깨면 남편은 아내에게 잘못했다고 손이 발이 되게 싹싹 빌었습니다. 그러고도 며칠 후에는 똑같은 일이 반복되었습니다.

 남편은 술이 깨었을 때는 그렇게 친절하고 나긋나긋할 수가 없는데도 일단 술만 취했다 하면 순식간에 두 얼굴의 사나이가 되어버리고 말았습니다. 그리하여 아내의 고운 얼굴에는 퍼런 멍자국이 지워질 날이 없었습니다. 그러한 얼굴을 하고도 아내는 어떻게 하든지 생활에 보태어 보려고 아이는 탁아소에 맡기고 백화점 점원 일을 계속했습니다.

 이렇게 매맞고 산 지도 어느덧 한 해가 지나갈 무렵 아내는 고심 끝에 중대한 결심을 하기에 이르렀습니다. 남편에게 협의 이혼을 제안한 겁니다. 남편은 역시 손이 발이 되게 잘못했다고 빌었지만 아내 때리는 버릇은 끝내 청산하지 못했습니다. 결국 그들은 이혼을 했습니다."

"그럼 아이는 어떻게 됐습니까?"

"재혼을 하려고 이혼을 한 것은 아니므로 아이는 여자가 떠맡기로 하고 남편은 그 길로 절에 들어가 머리 깎고 수도승(修道僧)이 되었습니다. 그 후 여자는 아이를 혼자 기르면서도 악착같이 돈을 벌어 조그마한 문방구 겸 책방을 하나 장만할 수 있었습니다. 아직은 젊고 미모도 있어서 여기저기서 중매가 들어왔지만 여자는 남자라면 신물이 나서 다시는 결혼을 하지 않기로 작정하고 아이 키우면서 혼자 살기로 했습니다.

고객 중에 『선도체험기』를 주문하는 사람이 있어서 우연히 읽어보다가 몰입이 되어 그녀는 어느덧 『선도체험기』 애독자가 되었습니다. 『선도체험기』를 1권서부터 53권까지 읽는 동안에 그녀는 자기도 모르게 마음이 열렸습니다. 애인여기(愛人如己)하는 생활이 몸에 배면서 이혼의 상처도 어느덧 치유되고 마음의 평화와 안정을 찾을 수 있었고 건강도 좋아졌고 장사도 번창일로를 걷게 되었습니다.

이럭저럭 10년의 세월이 흘렀습니다. 아들은 벌써 초등학교 3학년이 되었습니다. 선승(禪僧)이 된 전남편은 안거(安居)가 해제되면 1년에 한두 번씩 아들도 볼 겸 옛 아내를 찾았습니다. 이혼 시에 합의된 사항이었다고 합니다.

여자는 전남편을 데리고 아들과 함께 셋이서 나를 찾아온 일이 있었습니다. 여자가 『선도체험기』를 읽고 나를 찾아와 생식을 한 지는 불과 1년밖에 안 되었습니다. 그러나 남자가 선승이 되어 선방에서 화두를 잡은 지는 10년이 넘었습니다.

나는 대화를 나누기 전에 우선 기운으로 두 사람을 유심히 살펴보았습니다. 그런데 남자는 여자에게 벌써 기운으로 크게 압도당하고 있었습니다. 남자는 수행 수준에 있어서 여자의 상대가 되지 않았습니다. 인격적으로 여자가 황새라면 남자는 뱁새에 지나지 않았습니다. 행여나 하고 몇 마디 대화를 나누어 보았습니다. 10년 화두 잡은 선승답지 않게 그는 앞뒤가 꽉 막혀 있어서 숨이 가쁠 지경이었습니다. 게다가 그는 위장병, 신경통, 당뇨 등 갖가지 병에 시달리고 있었습니다.

그리고 일단 머리 깎고 구도승이 되었으면 속세와의 인연은 단연 끊어야 합니다. 그런데도 1년에 한두 번씩 전 아내를 찾는다는 것 자체가 엉터리 구도승임을 스스로 드러낸 것이 아니고 무엇이겠습니까? 더구나 그는 지금도 만날 때마다 곡차(穀茶, 승려 사회에서 쓰는 말로 술을 말함)를 마시고, 옛날 버릇이 도지곤 하여 애엄마를 혼비백산케 하는가 하면 남편이었을 때 본의 아니게 주사(酒邪)를 부렸던 자신을 관대히 보아주지 못한 그녀를 원망하고 있었습니다.

결국 10년간의 화두선(話頭禪)이 말짱 다 물거품이 되고 말았습니다. 내가 보기에 남자는 머리 깎고 승복만 있었지 그녀의 신발끈도 풀어 줄만한 자격이 없는 밴댕이 소가지를 그대로 간직한 자였습니다. 그래도 여자는 한때 부부의 인연을 맺었던 아이의 아버지라고 하여 정성을 다했습니다."

"어떻게 정성을 다했습니까?"

"전남편이 수행에 별 진전이 없는 것을 안타깝게 여기고 공부에 도움이 되라고 오행생식을 한 달치를 지어주고 『선도체험기』도 꼭 읽어

보라고 53권 한 질을 나한테서 구입해 주었습니다. 그런지 1년 후에 그
가 다시 찾아왔기에 여자가 물어보았더니 생식을 먹어보니 맛이 없어
서 산사(山寺) 근처 땅속에 파묻어 버렸고『선도체험기』한 질은 한 도
반(道伴)이 하도 달라고 사정사정하기에 막상 자기는 한 줄도 읽어보
지 않고 그대로 다 주어버렸다고 합니다."

"저런, 쯧쯧, 그거 참 안됐군요."

우창석 씨가 자기 일인 듯 안타까워했다.

"안되긴요. 차라리 잘됐죠."

"잘돼다뇨?"

"땅에 파묻은 생식은 어차피 굶주린 산짐승이라도 파먹었을 것이고
『선도체험기』53권 한 질 역시 제 임자를 찾아간 겁니다. 탐진치(貪瞋
癡)가 속에 그대로 가득차 있는 이상 제아무리 화두를 잡아 보았자 백
년하청(百年河淸)입니다. 삼독(三毒)이 마음속에 그대로 꽉 차 있다는
것은 마음이 꽉 막혀 있다는 얘기와 같습니다."

화두 잡기 전에 마음부터 열어야

"그렇다면 아무리 화두를 잡고 있어도 마음이 닫혀 있으면 별수없다는 말씀이군요."

"그렇습니다."

"화두를 잡기보다는 마음을 여는 것이 더 중요하다는 말씀입니까?"

"당연히 그래야죠."

"마음을 여는 수련도 있습니까?"

"있고말고요."

"어떻게 하는 것이 마음 여는 수련입니까?"

"어차피 인간은 혼자서는 살아갈 수 없는 존재입니다. 제아무리 토굴 속에서 혼자 참선을 한다고 해도 외부와의 일체의 연락을 끊고는 단 몇 달을 버티기가 어렵습니다. 솔잎과 풀잎으로 살아가기로 작정을 하지 않는 이상 다른 사람과의 교섭을 끊고는 우선 식생활이 해결되지 않는 것이 현실입니다.

더구나 인간은 탄생부터가 아버지와 어머니라는 두 남녀의 협조 없이는 불가능합니다. 그래서 인간을 사회적 동물이라고 합니다. 다시 말해서 남과의 교섭 없이는 생존을 할 수 없다는 얘기입니다.

우리는 태어나면서부터 숨을 거두는 그 순간까지 남과의 접촉 없이는 살아갈 수 없습니다. 용빼는 재주가 있다고 해도 우리 인간은 혼자서는 도저히 살아갈 수 없도록 운명지어져 있습니다. 그런데도 불구하고 우리는 나만을 생각하고 내 이익만을 챙기는 소아적(小我的) 이기주의에 사로잡혀 있습니다.

이 소아적 이기주의에 사로잡혀 있는 한 우리는 사회적 성공은 말할 것도 없고 수행을 해도 별로 성과를 기대할 수 없습니다. 마음을 연다는 것은 바로 이 소아적 이기주의에서 벗어나 대아적 이타주의에 입문하는 것을 말합니다.

소아적 이기주의에서 벗어나는 첫걸음은 매사에 나보다 남을 먼저 생각하는 역지사지(易地思之) 정신을 실천하는 것입니다. 이것이 바로 마음을 여는 수련의 시작입니다. 방금 전에 말한 아내 때리는 버릇 때문에 이혼당하고 구도승이 된 사람의 경우를 생각해 봅시다. 그 사람은 머리 깎고 승복 입기 전에 먼저 할 일이 있었습니다."

"그게 뭐죠?"

우창석 씨가 눈이 둥그레지면서 물었다.

"술김에 아내 때리면서 쾌감을 느끼는 못된 버릇부터 진지하게 뼈저린 반성을 했어야 했습니다."

"어떻게 말입니까?"

"다만 한순간이라도 자기를 아내의 입장에 세워놓고 객관적으로 냉정하게 생각해 봤더라면 그의 운명은 달라졌을 것입니다. 만약 그렇게만 했더라면 그와 아내와의 사이에 얽히고설킨 악연의 업장을 풀어낼 수 있는 실마리를 분명 찾아낼 수 있었을 것입니다. 그러나 불행하게도 그는 선승이 되어 화두를 잡은 지 10년이 된 지금까지도 단 한순간도 자기를 아내의 처지와 자신을 바꾸어 놓고 생각해 본 일이 없었습니다."

"그걸 어떻게 알 수 있습니까?"

"그건 지금까지도 주사 부렸던 자기를 너그럽게 용서해 주지 않은 아내를 원망하고 있는 것만 보아도 알 수 있는 일입니다. 이렇게 밴댕이처럼 앞뒤가 꽉 막힌 상태에서는 백년 아니라 천년을 이뭐꼬 화두를 잡아 보았자 말짱 다 헛수고로 끝나고 말 것입니다.

그런데도 불구하고 국내에 있거나 국외에 나가 있는 이 나라의 유명한 선사(禪師)들은 한결같이 역지사지를 가르치기보다는 화두만 잡게 하는가 하면, 거칫하면 고함이나 지르고 죽비나 휘두르는 것을 능사로 삼고 있습니다.

소위 임제할, 덕산방, 구지일지두(俱胝一指頭)는 서기 6세기 이후 동양에서 유행하여 온 화두선에서 나온 것입니다. 이것은 그 당시에는 가장 알맞는 수행법이었을지 모르지만 시대와 환경이 바뀐 지금에는 녹슬고 이빨 빠진 칼처럼 잘 들지 않는 수행법이라는 것을 알아야 합니다. 일전에 우리집에 한 비구니가 찾아왔습니다. 이런 얘기 저런 얘기 끝에 내가 물었습니다.

'스님께서는 화두를 잡고 계시죠?'

'그럼요.'

'무슨 화두를 잡고 계십니까?'

'부모미생전본래면목입니다.'

'몇 해 동안이나 그 화두를 잡으셨습니까?'

'10년이 다 되어 갑니다.'

'그럼 스님께서는 그 본래면목이 뭐라고 생각하십니까?'

그러자 그녀는 대답 대신에 느닷없이 손뼉을 딱딱딱 세 번 치는 것이었습니다."

"그게 무슨 뜻입니까?"

우창석 씨가 물었다.

"자기는 이미 언어도단의 경지에 들었다는 뜻입니다. 개구즉착(開口卽錯). 그러니까 말로는 그 경지를 표현해 봐야 아무 소용없고 이렇게 손뼉을 침으로써 그 무언의 경지를 대외에 알릴 수밖에 없다는 뜻입니다."

"견성을 했다는 말인가요?"

"말하자면 그 비슷한 경지에 도달했다는 뜻이죠."

"그럼 선생님께서도 그 비구니가 깨달음을 얻었다고 생각하십니까?"

"천만에요."

"그걸 선생님께서는 그걸 어떻게 아실 수 있습니까?"

"눈빛과 기운으로 알 수 있습니다. 말이나 행동은 사람을 얼마든지 속일 수 있어도 눈빛과 그의 몸에서 발산되는 기운은 아무도 속일 수 없습니다. 그녀가 정말 견성을 했다면 나를 찾아오지도 않았을 것입니다."

"견성한 사람의 눈빛과 기운은 어떻게 다릅니까?"

"그건 그러한 수련을 해 본 사람만이 알 수 있습니다."

"그래도 보통 사람들과는 다른 그 무엇이 있을 거 아닙니까?"

"눈빛이 맑고 투명하고 태산처럼 안정되어 있어야 합니다."

"기운은 어떻습니까?"

"기운 역시 맑고 편안하고 포근한 안정감을 느낄 수 있어야 합니다. 우리말에 '한눈으로 모든 걸 알아본다'는 말도 있고 '앉아서 삼천리 서서 구만리'라는 말도 있습니다. 오래된 소장수는 한번 척 눈길만 보내고도 그 소의 모든 것을 알아낼 수 있습니다. 유능한 정비사는 엔진 소리만 듣고도 그 자동차에 어디에 결함이 있는지 귀신처럼 알아맞춥니다. 마찬가지로 많은 수련생을 상대해 본 스승은 척 한 번 훑어보기만 해도 모든 것을 파악할 수 있습니다.

그런데 대단히 유감스러운 일이지만 우리나라의 선사님들은 눈빛과 기운 대신에 선문답을 해 보고는 견성을 인가해 주는 경향이 있습니다. 그 때문에 연기에 속아넘어가 가짜를 진짜로 오인하는 수가 자주 있습니다."

"그럼 손뼉을 쳤다는 그 비구니는 선사에게서 인가를 받았을까요?"

"못 받았을 겁니다."

"그렇다면 그 비구니가 그렇게 손뼉을 쳤을 때 그녀의 담당 선사는 뭐라고 했을까요?"

"용두사미(龍頭蛇尾)라고 대답했을 겁니다."

"그게 무슨 뜻입니까?"

"시작은 용대가리였는데 마감은 뱀꼬리라는 뜻이죠."

"저는 아직도 무슨 뜻인지 모르겠는데요."

"시작은 좋았지만, 아직도 견성하려면 멀었다는 얘기입니다."

"그럼 그렇게 말하지 않고 왜 용두사미라는 어려운 용어를 쓸까요?"

"그러니까 선문답(禪問答)이라고 하지 않습니까? 쉬우면 선문답이 될 수가 없죠."

"선문답이란 뭡니까?"

"동문서답 식으로 돌연 상대의 의표를 찔러 깨달음을 유도하는 방편입니다."

"의표를 찌른다는 것은 무엇입니까?"

"예상 밖의 질문이나 행동으로 상대를 혼란의 함정에 빠뜨려 놓고 스스로 그 함정에서 빠져나오게 하는 수법입니다."

"꼭 그렇게 어렵게 말해야 할 이유가 있습니까?"

"어려워야 더욱더 강한 의단(疑團)을 품고 용맹정진할 수 있다는 겁니다."

"의단이 뭡니까?"

"늘 마음속에서 풀리지 않고 응어리져 있는 의문의 덩어리입니다."

"그렇게 의단을 품게 하는 이유는 뭡니까?"

"잡념과 번뇌 망상을 물리치고 정신을 하나로 통일하여 자성을 깨닫게 하는 데 목적이 있습니다."

"그렇게 하면 과연 진리를 깨달을 수 있을까요?"

"어렵습니다."

"얼마나요?"

"천에 하나 만에 하나입니다."

"선생님께서는 왜 그렇게 견성하기가 어렵다고 생각하십니까?"

"우선순위가 잘못되었기 때문이라고 봅니다."

"어떻게요?"

"화두를 잡기 전에 닫힌 마음의 문부터 열어야 합니다. 마음은 꽉 닫아둔 채 화두만 잡는 것은 밀폐된 방 속에서 화분을 가꾸려 하다가 곯아서 죽어버리게 하는 것과 같습니다. 더욱더 한심한 것은 선사들이 거칫하면 악이나 쓰고 고함이나 지르고 몽둥이나 휘두르는 것이 하나의 관행이 되어 버린 현상입니다.

제아무리 좋은 방편도 남용을 하면 효용 가치가 떨어지게 마련입니다. 그와 마찬가지로 제자들의 경우도 말이 막히면 손뼉이나 치고 방바닥이나 두드린다면 이것 또한 관행이 되어 효용 가치를 상실하게 됩니다. 시대와 환경이 바뀌면 방편도 새로워져야 합니다."

"만약에 선생님이시라면 용두사미 대신에 뭐라고 하시겠습니까?"

"그 자신의 눈빛이 살아나고 운기가 안정될 때까지 더욱더 열심히 공부하라고 말할 것입니다. 이렇게 말하는 것이 용두사미라는 관용어구를 남용하는 것보다 훨씬 다 구체적으로 공부의 방향을 제시하는 것이라고 봅니다."

"정말 눈빛이 살아나고 운기가 안정될 정도로 수행이 진전되려면 어떻게 수련을 해야 하겠습니까?"

"역시 마음이 열려야 합니다."

"그러자면 어떻게 해야 하죠?"

"남을 향해 마음을 열어야 합니다."

"역지사지(易地思之)를 일상생활에 적용해야 한다는 말씀이군요."

"그렇습니다. 그게 바로 대인관계의 시작임과 동시의 수행의 시작이요 끝이기도 합니다."

견성이란 무엇인가?

"누가 견성이란 무엇이냐고 묻는다면 선생님께서는 할(喝이)나 방(捧) 대신에 뭐라고 대답하시겠습니까?"

"견성이란 땅바닥 두드리기도 아니고 손뼉 치기도, 악쓰기도 소리 지르기도, 몽둥이질도 손가락 추켜세우기도 아닙니다."

"그럼 뭡니까?"

"견성이란 나보다 남을 먼저 생각하는 마음입니다. 극장 안이나 전철, 버스 칸에서 핸드폰 켜지 않는 마음가짐입니다. 또 견성이란 착하기는 하지만 바보스러워서 항상 남에게 늘 손해를 보면서도 마음 편하게 살아가는 생활 태도입니다.

견성을 철학적으로 어렵게 생각하면 안 됩니다. 또 견성을 선문답(禪問答)을 통과하는 것이라고 생각하면 큰 오산입니다. 견성은 남이 새치기한다고 자기도 덩달아 새치기하는 짓 따위는 죽었다 살아나도 하지 않는 겁니다. 견성은 운전자가 교통 규칙 잘 지키고 과속하지 않는 겁니다.

산은 산이요 물은 물이라고 삼척동자도 다 아는 소리를 큰 발견이나 한 듯 새삼스레 뇌까리는 것이 견성이 아닙니다. 견성이란 제 욕심 차리려고 거짓말하지 않는 겁니다. 산이나 길거리에 쓰레기 버리지 않는 것이 견성이고, 남이 버린 쓰레기를 줍는 것은 해탈입니다.

견성이란 살인강도가 칼을 목에 들이대어도 태연하게 강도의 눈을 그윽하게 응시할 수 있는 여유입니다. 견성이란 겉모양은 제아무리 초라해도 마음속엔 우주 전체를 품고 있어서 부러울 것도 아쉬울 것도 없는 것을 말합니다.

견성이란 우주 에너지가 자기 몸과 접속되어 통전(通電) 상태가 됨으로써 덕과 지혜와 능력이 끊임없이 공급되는 상태를 말합니다. 이것을 체험하지 못한 채 말문만 터진 것은 전부 다 초견성에 지나지 않습니다. 견성이란 내일 천지개벽이 온다 해도 오늘 모내기를 하는 마음가짐입니다."

"선생님, 견성과 해탈은 어떻게 다릅니까?"

"견성은 혜해탈(慧解脫)이고 해탈은 구해탈(俱解脫)을 말합니다."

"혜해탈은 무엇입니까?"

"머리로만 깨닫는 것을 말합니다."

"구해탈은요?"

"머리로만 깨닫는 게 아니고 머리, 마음, 기, 몸 전체로 깨닫는 것을 말합니다. 다시 말해서 초견성을 하고 나서 보림이 다 끝난 상태를 말합니다."

살인강도도 천상에 갈 수 있나?

"살인강도도 죽기 전에 천국에 가겠다고 염원하면 천상에 갈 수 있습니까?"

우창석 씨가 물었다.

"있습니다."

"그렇다면 성인도 죽기 전에 지옥에 가야겠다고 생각하면 지옥에 갑니까?"

"당연한 일이죠."

"그렇다면 모든 것이 생각대로 된다는 말씀입니까?"

"그렇습니다. 그래서 인간은 원래 마음먹은 대로 되는 존재입니다. 일체유심조(一切唯心造)라는 성어는 그래서 생겨났습니다."

"그렇다면 살인강도가 죽어서 그의 생각대로 천상에 태어났다면 그가 살인강도였을 때 지은 악업은 어떻게 됩니까?"

"그거야 에누리 없이 갚아야죠."

"천상에도 고통이 있을 수 있다는 말씀입니까?"

"그렇고말고요. 천상도 상대세계인 이상 그곳에서도 생로병사의 윤회는 계속됩니다."

"악업에서 완전히 벗어나는 길은 무엇입니까?"

"욕심을 비우면 됩니다."

"욕심이 무엇입니까?"

"탐진치(貪瞋癡), 희구애노탐염(喜懼哀怒貪厭)입니다."

"어떻게 하면 욕심을 비울 수 있습니까?"

"욕심을 비우는 수행을 해야 합니다."

"어떻게 수행을 해야 할까요?"

"자기 마음의 동향을 스스로 관찰하여 잘잘못을 가려내어 욕심에 물들지 않도록 하나하나 고쳐나가는 명상, 관법(觀法) 수행이 있고, 마음과 기와 몸 공부를 동시에 수행해 나가는 삼공(三功)선도 수행법이 있습니다. 그 외에 석가모니의 팔정도(八正道), 육바라밀이 있습니다.

그리고 선종의 불립문자(不立文字), 교외별전(敎外別傳), 직지인심

335

(直指人心), 견성성불(見性成佛) 수행법도 있습니다. 이 밖에도 염불, 기도, 주문 등 수없이 많은 수행법이 있습니다. 근기에 따라 수행자들은 각기 자기에게 알맞은 수행법을 선택해야 합니다."

마음 다스리기

보통 스승은 제자에게 학문, 기술, 예능, 이재술(理財術), 통치술 등 갖가지 출세 방법과 생존 능력을 가르친다. 그러나 인생의 스승은 제자에게 오직 마음 다스리는 법만을 가르친다. 어떠한 학문이나 기술보다도 자기 마음을 스스로 다스릴 줄 아는 사람만이 진정으로 인생의 최후 승리자가 될 수 있기 때문이다.

어떻게 하면 마음을 다스릴 수 있을까? 마음을 언제나 텅 비워놓으면 된다. 마음을 완전히 비워놓아야 모든 것을 받아들일 수 있기 때문이다. 그러므로 마음을 비운 사람은 온 우주를 내 것으로 만들 수 있다. 그리고 마음을 온전히 비워놓아야 티 한 점 없는 유리를 통해 밖을 내다보듯 사물의 진실을 꿰뚫어 볼 수 있는 것이다.

내 마음이 맑으면 상대의 마음까지도 환히 들여다보인다. 마음이 맑다는 것은 욕심이 없다는 말과 같다. 내 마음에 욕심이 가려져 있지 않으니 바깥이 환히 내다보일 수밖에 더 있겠는가.

이렇게 환하게 밝아진 눈으로 사물을 보면 이 세상에 불완전한 것은 아무것도 없다. 오직 우리가 모르고 있으니까 불완전하게 보일 뿐이다. 따라서 무엇이 불완전해 보일 때는 자신의 마음이 맑지 못하기 때문이라고 생각하고 진상이 드러날 때까지 마음 비우기를 계속해야 한다.

그러고 나서 관찰하라. 그래도 불완전한 것이 보일 때는 내 마음속에 아직도 욕심이 가려져 있다고 생각하고 계속 마음을 비워야 한다. 마음이 완전히 비워지는 순간 사물은 본래의 제 모습을 드러낼 것이다. 마음만 완전히 비울 수 있다면 내 마음을 내 맘대로 움직일 수 있다. 비워진 마음속에는 두려움도 부러움도 있을 수 없기 때문이다. 왜 그럴까? 비워진 마음속에는 생사와 유무가 없기 때문이다.

업 다스리기

업을 다스린다는 것은 이기적인 나, 다시 말해서 마음을 다스리는 것을 말한다. 마음이 업을 만들기 때문이다. 마음을 다스리고 또 다스리다 보면 종국엔 마음이 사라져 버린다. 무사무념(無思無念), 무아(無我)의 경지에 도달하게 된다.

그것이 바로 마음의 근본 자리이다. 이 자리에 도달하는 순간 누구나 전율적이고 황홀한 감전 현상을 경험하게 된다. 마음의 근본 자리에 있는 우주 에너지의 본체와 무아의 경지에 도달한 한 개체가 연결되어 하나가 되는 순간에 느껴지는 통전(通電) 현상이다. 이것이야말로 진짜 해탈이다.

통전 현상 없는 해탈은 마음으로만 깨달은 것이지 마음과 기와 몸으로 통째로 깨달은 것은 아니다. 부분적으로만 깨달은 것이지 전체로 깨달은 것이 아니다. 우주 에너지와의 통전을 체험하지 못한 구도자는 그것을 경험할 때까지 용맹정진을 멈추지 말아야 한다.

그 근본 자리는 돌아가는 바퀴의 중심 축, 저울의 영점, 자동차 기어의 중립 위치이기도 하다. 중도(中道), 중용(中庸)의 자리이다. 이 자리에 서서 우주 에너지 중심과의 통전을 경험했을 때 비로소 우리는 우아일체가 이룩된 완전한 대자유를 누릴 수 있다. 생사와 유무와 왕래를 초월한 자리이기 때문이다.

이 자리에 설 수 있을 때 우리는 비로소 생사윤회와 육도사생(六途四生)을 마음대로 드나들 수 있다. 생사대업이 완수되는 순간인 것이다.

선도와 참선의 같은 점과 다른 점

선도와 참선은 무엇이 같고 무엇이 다른가?

둘 다 종교가 아니고 자력으로 마음공부하는 수행 체제라는 점에서는 같다. 선도는 지감, 조식, 금촉 즉 마음공부. 기공부, 몸공부에 주력할 뿐 특별한 종교적 배경 같은 것은 없다. 그러나 참선은 불교적 배경이 건재하다.

선도는 몸, 기, 마음 공부의 조화를 핵심 강령으로 삼고 있지만 참선은 마음공부 이외에 기공부와 몸공부에 대해서는 별로 신경을 쓰지 않는다. 바로 이 때문에 일반 선승들은 말할 것도 없고 소위 견성 해탈했다는 고승들 중에도 고혈압, 비만, 심장병, 해소병, 당뇨 같은 각종 성인병 환자들이 많다.

특히 선승들은 90프로 이상이 위장병 환자들이라고 한다. 그 이유는 일주일 중 5일간은 조식(粗食)을 하다가 각종 행사와 천도재가 있는 일요일에는 맛있는 음식들이 지천으로 많이 나오므로 거창하게 과식을 하기 때문이라고 한다. 수행자가 음식 조절 하나 제대로 못 하다니 깊이 반성할 일이다.

참선에는 1천 7백 개의 화두가 이용되고 있지만, 선도에서는 각자에게 그때그때 일어나는 문제들과 일상생활 자체가 모두 다 화두가 된다.

마음을 비우면 인과도 업도 사라진다. 그러므로 마음을 비운 사람에겐 어떠한 종교의 신(神)도 저승사자도 접근할 수 없게 되어 있다. 따라서 마음 비운 사람은 신을 부릴 수 있을지언정 신의 지배를 받는 일은 있을 수 없다. 종교는 마음의 병을 고치는 약과 같다. 욕심을 비우는 순간 모든 마음의 병은 사라진다. 병이 나으면 약이 필요 없듯 욕심을 비운 사람에겐 종교 같은 것은 필요가 없다. 신도 저승사자도 필요 없는 것은 더 말할 것도 없다.

사물의 진상을 보려면 온갖 선입견, 생각, 마음, 관념에서 벗어나야한다. 일체의 색안경을 벗어던져야 한다는 말이다. 그래야만이 사물의 진상을 가감 없이 볼 수 있다. 생각과 마음이 생겨나기 이전의 티 하나 없이 맑은 거울이 되어야 참모습을 비출 수 있다는 얘기다. 생각과 마음이 생겨나기 이전의 상태가 마음의 근본 자리이다. 이 근본 자리에서 사물을 관찰하라. 이 근본 자리야말로 생사, 유무, 선악에서 벗어난 곳이다.

니체는 신은 죽었다고 했지만 마음을 비운 사람에겐 신 같은 것은 애당초 존재하지 않는다. 신은 원래 욕심을 다스리기 위해서 생겨난 방편이요 쓰임이다. 도둑이 경찰을 두려워하듯 욕심쟁이만이 신을 두려워한다.

가짜 도인은 사기를 치면서도 신도들에게는 분별심을 내지 말라고 한다. 자기를 비판적인 눈으로 보지 말고 무조건 믿어달라는 소리다. 그러나 사심 없는 관찰자의 눈에는 산은 산이요 물은 물인 것과 같이, 사기꾼은 여전히 사기꾼이요 도둑놈은 여전히 도둑놈일 뿐이다. 가짜를 보고 가짜라고 말 못 하는 사람이야말로 한심한 비겁자이다.

어떤 스승은 무사무념, 무아의 경지에만 들어서면 근본 자리에 도달했다고 한다. 그러나 무사무념, 무아만 가지고는 어림도 없다. 바로 그 자리에서 한 단계 더 뛰어넘어 우주의 에너지원과 통전이 되어 찌릿한 감전 현상을 겪고 무한한 환희심을 느껴야 한다. 그리하여 우주와의 황홀한 일체감을 확인하고 그 기쁨 속에 전율함으로써 우주의 참기운을 실감할 수 있어야 한다. 그것이 진정한 우아일체다. 밝아진 인간으로의 새로운 태어남이다. 무한한 우주의 능력과 지혜와 사랑은 이때 새롭게 깨어난다.

그러나 이렇게 되기 위해서는 마음공부 하나만 가지고는 안 된다. 마음공부와 함께 기공부와 몸공부가 동시에 수행되어야 한다. 사람이 이 세상에 태어날 때 마음, 기, 몸 셋을 한꺼번에 받고 태어나는 것은 그 세 가지를 다 같이 공부하여 생사일여를 깨달으라는 것이지, 마음공부만 하여 전체의 3분의 1만 깨달으라는 것은 결코 아니다.

과음하지 말라

"선생님, 술 마시지 말라는 것과 과음하지 말라는 것은 어떻게 다릅니까?"

한 수련생이 물었다.

"오계(五戒)에는 무조건 '술 마시지 말라'로 되어 있습니다. 이것은 사실은 석가모니가 하근기들에게 내린 가르침입니다. 하근기들은 자제력이 약하므로 일단 술을 입에 대었다 하면 사람이 술을 먹고, 술이 술을 먹고 술이 사람을 먹게 되어 아예 뿌리를 완전히 뽑아야만 직성이 풀리게 됩니다.

마침내 만취 상태에 빠져 인사불성이 되거나 주사(酒邪)가 발동되어 필름까지 끊겨져 버립니다. 윤리 의식이 해이되어 함부로 여자를 범하거나 간음을 하는가 하면 주먹다짐이 벌어지고 심지어 살인까지도 저지르게 됩니다. 알코올 중독자가 되어 패가망신을 자초하기도 합니다.

이것이 이른바 하근기들의 술 마시는 작태입니다. 우리나라에서는 술꾼 하면 바로 이러한 사람들을 말합니다. 이처럼 자제력이 없는 사람들은 술 마실 자격이 애초부터 없다고 보아야 합니다. 이들에게는 술은 백해무익한 것이기 때문입니다. 오계에 '술 마시지 말라'는 계명은 애초부터 술 마실 자격도 없는 자들을 단속하기 위한 것입니다.

그러나 '과음하지 말라'는 것은 술을 마시되 절제할 능력이 있는 상근기들에게 행여나 사고나 내지 않을까 하는 사전 경고입니다. 술을 약주라고도 하는데 그 이유는 술은 적절히 마시면 약이 되기 때문입니다. 한두 잔 마셔 얼근해지면 혈액순환을 촉진시켜 긴장을 풀어주고 마음을 이완시켜 기분 좋게 해주므로, 대인관계를 원활하게 하여 화기 애애한 분위기를 만들어 줍니다. 여기까지는 사람이 술을 마시는 경지입니다.

그리고 여기까지는 결코 과음이 아닙니다. 여기에서 한발 더 나아가면 술이 술을 마시게 됩니다. 술이 술을 마시기 직전에 술 마시기를 자제할 줄 아는 것이 바로 과음하지 않는 비결입니다."

"그러나 술이 일단 거나해진 이상 거기서 술을 중단하는 것은 사실상 불가능한 일이 아닐까요?"

"불가능하다고 생각하는 사람은 하근기라고 보면 됩니다. 왜냐? 과음을 하지 않을 만한 자제력이 없기 때문입니다."

"과음을 자제할 수 있다면 그 사람은 수행이 이미 상당 수준에 도달한 사람이라고 보아야겠죠?"

"그렇습니다. 말하자면 접이불루(接而不漏)를 할만한 자제력의 소유자라고 할 수 있습니다. 과음을 자제할 수 있는 수행자라면 술을 아예 입에도 못 대는 사람보다는 한층 더 믿음직스러운 존재입니다. 왜냐하면 술을 입에도 대지 못하는 사람은 이를테면 술이라는 호랑이 굴속에 들어가지도 못하는 사람이지만 과음을 자제할 수 있는 사람은 호랑이 굴속에 들어가서도 호랑이에게 잡아먹히지 않고 그들과 사이좋게 지낼 수 있는 사람이기 때문입니다.

   따라서 과음을 자제할 수 있는 사람을 보고 우리는 상근기라고 합니다. 시궁창 속에서도 더러워지지 않고 오리려 그 속에서도 곱게 피어난 연꽃과 같은 존재입니다. 세속에 거하면서도 세존의 십대 제자들을 질타할 수 있었던 유마힐 거사와 같은 존재입니다. 어떠한 역경도 그의 구도의 의지를 꺾을 수는 없을 것입니다.

   제아무리 무서운 함정에 빠져도 그는 자기 힘으로 헤쳐 나올 수 있습니다. 부이와 같은 존재인 그를 물속에 빠뜨릴 수 있는 사람은 없습니다. 오뚝이와 같은 그를 쓰러뜨릴 수 있는 사람은 없습니다. 금강불괴신(金剛不壞身)이란 이런 사람을 두고 하는 말입니다. 이런 사람이야말로 독을 약으로 바꿀 수 있는 존재입니다."

병에 걸리지 않는 방법

"병이라는 것이 당사자 마음대로 걸리고 걸리지 않고 할 수 있는 성질의 것은 아니지 않습니까?"

"병에 걸리지 않으려고 조심하고 일단 병에 걸렸다 해도 각자가 자기 병은 스스로 고치도록 노력하면 그렇게 될 수 있습니다. 그 실례로 이번 의사들의 파업 기간에는 오히려 그전보다 차량 사고 부상자가 줄어들었다고 하지 않습니까? 그리고 이제부터는 병은 의사가 고치는 것이 아니라 환자 스스로 고칠 수 있다는 확신을 가지고 어떻게 하든지 병에 걸리지 않도록 평소에 조심하고 노력해야 합니다."

"어떤 노력을 해야 할까요?"

"일상생활에서 세 가지 공부를 꾸준히 해나가면 거의 병에 걸리지 않고 살 수 있습니다."

"세 가지 공부란 어떤 것입니까?"

"마음공부, 기공부, 몸공부입니다."

"과연 그 세 가지 공부만 열심히 하면 병에 걸리지 않을 수 있을까요?"

"그렇습니다."

"마음공부로 평상심(平常心)을 가질 수 있으면 마음이 평안해지고, 단전호흡과 규칙적인 운동으로 몸이 건강해질 수 있으면 누구나 병에 걸리지 않을 수 있습니다."

"평상심이란 무엇을 말합니까?"

"어떤 일이 있어도 마음이 흔들리지 않는 부동심(不動心)을 말합니다. 사람의 오장육부가 병이 나는 첫째 원인은 예외 없이 마음이 편하지 않기 때문입니다."

"마음이 편하지 못한 것은 무엇 때문입니까?"

"한마디로 욕심 때문입니다."

"욕심이란 무엇입니까?"

"이기심입니다. 즉 남의 이익보다는 내 이익을 먼저 챙기려는 욕구입니다. 이번 의사들의 파업도 따지고 보면 욕심을 챙기려는 데서 온 것입니다. 욕심은 이기심입니다. 욕심이야말로 인간고(人間苦)의 근본 원인입니다. 욕심을 좀더 세분하면 탐욕, 성냄, 어리석음입니다. 이른바 탐진치(貪瞋癡) 삼독(三毒)이 바로 그것입니다.

이 탐진치를 좀더 세분하면 기쁨, 두려움, 슬픔, 노여움, 탐냄, 혐오 다시 말해서 희구애노탐염(喜懼哀怒貪厭)이 그것입니다. 이것을 간단히 줄여서 희로애락(喜怒哀樂)이라고도 합니다."

"그럼 그 욕심은 어디에서 옵니까?"

"욕심은 마음에서 옵니다."

"그렇다면 마음을 없애버리면 욕심도 없앨 수 있는 것 아닙니까?"

"그렇고말고요."

"어떻게 하면 마음을 없애버릴 수 있습니까?"

"인간은 태어날 때부터 마음, 기, 몸을 받아 가지고 나왔으므로 몸을 없애버릴 수 없는 것과 같이, 마음 자체를 아예 없애버리기는 어렵습니다. 그 대신 욕심이 일어나지 않도록 마음을 다스리면 됩니다. 마음을 다스리면 욕심은 자제할 수 있습니다. 마음을 다스릴 수만 있으면 마음은 없는 것과 같습니다.

이 세상의 모든 구도(求道) 행위와 종교의 존재 이유는 바로 이 마음을 올바르게 다스리는 방법을 터득하자는 데 근본 목적이 있습니다. 이 마음 다스리기를 마음공부라고 합니다. 자기 마음을 자유자재로 다스리고 움직일 수 있는 사람이 바로 성인(聖人)이고 신선이고, 철인(哲人)이고 도인(道人)이고, 선인(仙人)이고 부처입니다. 그래서 참다운 성인은 병을 앓지 않습니다."

"오장육부에 병이 나는 첫 번째 원인은 마음의 병인 욕심이라면 두 번째 원인은 무엇입니까?

"운기조식(運氣調息) 즉 기공부를 하지 않아 온몸에 기가 원활하게 순환하지 못하고 신체의 어느 한곳에 적체(積滯)되어 있는 것이 두 번째 원인입니다."

"그 기의 적체를 해소하는 방법은 무엇입니까?"

"소극적인 방법은 침으로 막힌 경혈(經穴)을 뚫어주는 겁니다. 그러나 이것은 근본적인 해결책이 되지 않습니다."

"그러면 근본적인 해결책은 무엇입니까?"

"처음부터 기의 적체를 용납하지 않는 겁니다."

"어떻게 하면 그렇게 될 수 있습니까?"

"운기조식(運氣調息)을 일상생활화 하면 됩니다."

"운기조식이 무엇입니까?"

"단전호흡을 옛날에는 운기조식이라고 했습니다. 단전호흡을 일상생활화 하여 소주천, 대주천, 삼합진공, 연정화기, 연기화신의 순서로 수련이 진척되면 기의 적체 따위는 일어나지 않습니다. 이 모든 과정을 기공부라고 합니다."

"사람에게 병이 나는 첫째 원인은 욕심, 둘째 원인은 기의 적체라면 그 세 번째 원인은 무엇입니까?"

"운동 부족입니다. 특히 현대인은 자동차를 걷기 대신에 이용하므로 누구나 다 다리가 약해져 있습니다. 약한 다리야말로 만병의 근원입니다. 자동차는 인류에게 걷지 않는 편리를 가져다 준 대신에 그보다 더 소중한 건강을 빼앗아가 버렸습니다.

돈을 잃는 것은 인생의 작은 부분을 잃는 것이고, 명예를 잃는 것은 인생의 큰 부분을 잃는 것이지만 건강을 잃은 것은 인생의 전부를 잃는 것입니다. 권력과 부귀영화가 극에 달했다 해도 건강을 잃어버리면 그 모든 것이 무슨 소용이 있겠습니까?

현대인은 수렵채취 시대를 살던 구석기 시대 이전의 1만 년 전 인류와 신체 구조상 다른 점이 하나도 없습니다. 그 당시 인류는 생존하기 위해서 산야를 뛰어다니면서 사냥을 하고 나무에 올라가 열매를 따고 강과 바다에서 고기를 잡았습니다. 현대인의 신체 구조는 그 당시의 인류와 본질적으로 같다는 얘기입니다. 다시 말해서 인간의 신체는 아직도 수렵채취 시대의 활동에 적합한 구조 그대로입니다.

그런데 현대인은 자동차의 대중화 이래로 거의 걷지 않는 생활을 하게 되었습니다. 사람은 살기 위해서 영양을 섭취하는 것과 마찬가지로 일정량의 운동을 해야만 몸이 제 구실을 다하도록 구조가 되어 있습니다. 그런데도 불구하고 현대인은 영양섭취는 열심히 하면서도 운동은 하지 않습니다.

그 운동의 기본이 걷기입니다. 하도 걷지를 않아서 현대인은 모든 신체 부위들 중에서도 다리가 가장 약해져 있습니다. 모든 동물은 일단 숨이 끊어지면 가장 약한 부위부터 먼저 부패하게 되어 있습니다. 인간은 관속에 들어가면 가장 약한 다리부터 썩기 시작합니다. 비만, 고혈압, 당뇨, 심근경색, 뇌졸중, 중풍, 각종 암과 같은 현대 성인병의 근본원인은 약해진 다리에서 옵니다. 값비싼 인삼녹용, 야생동물로 된 정력제와 보약을 아무리 먹어보았자 다리가 튼튼해지지는 않습니다.

하루 만 보 걷기

다리를 든든하게 하는 지름길은 정력제나 보약이 아니라 걷기 운동입니다. 하루에 적어도 만 보는 걸어야 인간의 신체는 제대로 가동하게 되어 있습니다. 달리기를 하든지 걷기를 하든지 하루에 만 보씩만 걸으면 오장육부의 기능은 어느 정도 정상을 회복할 수 있습니다."

"만 보라면 몇 킬로나 됩니까?"

"6킬로 즉 시오리쯤 됩니다. 달리거나 빨리 걸으면 한 시간, 보통 속도로 걸으면 한 시간 반쯤 걸립니다. 그러나 약해진 다리를 강화시키는 가장 확실한 지름길은 뭐니 뭐니 해도 등산입니다. 일주일에 한 번 6시간씩 다소 격렬한 등산을 하는 것이 좋습니다. 위험하지 않는 범위 안에서 맨손으로 바위도 타야합니다.

350

  등산하는 날은 워낙 운동량이 많으니까 다른 운동은 할 필요가 없습니다. 그러나 등산을 하지 않는 날에는 반드시 달리기나 만 보 걷기를 하고 난 후, 도인체조나 맨손 체조를 30분 내지 한 시간씩 하여 온몸의 관절과 근육을 골고루 움직여 주고 풀어주어야 합니다.

  마지막으로 적게 먹어야 합니다. 많이 먹어서 비만과 당뇨와 고혈압과 위장병에 걸리는 사람은 있어도 적게 먹어서 병드는 사람은 없습니다. 적게 먹고 충분한 운동을 일상생활화 하는 것을 일컬어 몸공부라고 합니다.

  결론적으로 말해서 마음공부, 기공부, 몸공부를 생활화하는 사람은 몸에 병이 붙어보려고 해도 붙을 자리가 없습니다. 나는 이 말을 자신감을 갖고 말할 수 있습니다.”

  “선생님께서 그렇게 자신감을 가지시게 된 이유를 좀 알고 싶습니다.”

  “나는 1979년 10월부터 일주일에 한 번씩 등산을 시작한 후 6년 동안에 신경통을 제외한 모든 지병을 스스로 고칠 수 있었습니다. 그리고 1986년 1월부터 위에 말한 마음공부, 기공부, 몸공부를 실천해 오고 있습니다.

  등산 시작한 지 벌써 21년이 되었습니다. 그동안 나는 90년 4월에 도봉산 끝 바위에서 추락하여 발뒤꿈치에 심한 골절상을 입은 일이 있고, 99년 9월 30일에 어둔 새벽에 달리기를 하다가 넘어져서 정강이에 부상을 당한 일과 수련이 한 고비를 넘길 때마다 명현반응을 겪은 일 이외에는 병에 걸려서 앓아 본 일은 없습니다.

  나는 내가 세 가지 수련을 시작한 이후 지금까지 체험한 얘기를 『선도체험기』 시리즈에 수록해 왔습니다. 그런데 신기하게도 이 책을 읽고 나와 똑같이 수련을 해 오고 있는 많은 독자들도 나처럼 병에 걸리지 않고 건강합니다. 바로 이 때문에 나는 자신감을 갖고 말할 수 있습니다. 병이라는 것은 자기 마음과 기와 몸을 제 마음대로 다스릴 수 있는 사람의 몸엔 침입하여 둥지를 틀기 전에 도망쳐 버리게 되어 있습니다.

나는 이 사실을 될수록 많은 사람들에게 알리려고 『선도체험기』 시리즈를 10년 동안이나 써 오고 있습니다. 그리하여 『선도체험기』 시리즈를 읽는 독자들이 하나라도 더 이 세 가지 공부를 일상생활화 하기를 바랍니다. 그러기 위해서 앞으로도 멈추지 않고 기력이 허용하는 한 계속 이 책을 써 나갈 것입니다. 누구나 병원이나 약국 신세 지지 않고 이 세상에 사는 날까지 마음 편하고 건강하게 살다가 떠나갈 때가 되면 미련 없이 훌쩍 떠날 수 있게 하기 위해서입니다."

요한복음에 대하여

『선도체험기』 45권에 마태복음이 실려 나가자, 독자들 중에서 "이왕이면 요한복음을 먼저 내보시지 않고 왜 마태복음을 내보내셨습니까?" 하고 말하는 사람이 있었다. 그가 독실한 기독교 신자라는 것을 잘 알고 있는 나는 그만한 이유가 있으리라는 것을 짐작하고 물었다.

"왜요?"

"이왕에 『선도체험기』에 실으시려면 마태복음보다는 요한복음 쪽이 훨씬 더 좋습니다."

"그렇습니까?"

"그렇고말고요."

"나는 신약성경에 실려 있는 순서대로 마태복음을 먼저 번역했을 뿐인데, 어떤 면에서 그렇습니까?"

"읽어보시면 아십니다. 요한복음 속에는 마태복음보다는 훨씬 더 진리에 대한 강한 영감이 작용하고 있습니다. 요한복음이야말로 불교의 『금강경』이나 『반야심경』처럼 기독교를 대표할 수 있는 경전 중의 경전이라고 할 수 있습니다."

"그게 정말입니까?"

"그럼요."

그의 대답은 확신에 차 있었다.

"과연 그렇다면 언제든지 기회 닿는 대로 요한복음을 꼭 한번 다루어 보아야겠는데요."

그렇다. 요한복음은 기독교가 대외적으로 자신 있게 권장하는 성경 중의 성경이다. 그때부터 벼르고 별러 오다가 오늘 마침내 붓을 들게 되었다. 물론 한글로 번역된 성경은 얼마든지 있지만 모두가 내 마음에 들지 않아서 영어 성경과 우리말 성경들을 참고해 가면서 나 자신의 문장으로 바꾸어 보았다.

동시에 나는 이 경전을 기독교인의 눈이 아니라 불편부당(不偏不黨)한, 한 구도자의 눈에 비치는 대로 번역을 하고 해설을 달아 놓으려고 애썼다. 기독교가 대외적으로 내놓을 수 있는 경전이라면 그들은 그것을 보는 한 구도자의 평가에도 귀를 기울일 만한 넓은 아량을 마땅히 가져야 할 것이다. 기독교에 대해서 별로 편견이 없는 사람의 말을 진지하게 경청해보는 것도 자기 발전에 도움이 될 것이기 때문이다.

종교란 무엇인가? 종교란 사람들에게 진리를 전달해 주는 방편이다. 진리의 본바탕은 변함이 없어도 방편은 시대와 환경에 따라 수시로 변하게 되어 있다. 요한복음은 지금으로부터 2천 년 전에 활약했던 예수 그리스도의 언행을 요한이라는 제자가 기록한 것이다. 예수는 분명 2천 년 전 이스라엘 백성들을 상대로 전도를 했다.

따라서 그 당시 이스라엘 사람들의 의식과 지식수준과 문화 환경의 한계를 벗어날 수 없었다. 그런데도 불구하고 현대의 성직자들은 2천 년 전에 쓰인 성경을 글자 그대로 현실에 적용하려고 한다. 방편을 목적으로 오인하고 있는 것이다. 나는 이 글을 통하여 무엇이 진리이고 무엇이 방편인지를 밝혀 보고자 한다.

그래서 번역에 착수하기 전에 요한복음을 한번 훑어보았다. 그랬더니 이 경전을 제대로 이해하려면 마태, 마가, 누가 복음을 반드시 먼저 읽어야 한다는 것을 알게 되었다. 왜냐하면 이 경전을 쓴 요한이라는 예수의 제자는 마태, 마가, 누가 복음을 다 읽어보고 나서 이들 세 복음에서 누락된 것을 집중적으로 다루었기 때문이다. 따라서 이들 세 경전을 읽어보지 않고 처음부터 요한복음을 읽는 독자들은 요한복음의 내용에서 만인이 공감할 수 있는 기독교의 보편타당한 진리와 핵심적인 덕목들이 대부분 빠져 있음을 발견하게 될 것이다.

실례를 들어 말해 보자. 주 하나님 아버지가 세상을 이처럼 사랑하사 독생자를 주셨으니 그를 믿는 자는 멸망하지 않고 영생을 얻으리라는 것과 예수는 숫처녀 마리아에게서 태어났다든가, 예수는 죽은 사람을 살리고 앉은뱅이, 소경, 나병환자를 고쳐주었다든가 떡 다섯 개와 물고기 두 마리로 5천 군중을 먹였다든가 하는 등등의 이적과 예수의 출현은 이미 구약성경에 여러 군데서 예언되었었고, 죽은 육체가 다시 살아났다든가 하는 얘기들은 전도의 방편은 될 수 있을지언정 솔직히 말해서 만인이 공감할 수 있는 진리는 아니다.

냉정한 객관적 관찰자의 눈으로 볼 때는 이런 얘기들은 예수 나름으로 2천 년 전 그 시대와 환경을 사는 사람들에게 전도하기 위한 동화성(童話性) 우화의 방편이라고밖에는 보이지 않는다. 그렇다면 예수가 말한 우주적 보편타당성을 띤 진리의 요지는 무엇인가를 우선 알아볼 필요가 있다.

만약에 이것을 모르고 대뜸 요한복음을 읽는 독자는 크게 실망을 할 것이기 때문이다. 이를 사전에 방지하기 위해서 필자는 마태, 마가, 누가 복음에 나온 보편타당한 진리의 어록들을 간추려서 선보인 뒤에 요한복음을 다루는 것이 순서라고 생각한다.

요한복음 번역을 마치고

"진리가 너희를 자유케 하리라."
"죄 없는 사람이 이 여인(간음한)을 먼저 돌로 쳐라."
"밭에 떨어진 씨앗은 썩어야 많은 열매를 맺는다."
"내가 너희들을 사랑한 것같이 너희들도 서로 사랑하여라."
"벗을 위하여 제 목숨을 바치는 것보다 더 큰 사랑은 없느니라."
(남을 살리기 위해서 제 목숨을 돌보지 않는 행위를 살신성인(殺身成仁)이라고 한다.)

이것은 필자가 요한복음을 읽으면서 누구라도 공감할 수 있는 덕목들이라고 생각되어 가려 뽑은 것이다. 그리고 요한복음의 그 이외의 얘기들은 전부가 예수의 초능력 행사와 기독교의 종교로서의 틀을 짜는 데 할애했다는 것을 알 수 있었다.

예수는 일구월심 다음과 같은 간절한 소망을 가지고 있었다.

'아버님께서 제 안에 계시고 제가 아버님 안에 있게 하여 주십시오. 아버님께서 제 안에 계시고 제가 아버님 안에 있는 것과 같이 이 사람

들(제자들)도 우리들 안에 있게 하여 주십시오.'

'제가 이 사람들 안에 있고 아버님께서 제 안에 계신 것은 이 사람들을 완전히 하나가 되게 하기 위해서입니다. 이것은 세상 사람들에게 아버님께서 저를 보내셨다는 것을 알게 하기 위해서입니다.'

요한복음에서 예수가 특별히 강조한 부분이다. 아버지, 아들, 제자가 한몸이 되자는 것이 요한복음의 일관된 주제였음을 알 수 있다. 예수는 이것을 몸소 입증하기 위해서 십자가 매달려 희생당하는 것까지도 감수했던 것이다.

그러나 이 땅에 태어난 한 사람의 선도 수행자의 입장에서 말하라면 나는 주저 없이 마태복음 쪽이 요한복음보다 훨씬 더 기독교의 보편타당한 핵심 부분을 대표했다고 말하겠다. 냉정한 객관적 입장에서 관찰할 때 예수의 위대한 점은 다음과 같은 것이라고 보기 때문이다.

누가 겉옷을 달라고 하면 속옷까지 벗어주고 오 리를 가자고 하면 십 리까지라도 같이 가 줄 것이며, 오른뺨을 때리면 왼뺨까지라도 내주고, 원수를 사랑하라고 예수는 가르쳤다. 또 그는 벗을 위해 자기 목숨을 바치는 것보다 더 큰 사랑은 없다고 말했다. 어찌 보면 이웃 사랑의 극치라고 할 수 있을 정도다. 불교의 대자대비와 동체대비 정신과 유사한 대승적 인간애를 그는 늘 강조했다.

이러한 박애 정신과 함께 빼놓을 수 없는 것은 겸손이다. 그는 제자들에게 잔칫집에 초대받으면 제일 말석에 앉으라고 가르쳤다. 이웃 사랑과 겸손 외에 또 빼놓을 수 없는 것은 형제가 용서를 구할 때 일곱 번씩 일흔 번이라도 용서해 주라고 했다.

이웃 사랑과 겸손과 용서 이외에도 그의 봉사 정신을 또한 빼놓을 수 없다. 남을 도울 때는 오른손이 하는 일을 왼손이 모르게 하라고 했는가 하면 그는 최후의 만찬 때 자기 제자들의 발을 일일이 씻어줌으로써 신분과 위계질서를 초월한 봉사 정신의 시범을 몸소 실천했다.

이러한 덕목들이야말로 만인이 공감할 수 있는 훌륭한 점이다. 또한 이것이야말로 기독교가 누구 앞에서도 떳떳이 내세울 수 있는 가장 경쟁력이 강한 부분이다. 우리는 이러한 덕목들만을 일상생활 속에서 실천해도 누구나 우아일체의 경지 즉 마음의 근본 자리에 도달할 수 있을 것이다.

그 이외에 4복음 중에서도 요한복음에서 유난히 더 강조한 것은 하나님 아버지, 그 외아들인 예수, 그리고 예수를 믿는 자는 영생을 얻으리라는 신앙의 틀이다. 그러나 이것은 아무리 생각해도 보편타당성이 결여된 신화나 전설이나 동화나 우화의 범주를 벗어나는 것으로밖에는 보이지 않는다.

필자가 누차 지적해 온 일이지만 이러한 신앙의 틀은 가부장적 사회와 노예주와 노예, 봉건 영주와 농노 사이의 지배와 피지배 관계를 반영하는 역사와 문화, 지역 환경의 산물이기 때문이다. 따라서 시간과 공간을 뛰어넘는 보편타당성이 없다. 이러한 종교적 패러다임은 모계사회나 남녀평등 사회, 그리고 자유와 평등과 능력과 인권이 보장되는 현대 사회에는 맞지 않는다.

이러한 주종 관계에서 생겨난 기독교의 근본 틀은 더이상 현실과는 맞지 않는다. 진리는 주종 관계를 초월한 곳에 있기 때문이다. 하나님을 진리라고 할 때 그는 이미 인간의 생사길흉화복을 관장하는 존재는 아니다. 왜냐하면 인간의 자성(自性) 그 자체가 이미 하나님 그 자신이기 때문이다. 인내천(人乃天) 즉 사람이 곧 하늘이다. 그리고 인중천지일(人中天地一)이다. 사람 속에 천지 즉 우주 전체가 하나 되어 들어 있는 것이 실상이기 때문이다. 일체중생실유불성(一切衆生悉有佛性)이다. 즉 모든 중생들에게는 애초부터 불성이 구비되어 있는 것이다.

따라서 인간은 이미 하나님 그 자신이요 진리 그 자체인 것이다. 그렇다면 사람들은 왜 그 사실을 쉽사리 인정하려고 하지 않는 것일까? 단지 번뇌와 망상이 안개처럼 가리고 있어서 자각을 하지 못하고 있기 때문이다. 진리의 태양은 여여하건만 구름이 겹겹이 에워싸고 있어서 그 실상을 파악하지 못하고 있을 뿐이다.

깨닫고 보면 사람이 바로 하나님 그 자신이다. 그런데 어디에 따로 조물주 하나님 아버지가 세상을 이처럼 사랑하사 독생자를 주어 인간들을 구원하고 영생을 주고 말고 한다는 말인가. 있을 수 없는 일이다. 우선 조물주 하나님이라는 관념 자체가 진리에 맞지 않는다.

진리의 근본 자리인 하늘은 분별심(分別心)이 끊어진 곳이다. 따라서 그곳에는 빛도 어둠도 색깔도 형체도 질량도 상하사방도 처음도 끝도 없고, 생사도 유무도 시비도 늘어나는 것과 줄어드는 것도 더러운 것과 깨끗한 것도 선악도 장단도 물질도 비물질도 시간도 공간도 정의와 불의도 없다. 따라서 만물은 분별심 즉 생각의 산물이다. 조물주 역시 생각의 산물이다.

왜냐하면 생각이 끊어진 진리의 자리에서는 무엇을 만드는 일 따위는 있을 수 없기 때문이다. 따라서 조물주 하나님은 인간이 필요에 의해서 만들어낸 것이지 인간의 생사길흉화복을 관장하기 위해서 존재하는 것은 아니다. 그렇다면 신은 무엇 때문에 존재하는 것일까?

진리를 구현하기 위한 하늘의 쓰임 즉 방편에 지나지 않는다. 그러므로 인간이 진리를 깨닫는 순간 신의 효용 가치는 사라져버리고 만다. 그렇다면 인간의 생사길흉화복은 어떻게 되는가? 그것은 누가 관장하고 말고 하는 그러한 성질의 것이 아니고 각 존재의 인과응보 그 자체인 것이다.

따라서 니체의 말 그대로 '신은 이미 죽은 것이다.' 인간이 신의 지배를 받기를 자청할 때만이 신은 인간을 지배할 수 있는데 진리를 자각한 인간을 지배할 수 있는 신은 이미 존재할 수 없다는 얘기다. 생사일여와 부동심과 평상심을 되찾은 인간은 이미 신의 경지를 뛰어넘어 그 지위가 역전되어 신이 인간의 지배를 받지 않을 수 없게 된 것이다.

그렇다면 누가복음 17장 21절에서 이미 '하늘나라는 너희들 자신 속에 있느니라'고 갈파한 예수가 무엇 때문에 구태여 하나님 아버지, 외아들 예수, 그리고 예수를 믿는 자는 영생을 얻는다는 신앙 체계를 그렇게도 끈질기게 강조했을까? 그것은 2천 년 전 그 당시의 민초들을 가르치기 위한 어쩔 수 방편이었던 것이다. 종교적 천재인 예수가 보았을 때 그것은 어쩔 수 없는 선택이었다.

진리의 정점에 도달할 수 있는 길은 시대와 환경에 따라 천차만별일 수 있을 것이기 때문이다. 이것을 부인할 수 있는 사람은 아무도 없다. 그러나 하나님 아버지와 그 아들인 예수를 믿는 자만이 구원과 영생을 얻을 수 있다는 타력 신앙 일변도는 자칫하면 예수 본래의 박애 정신과 겸손과 용서와 봉사 정신에 먹칠을 해 왔다는 것을 역사는 보여주고 있다.

최근 들어서는 일부 몰지각한 목사들의 주도 하에 배달민족의 국조인 단군상의 머리를 자르고 코를 베는 만행을 서슴지 않고 있다. 어디 그뿐인가? 불상과 장승도 톱으로 자르거나 쓰러뜨리는 만행을 아무렇지도 않게 저지르면서도 창피한 줄을 모른다. 이것은 그런 짓을 하는 교회의 신도와 지도층이 무언의 의견일치가 있었다는 증거가 아닐 수 없다. 비록 일부 기독교 교파가 저지르는 소행이긴 하지만 지나치게 배타적인 맹신 때문이라고 말하지 않을 수 없다.

문제는 우리나라 기독교 전체가 양식 있는 국민들의 따가운 질책을 받으면서도 아직은 근본적인 대책을 세울 뚜렷한 징후를 보이지 않고 있다는 것이다. 벌써 자정능력(自淨能力)을 상실한 것이나 아닌지 지극히 우려하지 않을 수 없다.

기독교가 이 땅에 깊숙이 뿌리내리기 위해서는 과감하고 단호한 자기 혁신이 있어야 할 것이다. 그렇게 하는 것이 우리나라와 같은 다종교 사회에서 살아남기 위한 지혜로운 선택이 될 것이다. 배타성보다는 상부상조하고 공생공존하는 타협과 조화의 슬기를 발휘할 때가 바로 지금이다.

저자 약력

경기도 개풍 출생
1963년 포병 중위로 예편
1966년 경희대학교 영어영문학과 졸업
코리아 헤럴드 및 코리아 타임즈 기자생활 23년
1974년 단편 『산놀이』로 《한국문학》 제1회 신인상 당선
1982년 장편 『훈풍』으로 삼성문예상 당선
1985년 장편 『중립지대』로 MBC 6.25문학상 수상

저서로는 단편집 『살려놓고 봐야죠』(1978년), 대일출판사, 민족미래소설 『다물』(1985년), 정신세계사, 장편 『소설 한단고기』(1987년), 도서출판 유림, 『인민군』 3부작(1989년), 도서출판 유림, 『소설 단군』 5권(1996년), 도서출판 유림, 소설선집 『산놀이』 ①(2004년), 『가면 벗기기』 ②(2006년), 『하계수련』 ③(2006년), 지상사, 『선도체험기』 시리즈 등이 있다.

약편 선도체험기 11권

2021년 9월 10일 초판 인쇄
2021년 9월 20일 초판 발행

지 은 이   김 태 영
펴 낸 이   한 신 규
본문디자인 안 혜 숙
표지디자인 이 은 영
펴 낸 곳   글터
주소   05827 서울특별시 송파구 동남로 11길 19(가락동)
전화   070 - 7613 - 9110 Fax02 - 443 - 0212
등록   2013년 4월 12일(제25100 - 2013 - 000041호)
E-mail geul2013@naver.com

ISBN 979 - 11 - 88353 - 34 - 7   04810   정가 20,000원
ISBN 979 - 11 - 88353 - 23 - 1(세트)